SUMMER ROAD
썸 · 머 · 로 · 드

썸머 로드 2

초판 1쇄 찍은 날 | 2019년 10월 1일
초판 1쇄 펴낸 날 | 2019년 10월 11일

지은이 | 예거
펴낸이 | 예경원

편집 | 박수희 · 주승아

펴낸곳 | 예원북스
등록번호 | 제396-2012-000132호
등록일자 | 2012. 7. 25
YRN | 제1-0257호

주소 | 경기도 고양시 일산동구 호수로 646-24 위너스21-Ⅱ 206A호 (우) 10401
전화 | 031-819-9431 팩스 | 031-817-9432
http://cafe.naver.com/yewonromance
E-mail | yewonbooks@naver.com

ISBN 979-11-365-0384-8 04810
ISBN 979-11-365-0382-4 (세트)

※ 이 도서의 국립중앙도서관 출판시도서목록(CIP)은 서지정보유통지원시스템 홈페이지(http://seoji.nl.go.kr)와 국가자료공동목록시스템(http://www.nl.go.kr/kolisnet)에서 이용하실 수 있습니다.

19세 미만 구독불가
SUMMER ROAD
썸머로드
예거 장편소설

❖ 目次 ❖

6. 그녀, 은태영

처음부터 아버지에게서 나는 묵향(墨香)을 싫어했던 것은 아니었다.

태영이 기억하던 아버지는 상냥한 분이셨다. 먹과 붓이 무엇인지 제대로 알지 못하는 태영과 재영을 나란히 앉힌 그는, 새하얀 화선지를 뚫어져라 응시하고 있던 두 아이를 향해 각각 붓을 쥐여 주셨다.

태영은 똑똑히 기억한다. 붓을 들자마자 먹을 찍고 화선지 위에 마구 낙서를 하는 재영과 그런 재영을 힐긋거리며 붓을 들고만 있었던 자신을.

"왜 움직이지 않니?"

“……”

“태영아?”

“어떻게 해야 할지 모르겠어.”

뚝뚝.

붓 끝을 적신 먹이 화선지 위로 떨어졌다. 검은 먹이 번져 화선지에 퍼져 나가는 모습을 지켜보던 태영이 히잉, 울먹이며 그를 올려다보자 아버지는 옅은 미소를 지으며 태영에게 다가왔다.

그는 고사리 같은 손으로 붓을 쥐고 있던 태영의 손을 붓에서 떼어 내더니, 다시 천천히 붓을 제대로 쥐는 법을 가르쳐 주며 말씀하셨다.

“조금 더 부드럽게 쥐어야 해.”

“이……렇게?”

“그래. 하지만 힘을 너무 빼서는 안 돼.”

“너무 어려워.”

“당연하지. 무엇이든 쉽게 완성되는 건 없어.”

“……”

“그래도 꾸준히 연습하다 보면 붓을 쥐는 법도 터득하게 될 거야. 그리고 점점 화선지 위로 번져 가는 기쁨을 알게 되겠지. 그렇다면 태영이 너도 이 세계에 대해 흥미를 가질 수도 있겠구나.”

“아빠.”

"응?"

"재영이 저렇게 내버려 둬도 돼?"

"뭐? 그게 무…… 이 녀석, 은재영!"

아버지가 자신에게 집중한 사이 화선지에 마구 낙서를 하던 재영이 벼루를 뒤집어엎고 '어때, 아빠?' 하고 웃는 게 보였다. 그런 재영을 발견한 태영이 그를 가리키자 아버지는 자리에서 벌떡 일어나 도망치는 재영을 붙잡았고, 태영은 그런 두 부자의 모습을 지켜보며 고개를 절레절레 저었다. 뒤늦게 가족들을 위해 다과를 내온 어머니께서는 난장판이 되어 버린 아버지의 작업실을 황당하게 바라보다 웃음을 터트리기까지 했다.

아마도 그날의 일이, 아버지와 서예를 떠올리며 웃었던 마지막 일이었을 거다.

"또 거길 갔다고?"

태영은 점점 커 갔다. 작업실에만 틀어박혀 예술혼을 불태우는 아버지를 따르는 재영과는 달리, 그녀는 삐딱해졌다. 어머니에게 갖은 고생을 시키는 아버지가 미웠다. 저만 생각하는 나쁜 아버지. 머리가 커질수록, 태영은 반항을 하기 시작했다.

"엄마도 한마디 해! 왜 이렇게 매번 엄마만 힘든 일을 하는 건데. 엄마는 화도 안 나?"

가게의 일로 눈코 뜰 새 없이 바쁜 어머니는 집안을 이끄는 가장이라고 해도 과언은 아니었다.

늦게까지 훈련을 하고 돌아온 태영은 거실에 오도카니 앉아 돈을 세며 장부를 정리하고 있는 어머니를 발견할 때면 항상 얼굴을 구겼다. 가장의 무게를 짊어지고 있는 어머니의 곁에 아버지는 없었고, 그것이 마음에 들지 않았다. 태영은 씩씩거리며 외쳤다.

그럴 때마다 어머니는 고개를 들어 태영을 응시했다.

"안 나."

"뭐?"

황당해하는 태영을 보며 어머니는 부드럽게 웃었다.

"난 네 아빠가 계속 붓을 들었으면 좋겠거든."

"……!"

"그거 아니, 태영아? 네 아빠가 운필하는 모습을 지켜보고 있으면…… 엄마의 가슴은 너무 두근거려."

"하?"

"붓을 들고 있는 네 아빠는 그렇게 멋질 수 없단다. 그래서 엄마는 아빠가 멈추지 않았으면 해. 물론 나도 사람이니 피곤은 하지. 온갖 사람들을 상대하며 고단한 하루를 보내고 오면 다음 날엔 손가락 하나도 움직이고 싶지 않을 때가 있어. 그런데 그럴 때마다 작품에 집중하고 있는 아빠의 모습을 보면, 어쩐지 피곤이 다 씻겨 내려가."

"……."

"엄마는 아빠의 든든한 후원자가 되어 주고 싶어. 그리고 이 엄마가 잘나서 돈을 잘 버는데, 아빠는 작품에만 집중하면 되지. 안 그래?"

장부도 그런 장부가 없었다. 답답해하는 저와는 달리 오히려 지금 상황에 만족한다는 어머니를 보며 '몰라! 엄마 진짜 이해 안 가!' 라 외치며 방으로 뛰쳐 들어간 적이 한두 번이 아니었다.

"야, 은태. 너 아빠한테 너무하는 거 아니냐? 두 분이 만족하신다는데 왜 네가 왈가왈부야."

재영은 화를 참지 못하는 태영을 내려다보며 매번 무신경한 말을 던졌고, 태영은 그럴 때마다 '꺼져, 은재영!' 하고 버럭 대꾸하기도 했다.

'이해할 수 없어.'

어머니가 허락했다 해서 작품에만 집중하는 아버지도, 그런 아버지를 보며 미소 짓는 어머니도. 존경의 눈으로 두 사람을 바라보는 재영까지도. 예술이라는 게 대체 뭐길래, 한쪽이 힘들어도 그저 응원만 해 줘야 하는 건지.

'반드시 성공해서 더 이상 엄마 고생은 안 시킬 거야. 우리 집은 내가 일으켜 세울 거라고!'

저만 빼고 똘똘 뭉친 가족들의 태도를 수긍할 수 없었다. 태영은 주먹까지 움켜쥐며 당시 열을 올리고 있던 배구 선수로서의 성공 의지를 불태웠고, 그 일은 중학교 입학 이후로도 이어졌다.

"뭐? 내가?"

"재영이는 학원에 가서. 그러니 태영이 네가 전해 주고 오면 좋겠는데."

"……윽."

"어허. 또 그런다."

"……."

"태영이 너 입술 얼른 집어넣어. 그리고 아빠도 점심 드셔야지. 사랑하는 딸이 점심 도시락을 가져다주면 아빠가 얼마나 기쁘시겠니."

"하아."

"은태영."

"알겠어. 알았다고요! 칫!"

배구 선수로서의 성공을 꿈꾸고 있던 태영과는 달리, 재영은 어문학자를 꿈꿨다. 하여 토요일에까지 학원에 나갔다. 땀을 흘리는 것을 즐기는 저와는 반대로, 차분하게 앉아 책에 파묻히는 것을 좋아하는 재영이 이해되지 않았지만 그러려니 했다.

하지만 오전의 학교 수업부터 훈련까지 마치고 돌아온 제게 아버지의 작업실까지 도시락 심부름이라니. 태영은 투덜투덜거리며 아버지의 작업실이 있는 인사동으로 향했다.

'……응?'

아버지의 작업실 근처에 다다르자, 짙은 묵향이 코끝을 찔렀다. 바로 그 묵향이 싫어 무려 마스크까지 끼고 왔지만 결국 떨칠 수 없는 향에 인상을 썼다.

돌아갈까. 잠시 망설이던 태영은 이내 다시 손을 뻗었다. 쥐고 있던 도시락을 처리할 수 없었던 것이다. 한숨을 푹 내쉬며 끼익 작업실 문을 열고 들어간 태영은 고요한 안의 분위기에 고개를 갸웃거렸다.

'어디 가셨나.'

태영은 붓을 든 아버지를 싫어하는 거지, 아버지 자체를 싫어하는 것은 아니었다. 그러고 보니 근래 아버지는 전시회 준비로 정신이 없었다고 했는데. 얼마 전, 어머니께서 아버지의 전시회가 있을 예정이라고 말씀해 주신 것이 떠올랐다. 멀뚱히 비어 있는 작업실 내부를 두리번거리던 태영은 고개를 내저었다.

'그냥 두고 가자.'

어차피 오래 있고 싶지 않으니까.

이곳에 계속 있다간, 빌어먹을 묵향에 젖어 버릴 것 같았다. 태영은 결국 들고 있던 도시락을 근처 책상 위에 아무렇게 올려 둔 후, 메모지를 찾았다. 간략한 멘트라도 남겨 두어야 아버지가 읽으실 테니까.

"……!"

주위를 두리번거리던 태영의 눈에 무언가가 들어왔다. 그것은 반절지 위에 쓰인 정갈하고도 예쁜 한자였다.

두근.

가슴이 뛰었다.

아버지의 운필을 볼 때도 심드렁한 표정을 짓던 태영은 요 몇 년 동안 붓이라고는 손에 쥐지 않았다. 태영의 필체는 그리 예쁜 편은 아니었고, 누군가의 발을 멈추게 할 만큼 가슴이 울리지도 않았다. 그랬기에 더더욱 서예가 싫었고 멀리했던 것이다. 그런데 저건…….

'아빠 건가?'

하지만 내가 알던 그 필체가 아닌데.

거칠지만 섬세한 아버지의 것과는 달리, 태영의 눈에 들어온 필체는 단정하지만 유약해 보였다. 태영은 누군가 문을 열고 들어왔다는 사실도 눈치채지 못할 만큼, 멀뚱히 예의 글자를 내려다보았다.

"멋지지?"

"……!"

아버지의 목소리는 태영이 멈춰 선 지 5분가량이 흘렀을 때, 다시 들려왔다. 홱 고개를 돌리자 아버지가 빙긋 웃으며 태영이 바라보고 있는 시선 끝을 정확히 응시하고 있었다. 마치 잘못을 들켜 버린 아이처럼 얼굴이 화끈 달아올랐지만 내색하지 않으려 했다.

아버지는 미간을 좁히는 태영에게 옅게 눈웃음을 그려 준 뒤, 책상 위에 놓여 있던 화선지를 살포시 들어 올렸다. 그러고는 중얼거렸다.

"이제 막 시작한 녀석의 작품이야. 갓 발을 들였다는 것이 믿어지지 않을 만큼, 아름다운 필획이지. 아마 장차 훌륭한 녀석이 될 거다."

태영은 꿈꾸듯 말하는 아버지를 보며 괜히 퉁명스러운 말을 내뱉었다.

"아직 어린 학생인가 보지?"

"응. 얼마 전 서예 교실에 들어왔어. 그 아이가 내 뒤를 이을지도 모르겠다."

뭐?

'후계까지 생각하고 있는 거였어?'

태영은 황당한 표정을 지으며 아버지를 쳐다보더니 이내 물었다.

"……그 사람이 그렇게 좋아?"

날이 선 태영의 질문에 아버지가 화선지에 꽂았던 시선을 태영에게로 돌렸다. 태영은 제가 마주한 검고 짙은 아버지의 눈빛이 다정해 보인다는 것을 인지해 냈다. 아버지는 말씀하셨다.

“잘 키우면 대단한 녀석이 될 거다. 서단이 발칵 뒤집힐 거야.”

“흐응.”

“아무래도 다듬어지지 않은 원석이 저절로 내게로 걸어온 것 같아. 요즘 그런 생각이 든다, 태영아. 아마도 네 외할아버지께서 이 아빠를 만났을 때 바로 이런 기분이 아니셨을까, 라는.”

“참나. 너무 자의식 과잉 아니야? 외할아버지는 붓을 제대로 쥐라고, 언제나 아빠를 구박하셨잖아!”

“하하. 그랬었나.”

머쓱한 듯 옆얼굴을 긁적이는 아버지를 빤히 응시하던 태영은 칫, 잇소리를 내더니 자신이 놓아둔 도시락을 가리켰다.

“얼른 저거나 드세요. 그리고 엄마가 아빠 위해서 친히 싸 준 도시락이니까, 밥알 한 톨도 남겨선 안 돼!”

“태영이는 밥 안 먹었어? 아빠랑 같이 먹을래?”

“됐어! 나 훈련 갈 거야. 유진이랑 연습장 가기로 했어.”

태영은 ‘아쉽구나.’ 하고 중얼거리는 아버지의 목소리를 흘려들으며 몸을 돌렸다. 그러고는 조심해서 가라고 외치는 아버지를 바라보지도 않고 오른손을 들어 올려 휘휘 저었다.

「아무래도 다듬어지지 않은 원석이 저절로 내게로 걸어온 것 같아.」

원석은 무슨.

'그 원석에 신경을 쏟을 정신으로, 우리 가족들한테도 좀 신경 쓰시라고요!'

태영은 콧방귀를 뀌며 묵향이 감도는 작업실에서 뛰쳐나왔다.

그런 태영의 아버지가 쓰러졌다는 소식을 들었던 것은, 그로부터 1년 뒤.

그녀가 열여섯 살이었을 때다.

❖

어느 날 갑자기 들이닥친 검은 정장의 사람들은 아버지의 작업실을 뒤집었다. 그로 인해 아버지의 수많은 작품들이 망가졌고, 결국 난장판이 된 작업실을 지켜보던 아버지는 앓아눕게 되셨다.

"그깟 작품, 다시 그리면 되지! 왜 이렇게 누워 있어! 아빠답지 않잖아. 이렇게 계속 좌절해 있을 거냐고!"

"……영아. 태영이. 내 소중한 딸……."

"말만 소중하대! 소중하면 얼른 일어나. 걱정시키지 말고, 얼른 일어나라고!"

"미안……하다."

"……뭐?"

"미안……해. 미안해……."

재기가 불가능할 정도로 망가져 버린 작업실은 아버지의 마음을 갈기갈기 찢었다. 검은 정장의 사람들이 부순 것은 아버지의 작품뿐 아니라, 그의 마음까지였다. 아버지는 날이 갈수록 쇠약해졌고, 죽어 가는 아버지에게 화를 내도 먹히지 않았다. 마지막까지 제게 미안하다고 말하는 아버지를 보며 숨이 막혔다.

이럴 줄 알았으면, 화를 내지 말걸.

그렇게 좋아하는 일인 줄 알았으면, 이해를 해 줄걸.

그 먹 향이 뭐가 싫다고.

대체 뭐가 어렵다고.

'사실은 좋으면서.'

실은 계속 함께하고 싶을 만큼 너무 좋으면서, 왜 그리 쌀쌀맞게 굴었던 건지.

아버지가 그토록 좋아하던 산에 그를 묻으며 태영은 수천 번도 넘게 후회를 했다.

상냥하지 못했던 자신을.

그에게 유독 날카로웠던 자신을.

조금 더 표현하지 못했던 자신을.

아버지에게 정말 많이 사랑한다 말하지 못했던, 자신을.

악재는 겹쳤다.

아버지의 죽음 이후, 집안은 급격히 기울었다. 어머니는 아버지를 너무 사랑했던 분이셨으므로, 아버지를 잃고 나자 몸져누우시기까지 했다. 집안을 책임지고 계시던 어머니께서 일을 하지 않으니 가계는 어려워졌고, 태영도 아르바이트를 하며 애써 보았지만 소용이 없었다. 뒤늦게 아버지의 소식을 들은 지인들이 가족들을 도와주었지만, 분명 한계는 존재했다.

그러던 와중 어머니께서 결국 아버지의 뒤를 따르셨고, 엎친 데 덮친 격으로 태영은 부상을 당했다.

허리 부상이었다. 배구 선수로는, 치명적이게도.

널리 이름을 떨치려 했으나 포기할 수밖에 없었다. 선수 생활을 지속하기에는 무리가 있을 만큼 커다란 부상이었으니까.

고등학교 3학년 진학을 앞둔 태영은 가장 중요한 시기에, 재영과 함께 천애 고아가 됐다.

"네가 태영이냐."

태영이 중혁을 만난 것은 고등학교 3학년 생활이 막 시작되기 전의 일이었다.

이대로 지내도 되는 걸까. 묵묵히 대학 수학능력시험을 준비하는 재영과는 달리, 태영은 그저 집에만 틀어박힌 채 지독한 허망감을 느끼며 눈만 뜨고 있었다. 하루하루, 무슨 생각을 하며 지냈는지 모른다.

열아홉의 시작에 맞이한 겨울은 지독히도 싸늘했다.

이른 아침부터 학원에 간다는 재영의 말을 듣고 흘리며 거실에 누워 있을 때, 누군가 초인종을 눌렀다. 떨떠름한 얼굴로 현관문을 열어 주자 집 앞에서 무언가를 바리바리 싸 들고 자신을 쳐다보고 있는 낯선 이를 발견했다.

아니. 정확하게는 낯설지 않았다. 그는 간혹 아버지의 작업실과 어머니의 가게에 들러 밤새도록 이야기를 하고, 또 어린 태영과 재영의 손에 만 원 한 장씩을 쥐여 주던 사람이었으니.

"네 아버지와 어머니의 벗으로서, 네가 이렇게 사람답지 못한 생활을 하는 걸 두고 볼 수만은 없다."

"……."

"일어나. 주저앉지 말고 일어나도록 해라, 태영아. 두 분이 안 계셔도, 배구를 하지 못해도 네 인생이 아직 끝난 건 아니야. 언제나 또 다른 길은 있어."

당시 작은 잡지사를 운영하고 있던 중혁의 발언에 코웃음 쳤다.

대체 당신이 무엇을 안다고, 그런 말을 쉽게 하는 거야. 괜한 시간 낭비를 하지 말고 얼른 꺼져 버리면 좋을 텐데—

속에서만 맴돌던 얄궂은 말이 목구멍까지 맴돌았지만 끝내 뱉어 내지 않고 가만히 앉아 있었다. 중혁은 그런 태영을 바라보며 한숨을 길게 내쉬더니 무언가를 건넸다.

"네 아버지, 한익수 선생께서 마지막으로 남기신 거다."

그가 내민 것은 자신이 싸 들고 온 수많은 물건들 중 하나.

지대지강(至大至剛)이란 글귀가 적힌 선지였다.

"어떤 일에도 꺾이거나 흔들리지 않는 강한 정신을 일컫는 말이지. 네 아버지께서 평생 품고 사셨던 의지다. 그런 아버지와는 달리 태영이 넌, 이렇게 모든 걸 포기할 거니?"

태영은 대꾸하지 않았다.

중혁은 여전히 입을 다문 태영을 바라보더니 한숨을 푹 내쉬며 자리에서 일어났고 그녀는 배웅하지 않았다.

"그게 무슨…… 소리야?"

중혁이 다녀간 뒤 며칠이 더 흐른 후, 태영은 믿을 수 없는 이야기를 접하고 말았다. 떨리는 음성으로 재영을 응시하자, 재영이 길게 한숨을 내쉬며 말했다.

"우연이 아니었어."

"으, 은재영."

"계획된 거였다고. 전부. 그 깡패들. 용역들. 전부 누군가의 사주를 받고 움직인 거였대."

"사……주?"

"자세한 건 만나 봐야 알 것 같아. 그 녀석 끄나풀 중 한 명이 하는 말을 들었어. 조금 이따 만나서 묻기로 했으니까, 은태 너는 집에 있어."

"재, 재영아."

"걱정 말고 기다리고 있으라고."

쌍둥이 동생인 재영은 사색이 된 태영을 안심시키려 했다. 그러나 자신이 들은 말이 너무도 충격적이어서 태영은 안정을 찾지 못했다.

재영은 말했었다.

그날, 아버지의 작업실을 망가뜨린 사람들은 아버지를 시기해서 나타난 사람들이 아니라, 누군가의 '명령'을 받고 나타난 사람들이라고.

태영을 내버려 둔 재영이 다시 돌아왔을 때, 그 누군가가 다름 아닌 아버지의 서예 교실을 다니던 한 학생의 어머니였다는 것을 듣고 심장이 내려앉았다. 대체 그 수강생의 정체가 뭐길래 사람의 목숨까지 앗아 갈 만큼 작업실을 뒤집었던 건지. 도통 이해가 되지 않아 3월의 개학이 다가온다는 것을 알면서도 태영은 그 일을 캐내려 노력했다.

"유……단 건설."

싸늘한 추위를 견디면서까지 찾고 또 찾아, 그 명령을 내린 사람이 재력가라는 것을 알게 됐다. 단순한 재력가도 아닌, 대한민국에서 날고 긴다는 그룹 오너가의 일원이라니. 어디 믿을 수가 있어야지.

태영은 재영이 잠시 자리를 비운 사이, 그 '어머니' 라는 사람을 만날 수 있는 곳으로 찾아갔다.

일개 학생에 불과했던 태영이 예의 정보를 접할 수 있었던 것은 태영 남매를 돌보러 온 중혁이 은연중에 뱉어 낸 말 때문이었다. 곧 있으면 열리게 될 유명 전시회에 무려 유단 오너 일가는 물론이거니와 TV로도 접하기 힘든 셀럽들이 찾아올 것 같다고. 그러니 너희도 와서 기분 전환을 하는 것이 어떻겠냐는, 그 말.

"당신이…… 옥세영 씨인가요?"

옥세영.

아직도 그 이름을 잊지 못한다.

그 이름은 태영의 마음에 낙인처럼 선명하게 새겨졌다.

멀리서 봐도 자신이 그 대단한 유단 건설 그룹의 오너 일가라는 것을 몸소 드러내고 있는 여자를 향해, 태영은 달려갔다. 여자 곁을 지키던 건장한 사람들이 그런 태영을 막아 세웠지만 태영의 이글거리는 눈은 그녀에게서 떨어질 줄 몰랐다.

"다들 물러나도록 하세요."

아직 봄이 찾아오지 않은 차디찬 겨울.

새하얗고 두툼한 퍼 코트를 두른 채 태영을 내려다보던 여자는 어느새 제 앞에서 무릎을 꿇고 있는 태영에게 빙긋 웃었다.

"무슨 일이죠, 아가씨?"

상냥한 음성으로, 고상한 미소까지 지으며 물었다. 온몸에 소름이 돋았다.

이 여자다. 이 여자가, 아버지를 죽였어. 아버지를 죽이고 어머니도 죽인 거야.

태영은 이를 갈며 외쳤다. 후드득 두 눈에서 눈물을 떨어뜨리며 그녀를 향해 부모님을 살려 내라 소리쳤다. 전시장은 태영으로 인해 금세 소란스러워졌고, 태영이 이러한 말을 꺼낼 줄 몰랐던 옥세영 역시 인상을 쓰며 물러났다. 사람들은 그녀를 말렸지만, 태영은 당장이라도 옥세영의 머리를 쥐어뜯을 기세였다.

짜악—

"……!"

그리고 그런 태영이 옥세영에게 달려들기 직전, 태영의 고개는 옆으로 돌아갔다.

얼얼한 감각이 뺨에서 전신으로 퍼져 나갔다. 심장이 바닥으로 쿵 떨어져 태영은 한동안 움직이지 못했다. 굳어 버린 태영을 응시하던 옥세영은 흥 코웃음을 치며 중얼거렸다.

"천박한 것. 감히 누구한테 달려들려 해? 하는 짓이 너무 천박하고 어이없어서 웃기기까지 해. 웃겨. 정말 웃기네."

주저앉아 버린 태영을 향해 여자는 신랄한 말을 쏟아 냈다.

"내가 고작 네 아버지 작업실을 한 번 뒤집었다고, 아버지의 죽음을 내게 덤터기 씌울 생각인 거니? 아직 어린 학생이라지만 어찌 이리 생각하는 것이 하찮은지."

"당……신!"

"게다가 말이야, 아가야. 너 같은 꼬맹이가 대체 무엇을 할 수 있다고 내게 덤벼드는 건지 모르겠구나. 뭘 할 수 있는데? 설마, 복수라도 하겠다는 건 아니지?"

"이…… 이!"

"호호, 뭐, 좋아. 할 수 있다면 어디 한번 해 보도록 해. 물론 네가 할 수나 있다면. 여기까지 올 수나 있다면, 내 그 노력을 가상히 여겨 기꺼이 당하는 척이라도 해 주지."

"……!"

"하지만 꼬마야, 범 무서운 줄 모르는 하룻강아지야. 인생 선배로서 내가 경고 하나 할게. 건드릴 수 없는 사람은 건드리는 게 아니야. 발악하려다, 오히려 짓밟힐 수가 있거든. 그러니 조용히 네

한 몸만 건사하고 있어. 아니, 네 동생까지 두 몸인가? 일단은 너부터 살아야 할 거 아니니? 그래야 나한테 복수건 뭐건 할 거 아냐. 아, 물론 네까짓 게 복수를 할 수 있다면 말이지. 호호호!"

아.

"다들 뭐 하고 있어? 얼른 저 버러지 같은 걸 내 앞에서 치워 버리지 않고!"

태영과 시선을 마주치기도 싫다는 듯 홱 몸을 돌린 옥세영은 그녀에게서 멀어졌다.

태영은 그녀가 전시회장을 떠나는 모습을 멍하니 지켜봐야 했고, 뒤늦게 소식을 듣고 찾아온 중혁의 말을 듣고 나서야 정신을 차렸다.

"……영아, 은태영! 너 괜찮니? 괜찮아?"

「어떤 일에도 꺾이거나 흔들리지 않는 강한 정신을 일컫는 말이지. 네 아버지께서 평생 품고 사셨던 의지다. 그런 아버지와는 달리 태영이 넌, 이렇게 모든 걸 포기할 거니?」

처음에는 포기하려 했던 것이 사실이다.

그러나 그날 사건의 진실에 대해 알게 되고, 또 옥세영까지 만나니 포기할 수가 없어졌다. 중혁의 말을 그저 흘려들으려 했지만 그럴 수 없었다.

딛고 일어나야 했다. 그 어떤 상황에서도 굳건했던 아버지의 정신을 이어받아, 저 역시 아무리 힘든 상황이 닥친다고 해도 극복해야 했다. 제게는 아직 재영이 곁에 있었고, 삶은 끝난 것이 아니었으니까.

옥세영과의 대면 이후 태영은 그동안 놓고 살았던 공부를 시작했다. 코에서 피가 나도록 노력했다. 배구 연습을 했던 것 이상으로 공부를 했다.

그리고 다시 1년 뒤, 태영은 진학에 성공했다. "난 진짜 네가 우리 회사로 들어올 줄은 몰랐다, 이 녀석아."

"다 편집장님 덕분이에요."

"말은 번지르르. 그치만 기특하긴 하네. 하하."

한 번 쓰러졌던 태영이 일어나기까지의 과정은 결코 쉬운 일이 아니었으나 주변의 도움이 있었기에 완벽히 포기하지는 않았다. 태영은 불굴의 의지로 딛고 일어났으며, 그녀를 도와준 이들에 항상 감사하며 살았다. 아마 그들이 없었다면 털썩 주저앉아 영원히 일어나지 못했을지도 모른다.

태영까지 마음을 다잡자, 은씨 일가도 다시 안정을 찾았다.

졸지에 고아가 된 태영과 재영은 매일같이 그들을 돌보아 준 중혁 식구와 시간을 보냈고, 대학 졸업 후엔 여러 아르바이트를 거쳐 중혁의 잡지사에 입사하기까지 했다. 비록 어린 시절의 꿈을 이루지는 못했지만 즐거웠다.

이후 태영은 이건을 만났으며, 짝사랑에서 양방향의 사랑을 시작했다.

그래.

그때까지만 하더라도 태영의 인생은 그제야 풀리는 것 같았다. 내내 꼬여 있던 매듭을 풀고 새로운 시작을 할 수 있으리라 믿었다.

하지만, 인생은 언제나 원만할 수만은 없는 법.

시간이 흐르면 모든 것이 흐려질 거라던 누군가의 말처럼 정신 없는 하루하루를 보내면서 태영은 점점 '그 여자'를 향한 지독한 증오를 잊어 갔다. 그녀에게 복수를 해야 한다는 것보다 아버지의 세계에 대해 더 알아야 한다는 마음이 짙어졌고, 그로 인해서는 현재 하고 있는 일에 집중할 수밖에 없었다.

그뿐인가. 멀어지면 멀어질수록 제게 다가오는 이건을 피하기 위해, 그리고 그에게 빼앗긴 마음을 숨기기에도 급급해서 '그 여자'에 대한 적개심은 잠시 마음 한편에 숨기고 있었다.

"아가씨. 여기서 무명 선생 기자 회견이 열리는 거 맞죠?"

생각지도 못했던 바로 그곳에서, 다시 그 여자를 만나기 전까지는.

완벽하게.

❖

도화선이라는 게 있다.

사건이 일어나게 된 직접적인 원인.

지금으로부터 13년 전, 태영은 바로 그 도화선에 불을 붙인 여자를 찾아갔다. 그런 태영을 대면한 여자는 지독할 정도로 잔인한 눈을 태영에게 고정시키며 말했었다.

「건드릴 수 없는 사람은 건드리는 게 아니야. 발악하려다, 오히려 짓밟힐 수가 있거든.」

건드릴 수 없는 사람. 고작 학생이었던 열여덟의 태영에게는 확실히 그녀는 건드릴 수 없는 높은 위치에 있는 사람이 맞았다.

"아가씨?"

심장이 차가운 바닥으로 추락했다. 쿵, 떨어지는 그 소리가 귀를 얼얼하게 울려 움직이지 못했다. 아무렇지 않게 뱉어 내던 말은 뚝 끊어졌고, 목이 칼칼해졌다. 태영은 말을 하다 말고 자신만 빤히 바라보고 있는 여자에게서 시선을 떼지 못했다.

그 여자.

'그 여자다.'

단번에 알아볼 수 있었다. 알아보지 못할 리가 없지. 잠시 잊고 있었지만, 그날 그토록 강렬하게 머릿속에 각인된 여자였으니까.

으스스, 온몸이 떨렸다. 태영은 입술을 짓눌렀다. '아가씨, 왜 말을 하다 말아요?' 하고 고개를 갸웃거리던 중년 여성은 다시 한 번 태영에게 말을 걸었다.

'침착……하자.'

침착해야 돼.

가슴이 미친 듯이 요동쳤고, 손끝이 파르르 진동했으나 태영은 마음을 다잡았다. 어리둥절해하는 여자를 넋 놓고 보고 서 있던 태영의 눈꼬리가 천천히 접혔다. 언제 멍한 얼굴을 했냐는 듯 자연스러운 눈웃음까지 짓는 태영은 꽤 태연했다.

"아무것도 아닙니다. 무명 선생님의 기자 회견을 보러 오신 건가요?"

떨렸을까.

입 밖으로 내뱉는 목소리가 떨리지 않았으면 했다. 자연스러워야 했다. 태영은 생긋 미소 지으며 여자의 말을 기다렸다. 그러자 그제야 제 말에 대답한 태영을 수상한 눈으로 바라보던 여자가 피식 실소를 터뜨렸다.

"그럼요. 내가 당연히 참석해야지. 누구의 기자 회견인데."

누구의?

"그런데 아가씨는 이곳 관계자인가?"

"네. 저는 선생님의 기자 회견을 담당하고 있는 잡지, 〈월간 묵향〉의 관계자입니다."

"월간 묵향? 아아. 거기."

흥 코웃음을 치는 여자의 눈빛에 비소가 감돈다. 태영은 여자의 차림새를 살폈다. 대체적으로 차분한 다른 손님들과는 달리, 눈앞의 여자는 못 튀어서 안달인 것 같은 의상을 입고 있다. 마치 연회장 내의 모든 시선은 자신이 가져가겠다는 듯.

태영은 '기자 회견이 30분 뒤에 열린다고요?' 하고 묻는 여자를 내려다보더니 입안에 감돌던 말을 내뱉었다.

"사모님께서는 서예에 조예가 깊으신가 봅니다."

"응?"

"사실 이곳의 기자 회견에 대해 아는 일반분들은 그리 많지 않아서요."

그런데 대체 이 여자가 어째서 이곳에 있는 걸까.

태영은 눈앞의 여인이 몇 년 전, 유단 건설 그룹에서 일어난 집안싸움으로 인해 징역살이를 했다는 뉴스를 똑똑히 보았다. 제 손으로 직접 복수를 할 수 없어 이를 갈았던 날이 불현듯 떠올라 인상을 썼지만, 아무렇지 않은 척 미소 지으며 말했다.

그러자 '아아.' 하고 탄성을 흘리던 여자가 중얼거렸다.

"실은 우리 아들이 저 안에 있거든."

아들?

이 여자에게도 아들이 있었군.

그래, 그런 이야기를 들은 적도 있다.

「듣자 하니 큰아들이 그 여자랑 부회장 일가를 유단에서 몰아냈다더라.」

「그 여자 아들이야?」

「그럴 리가. 하지만 부회장 자식은 맞다던데, 그쪽 관계도 영 복잡한 모양이더라고. 물론 그 여자한테 아들이 있는 건 맞아. 딸도 하나 있다던데, 아들이 딸보다 못하다더군.」

딸보다 못한 아들.

「그 아들은 부회장네 손을 들어 주지 않았던 것 같아. 그래서 그 여자에게는 '딸보다 못한 아들' 이라는 평가를 받는 것 같고.」

「친자식이 아니야?」

「그건 아닌 모양이던데. 윤호 말로는 제 배를 앓아 낳은 자식이 맞대. 그런데 어찌 된 영문인지 그 아들이라는 놈은 그 여자랑 꽤 많이 부딪쳤다더군. 후계에도 별 관심이 없었대.」

「…….」

「그래서 경영 다툼을 하던 이복형의 손을 들어 준 건지도 모르겠어.」

「이복형?」

「그 여자가 그렇게 질색하던 부회장의 장남. 뭐 어쨌든 자기 아들이 부회장 장남이랑 손을 잡아 버리는 바람에 그 여자 쪽이 몽땅 다 몰락하게 된 거야. 부회장 쪽 치부가 드러나도록 증언하고, 또 자료를 준 것이 바로 그 아들이라더라고.」

경제 전문 신문사에서 일하고 있는 친구 윤호에게서 들었다며, 재영이 말해 준 '그 여자'와 관련된 일에 태영은 코웃음 쳤다. 그 아들이라는 사람이 누구인지는 몰라도, 물려받은 피는 변하지 않는 법이다. 무슨 속셈으로 자신의 이복형과 손을 잡은 건지는 모르겠지만, 일부러 그랬을 가능성도 존재한다.

「부정하려 해도, 결국은 그 여자의 아들이니까.」

한통속이겠지.

아들에 대해 언급하는 여자를 보자니 재영과 나누었던 대화가 떠올랐다. 태영은 어느새 기자들이 가득 들어찬 연회장 쪽을 가리키는 여자를 보며 빙긋 웃었다.

"아드님이 기자신가 보군요."

그러자 여자가 푸흡 실소를 터뜨렸다. 내 말이 우습나? 태영이 고운 미간을 찌푸리자, 여자는 태영을 한동안 직시하더니 입술을 움직였다.

"기자라니? 〈월간 묵향〉 관계자라면서 이런 사소한 정보도 알지 못하는군요. 조금 실망이네. 역시 〈월간 묵향〉은 준비가 안 되어 있어."

짙은 비웃음을 뒤섞은 그녀의 말에 태영의 눈이 금세 서늘해졌다. 태영의 얼굴이 딱딱하게 굳어지는 과정을 보며 쿡쿡거리던 여자는 말을 이었다.

"나 말이야, 아가씨가 그렇게 받들고 섬기는 무명 선생 엄마예요."

……뭐?

"그러니 우리 아들이 있는 곳으로 날 좀 안내해 주면 고마울 것 같은데?"

❖

기자 회견이 열리는 호텔이 가까워질수록 이건의 눈빛은 차분해졌다. 집을 떠날 때까지만 해도 두근거리던 마음은 어느새 안정을 되찾은 상태. 이런 마음가짐이라면, 기자 회견도 무리 없을 거다. 이건은 짧게 숨을 골랐다.

“죄송합니다, 선생님.”

그런 이건을 룸미러를 통해 힐긋거리던 강 실장이 불쑥 사과의 말을 전해 왔다. 이제 신호등 하나만 지나면 예의 호텔에 다다르는 터라, 딱히 사과를 할 필요가 없는데. 이건은 창밖을 향했던 눈을 강 실장에게로 돌렸다. 룸미러를 통해 마주친 강 실장이 한숨 섞인 목소리를 흘렸다.

“제가 길을 잘못 들어서지만 않았더라도 이렇게 아슬아슬하게 도착하지 않았을 겁니다.”

“괜찮습니다. 저 역시 그 길이 낫다고 하지 않았습니까.”

“그래도…….”

“기자 회견은 20분 정도 남았으니 준비할 시간은 충분합니다. 너무 미안해하지 않으셔도 돼요.”

이건은 옅은 미소와 함께 대답했다. 이쯤 되면 강 실장이 알겠다고 고개를 끄덕일 줄 알았다. 그런데 강 실장은 어찌 된 영문인지 멈춰 있는 차 안에서 이건을 계속 힐끔거렸다. 이건은 피식 웃으며 물었다.

"하고 싶은 말이 있으십니까?"

"선…… 도련님."

"예, 강 실장님."

강 실장이 자신을 '도련님'이라고 부를 때는 지극히 사적인 말을 건넬 때다. 이건은 꽤 심각한 얼굴을 한 강 실장에게 연신 싱글거렸다. 그러자 후우 호흡을 고른 강 실장이 물었다.

"은 기자님 말입니다."

"태영이가 왜요?"

무슨 일이 있었나?

강 실장에게서 태영의 이야기가 흘러나오자 무의식적으로 반응하게 된다. 이건은 조금 전보다 한껏 상기된 물음을 내던진 자신을 보고 깜짝 놀랐다. 그녀의 이야기에 이렇게 소스라치게 놀라다니. 아직 무슨 이야기인지 제대로 듣지 않았지만, 이제는 태영의 이름만 들어도 움찔거리게 된다. 가슴이 쿵쿵 뛰기도 하고.

이건은 말이 끝나자마자 되묻는 자신의 반응에 멈칫한 강 실장에게 풋 웃어 보였다.

"태영이 일은 어쩐지 차분해지지 못하네요. 병인가 봅니다."

"……."

"그런데 무슨 말씀을 하려 하셨죠?"

"아. 다름이 아니라…… 은 기자님도 알고 계신가 해서요."

"뭘 말입니까?"

"도련님의 가족분들에 대해. 그리고 유단에 대해……."

어떤 말을 꺼내려기에 강 실장님은 이리 주저하는 것인가. 태영과 관련된 난처한 일이 딱히 생각나지 않아 의아해하던 이건은 나지막한 강 실장의 말을 듣고 급격하게 얼굴을 굳혔다.

'가족.'

그리고…… 유단.

「그 형님이라는 분은 뭘 하세요? 왠지 예술가는 아닐 것 같은데.」

태영은 생각지도 못했던 프러포즈를 한 후 이건의 품에 안겨 중얼거렸다. 그녀의 짧은 머리카락을 부드럽게 쓸며 미소 짓던 이건은 생각하는 태영을 응시하며 말했다.

「형님은 직장에 다니고 계시지.」

「직장? 역시! 어느 쪽이에요?」

「건설 회사에서 일하셔. 그런데 가끔 다른 업무도 보시고.」

「우와, 능력자이신가 봐요?」

「그렇지. 안 그래도 널 소개할 자리를 만들 생각이었어.」

「응? 저, 저를요?」

「그럼, 내가 가족들에게 너를 알리지도 않고 바로 결혼할 거라 여겼어?」

「그건…… 아니지만. 아! 그, 그렇다면 이러고 있을 때가 아니에요!」

「태영아?」

「피부과를 가야겠어요. 음, 예슬이가 일하는 피부과에 회원권이라도 끊는 게 좋겠어.」

「뭐?」

「이건 씨도 참. 너무 모르네.」

「무슨……?」

「당신 가족한테 잘 보여야 하잖아요. 나.」

「……!」

「그러려면 일단 피부 관리는 필수지. 그런데 정확히 가족 관계가 어떻게 되는 거예요? 누구누구한테 잘 보여야 할까, 나?」

이건의 품에 안겨 있던 태영은 그에게서 벗어나 눈을 큼지막하게 떴다. 어찌나 빠른 행동인지, 이건은 차마 그녀를 잡지 못했다. 태영은 주먹까지 불끈 쥐며 의지를 다잡았다.

「이건 씨. 나 이건 씨 가족들한테 밉보이고 싶지 않아요.」

「하하.」

「웃을 일 아냐. 시가에 잘 보이는 건 정말 중요한 일이라고요.」

「풉!」

「어어? 자꾸 웃네? 왜 웃는 거지? 설마 나한테 시가가 아닌 거예요? 그런 거야? 이건 씨가 내 프러포즈 받아들였으니, 당신 집안은 내 시가 맞잖아. 아니에요?」

「아니. 맞네, 맞아. 네 시가 맞아.」

미소 짓는 이건을 보며 입을 쭉 내밀던 태영은 말했었다.

「이건 씨. 전 첫인상이 가장 중요하다고 생각하는 사람이라고요. 그러니까 가족분들이 저를 좋게 보도록 일단 예슬이한테 전화해서 피부과를 끊고, 음…… 가발을 쓰는 게 좋을까?」

이건이 인상을 썼다.

「가발은 갑자기 왜?」

태영은 어색하게 웃으며 대답했다.

「조금이라도 여성스러워 보이고 싶어서.」

「뭐?」

「물론 저 스스로는 지금 헤어스타일이 마음에 들지만, 짧은 머리카락을 싫어하시는 어른들도 계시잖아요.」

「…….」

「말했잖아. 나 이건 씨 가족들한테 잘 보이고 싶다고. 혹시 모를 트집은 사양이라고요. 그러니 뵙는 날이라도 잠시 생머리 가발을 잠시 빌리는 것도 나쁘지는…… 읏!」

「은태영.」

무엇이 그리 걱정인지. 머리카락이 길든 짧든, 결국은 은태영인 것을.

이건은 의지를 불태우는 태영을 부르며 그녀를 꽉 끌어안았다. 태영이 '이건 씨?' 하고 그를 부르자 이건은 작게 속삭였었다.

「꾸미지 않아도 돼.」

「……네?」

「은태영은, 은태영으로 있으면 돼. 그걸 받아들이지 못할 가족들도 아니고. 다들 내가 사랑하는 은태영을 그대로 바라봐 줬으면 좋겠거든.」

「……!」

"……련님? 도련님!"

아.

"죄송합니다, 강 실장님. 잠깐……."

생각이 나서.

이건은 저를 부르는 소리에 정신을 차렸다. 그러자 강 실장이 룸미러를 통해 자신을 이상한 눈으로 바라보고 있는 것이 보였다. 머쓱한 표정을 짓던 이건은 생긋 웃었다.

"가족들에 대해서는 태영이도 대충 알고 있습니다."

"알고…… 계시다고요?"

이건은 말없이 고개를 끄덕였다. 태영은 현재 이건과 어머니 사이가 좋지 않다는 것을 알고 있고, 아버지가 돌아가셨다는 것도 알고 있었다. 게다가 여동생이 좋지 않은 일로 징역살이를 하고 있다는 것 역시 알고 있다.

그녀에게 그가 아직 말하지 않은, 아니 미처 말하지 못한 것은…….

"유단에 대해서는 오늘 기자 회견 전에 말해 줄 생각입니다."

"기자 회견 전에요?"

"네. 다른 사람의 입으로 듣는다면 놀랄 수도 있으니까."

나지막한 이건의 중얼거림에 동의한다는 듯, 강 실장이 입을 열었다.

“하긴. 아무래도 기자들이니, 한 번쯤은 도련님의 얼굴을 봤을 수도 있겠군요.”

아마도 그렇겠지.

“그런데 강 실장님.”

“예, 도련님.”

“어머니는…… 어쩌고 계십니까?”

불안한 것은 딱 한 가지다.

가석방이 된 어머니, 세영이 무슨 짓을 저지를지 감이 잡히지 않는다는 것. 이건의 조심스러운 물음에 마침 바뀐 신호를 보고 액셀러레이터를 밟던 강 실장이 답했다.

“외출이 잦으십니다.”

“외출?”

그의 집에서 나갈 준비는 하지 않고?

이건이 인상을 쓰자 강 실장은 덤덤하게 말했다.

“청담동 갤러리 쪽 관계자들과 미팅을 잡으려 하시더군요. 이번 사건을 터트린 〈아침의 서예〉 관계자들이랑도 많이 만나셨습니다. 도련님께서 바라시는 대로 하지는 않으실 것 같아요.”

“……이번 기자 회견이 끝나고 나면 형님께 말씀드려 서울 쪽 집을 정리할 생각입니다. 어차피 제 집도 아니고. 집은 경주에 있는데, 계속 내버려 두는 것도 마음에 걸려서요."

"그러십니까."

"네. 어머니께는 집에 대해서 알리지 말아 주십시오. 그리고 기자 회견 이후에는 연락처도 바꾸었으면 합니다. 어머니와 관련된 모든 것과…… 멀어지고 싶군요."

"도련님."

"네."

"괜찮으시겠습니까?"

이건은 걱정을 가득 담아 묻는 강 실장에게 흐리게 웃었다.

"그 수밖에 없죠."

아무리 애써도 스스로는 바뀌지 않을 분이니.

'내가 직접 끊어 내는 수밖에.'

답변을 한 뒤 눈을 내리감는 이건에게 강 실장은 더 이상 말을 걸지 않았다. 강 실장이 모는 차는 매끄럽게 움직여, 호텔 로비 앞에 도착했다.

"도착했습니다, 도련님."

"고맙습니다."

이건은 차 문을 열었다.

"선생님! 어휴, 왜 이제 오십니까!"

그리고 차에서 내린 이건이 막 로비로 들어서자마자 헉헉 숨을 몰아쉬던 남중혁 편집장이 그의 앞에 나타났다.

❖

「당신이 무명 선생이든, 장이건이든, 혹은 그 누구든 내게는 다 똑같아. 내가 당신에게 은태영인 것처럼, 당신은 그저 내가 사랑하는 사람일 뿐이에요. 그러니까 주눅 들 필요 없어. 당신은 당당하면 돼. 알았죠?」

태영은 말했었다. 그곳에는 매와 같은 눈을 한 기자들이 레이저를 쏘며 그에게 달려들 것이라고. 흔들릴 수는 있겠지만 그렇다고 와르르 무너지지는 말라고. '당신은 끄떡없을 거야.' 하고 아주 확신을 가지며 말하는 태영의 모습에 절로 미소가 지어졌다.

'그래서 나는 너를 사랑하는 건지도.'

내가 무엇을 하든, 네가 나의 든든한 지원군이 되어 줄 거라는 걸 알고 있으니까.

이건은 '왜 대답이 없어요?' 라 말하며 두 눈을 부라리는 태영에게 빙긋 웃어 주었다.

「은태영의 말, 기억하고 있을게.」

찰칵!

찰칵찰칵!

"그쪽이 정말로 무명(無名) 선생님이십니까?"

"무명 선생님께서는 이번 일에 대해 어떻게 생각하십니까!"

"〈아침의 서예〉에서는 정정당당하게 입수한 작품이라고 주장하고 있는데. 절도설이 정말 사실인가요?"

"선생님이 무명 선생님이라는 것은 어떻게 증명할 수 있죠?"

〈월간 묵향〉의 남중혁 편집장과 함께 등장한 이건을 주의 깊게 바라보던 기자들은 '이분이 오늘 기자 회견의 주인공이신 장무명 선생님이십니다.' 라, 이건을 소개한 중혁의 말이 끝나기가 무섭게 소리쳤다.

번쩍거리는 플래시 세례와 쏟아지는 질문에 무표정한 얼굴로 그들을 바라보던 이건은 숨을 골랐다. 그러고는 주변을 살폈다.

'어디 있는 거지?'

「큰 은 기자 말이십니까? 10분도 전에 선생님을 마중 나갔는데, 대체 어딜 갔는지 보이지 않더군요. 이 녀석 정말 뭘 하는 건지. 하여간 이러고 계실 때가 아닙니다. 곧 기자 회견이 시작될 것 같으니 이리로 오시지요.」

대기실로 안내하는 중혁에게 태영에 대해 물었지만, 중혁은 자신도 모르겠다는 듯 그저 고개를 절레절레 젓기만 할 뿐이었다. 기자 회견 전, 유단에 대해 말을 할 생각이었던 이건은 곧 기자 회견이 시작된다며 재촉하는 중혁을 바라보다 움직일 수밖에 없었다.

"선생님, 말씀 좀 해 주시죠!"

입을 굳게 다물고 있는 이건을 보며 누군가가 한 번 더 외쳤다. 그러자 묵묵히 태영을 찾고 있던 이건이 씁쓸한 표정을 지었다. 일단 며칠 동안 일어난 사건에 대해 장무명으로서의 입장 표명은 해야 했다. 그것이 〈월간 묵향〉에 대한 예의였고, 배려였으니까.

'어쩔 수 없군.'

찰칵찰칵!

이건이 눈앞에 놓인 마이크를 제 쪽으로 끌어당기자, 대기하고 있던 카메라 기자들이 다시금 셔터를 눌러 댔다. 그 소리가 넓은 연회장을 가득 울려 잠시 호흡을 고르던 그는 천천히 입술을 뗐다.

"남중혁 편집장님, 지필묵을 부탁드립니다."

커다란 책상 앞에 앉아 있던 이건이 정확히 자신을 지목하자 '아, 예!' 하고 크게 외친 중혁이 미리 준비해 온 화선지와 붓, 그리고 먹을 이건의 앞에 대령했다. 여전히 셔터 소리는 들려오고 있었고, 기자들은 말 대신 행동으로 무언가를 보여 주려는 이건의 행동에 주목하며 시선을 고정시켰다.

이건은 아무것도 적혀 있지 않은 화선지를 무표정하게 내려다보더니, 곧 손을 들어 붓을 움켜쥐었다. 그의 기다란 손가락이 부드럽게 붓을 감싸 쥐자, 모두가 숨을 크게 들이마셨다.

새카만 먹을 충분히 붓 끝에 적신 이건은 먹이 화선지 위로 떨어지기 전, 팔을 들어 올려 일필휘지(一筆揮之)를 이어 갔다.

스슥.

슥.

드넓은 연회장 내에는 카메라에서 흘러나오는 셔터 소리와 화선지 위를 누비는 붓 소리가 퍼져 나갔다.

자신이 누구인지 밝히지 않고, 딱 한 번의 작품을 출품해 서단을 경악시킨 무명 선생의 운필을 두 눈으로 지켜본다는 것은 서단에서 활동하고 있는 관계자나, 혹은 서예에 관심이 있는 일반인들에게는 크나큰 영광이나 다름없었다.

정말로 눈앞의 저 멀쩡한 남자가 예의 그 무명 선생이 맞는 건지 의심하던 사람들은, 이건의 거침없는 필획에 벌어진 입을 꾹 다물 수밖에 없었다.

'……'

단 한 번에 글을 써 내려간 이건의 움직임은 마지막 획을 마치기가 무섭게 멎었다.

저를 지켜보는 눈들은 많았지만, 자신만의 세계에 빠져 있던 이건은 현실로 돌아왔다.

"다 되셨습니까?"

어느새 곁으로 다가온 중혁이 조심스레 그에게 묻자 이건은 고개를 끄덕였다. 중혁은 감격에 겨운 표정을 지으며 이건과 그가 써 내려간 글자를 번갈아 응시하고 있었다.

이건은 옅게 웃은 후, 대체 무엇을 썼는지 궁금해하는 기자들을 주시했다. 그러고는 화선지를 들어 올려 기자들에게 보여 주었다.

不怨天不尤人(불원천불우인)

잘못을 남의 탓으로 돌리지 않는다.

이건은 자신이 들어 올리고 있는 화선지를 열심히 찍어 대는 기자들을 향해 말했다.

"이번에 일어난 일련의 사건들은 전부 저의 실수로 일어난 일입니다. 많은 분들이 짐작하시는 대로 〈아침의 서예〉에서 공개된 작품은 〈월간 묵향〉을 통해 공개될 예정이었던 저의 작품이 맞습니다. 하지만 이는 〈월간 묵향〉의 관리 소홀이 아닌 저희 쪽 관계자가 저지른 실수이기에, 이로 인해 피해를 입은 〈월간 묵향〉의 관계자분들께 진심 어린 사과의 말씀을 전합니다."

중혁의 눈이 큼지막해지는 것을 힐긋거린 이건은 말을 이었다.

"그리고 그와 같은 일을 방지하는 차원에서, 앞으로 장무명이라는 이름으로 선보이게 될 수많은 작품들은 오로지 〈월간 묵향〉을 통해서만 공개될 예정이라는 사실 역시 전합니다. 여러분의 많은 양해 부탁드립니다."

낮고 굵은 음성을 입 밖으로 뱉어 내던 이건은 자리에서 일어나 머리를 숙였다.

찰칵찰칵!

이건의 파격 선언에 혀를 내두른 기자들이 허리를 굽힌 이건의 모습을 찍어 댔다. 이건은 그들이 충분히 사진을 찍을 시간 동안 부동의 자세를 유지하다 서서히 고개를 들었다. 그러고는 중혁을 응시했다.

"서, 선생님……."

〈월간 묵향〉의 창간 20주년 기념호를 감독하던 중혁이 이건의 발언을 똑똑히 듣고 입술을 파르르 떠는 게 보였다. 〈아침의 서예〉의 절도 건으로, 이건 차원에서 이번 일에 대해 해명해 줄 것이라고는 들었지만, 설마 그가 모든 작품을 〈월간 묵향〉을 통해 공개할 것이라고는 생각하지 않았던 모양이다.

이건은 어찌할 바를 모르겠다며 글썽이는 중혁에게 부드러운 미소를 흘려 주었다.

그렇게 〈월간 묵향 창간 20주년 기념호〉의 출판 간담회 겸으로 함께 진행되었던 이건의 기자 회견은 그런 이건의 선언을 끝으로 막을 내리는가 싶었다. 자신이 누구인지는 이미 눈앞에서 운필을 하는 것으로 증명을 했고, 모든 잘못을 제게 두며 앞으로 일어날 일까지 미리 방지한 이건이 기자 회견장을 빠져나가기 위해 몸을 돌릴 무렵이었다.

"무명 선생님, 혹시 질문 받으십니까!"

이건은 다급하게 외치는 누군가의 음성에 걸음을 멈추었다. 소리가 들려온 방향을 쳐다보자, 예의 기자가 기다렸다는 듯 소리쳤다.

"혹시 유단 건설 그룹에 대해 알고 계십니까?"

다행히 우려했던 일이 일어나지는 않았던 것 같아, 약간의 안도를 하고 있었다. 하지만 불행히도 이건이 이 기자 회견장을 빠져나가기 전, 예상했던 일이 일어나 버렸다.

"유단…… 건설 그룹?"

이건의 기자 회견이 끝나고, 출판 간담회를 진행하려던 중혁을 대신하여 이건과 함께 밖으로 나가려던 재영이 행동을 멈추었다.

"유단?"

"유단이라니? 그 유단?"

"기업 유단 말하는 거 맞지?"

웬 기자가 던진 말에 키보드를 두드리고 있던 기자들이 술렁이기 시작했다. 이건의 얼굴에 그늘이 졌다.

'한계인가.'

태영에게 먼저 말을 했어야 했는데.

내내 그것이 마음에 남아 쓴 물이 입안을 감돌았다. 이건은 웅성거림을 멈추지 않는 기자들을 똑바로 바라보기 위해 비스듬하게 돌렸던 몸을 정면으로 바로 세웠다.

"질문의 요지가 뭡니까?"

이건의 물음에 씨익 입꼬리를 올리던 기자가 말을 이어 갔다.

"아무리 봐도 선생님 얼굴이 낯익어서 혹시나 했는데…… 제가 보기에는 지금 저희 앞에 계시는 장무명 선생님이 얼마 전 타계하신 유단 건설 그룹의 전 부회장, 고(故) 장은석 전 부회장님의 둘째 아드님이신 것 같아서 말입니다!"

"장은석 전 부회장?"

"피습당한 그 장은석 전 부회장?"

젠장.

술렁거림이 커져 간다. 이건은 있는 힘껏 외친 뒤 씩 웃고 있는 기자의 눈을 똑바로 응시했다.

'……!'

그러다 그런 기자의 근처에서 낯익은 얼굴을 발견했다.

이건의 시야로 들어온 사람은, 다름 아닌 세영이었다.

대체 왜 어머니께서 이곳에 계신 거지.

「도련님께서 바라시는 대로 하지는 않으실 것 같아요.」

수상한 움직임을 보이는 세영에 대해 주의를 주던 강 실장의 말이 떠올랐다.

유단 건설 그룹에 재직 중이던 당시, 이건은 그의 여동생인 지혜와는 달리 최대한 언론과의 접촉을 회피했었다. 카메라 앞에 서는 것이 익숙하지도 않고, 자신이 나서지 않더라도 지혜가 그의 일까지 모두 나갔으니, 잘됐다 여겼다.

그랬기에 자신을 단번에 알아본 기자가 이건을 '낯익다.' 고 표현한 것은 거짓일 것이다. 틀림없이 그녀가…… 말한 거겠지.

이건은 기자에게 자신에 대해 언급했을 것이 분명한 세영과 허공에서 시선을 마주쳤다. 세영은 짙은 눈웃음을 그리며 그를 응시하고 있었다. 이 상황을 즐기기라도 하듯.

"선생님! 아직 제 질문에 대답하지 않으셨습니다!"

이름 모를 기자는 말없이 굳어 버린 이건을 바라보며 외치고,

또 외쳤다. 이건은 대답하지 못했다. 웃고 있는 세영을 바라보기만 할 뿐.

"무명 선생님!"

"장무명 선생님의 사적인 문제에 대해서는 이 자리에서 언급하지 않았으면 합니다."

그때였다.

"지금부터는 〈월간 묵향〉의 창간 20주년 기자 간담회를 진행하도록 하겠습니다. 기자 여러분들의 많은 양해 부탁드립니다."

소란스럽던 상황을 정리하기 위해 〈월간 묵향〉의 편집장 중혁이 나섰다. 그는 이건의 어깨로 손은 얹더니 톡톡 두드렸다. 비키라는 수신호였다. 뒤늦게 정신을 차린 이건이 자리에서 일어나자 중혁이 그 자리를 대신했다. 낮게 깔린 중혁의 말에 반발한 몇몇 기자들이 뭐라 외치기도 전에, '가시죠, 선생님.' 하고 저를 이끄는 재영의 음성을 들으며 이건은 자리를 벗어났다.

"죄송합니다, 선생님. 회견장에 사모님께서 와 계신 줄은 몰랐습니다."

기자 회견 당시 있었던 일을 전달받는 강 실장이 창백한 얼굴로 이건에게 다가왔다. 대기실로 돌아온 이건은 어쩔 줄 몰라 하는 강 실장에게 괜찮다고 말하며 웃어 주었다.

'들었……을까.'

대기실로 돌아온 이건은 이곳에 태영이 있는지부터 살폈다. 사람들이 많았기에 태영의 존재는 찾을 수 없었지만, 아마 들었다면 몹시 놀랐을 거다. 진작 말을 했어야 했는데. 한 번 내려앉은 심장은 쉽게 안정을 찾지 못하고 있었다.

기자 회견은 여전히 진행되고 있었지만, 제 할 일을 끝낸 이건은 핸드폰을 꺼내 들어 태영에게 전화를 걸었다.

'받지 않아.'

무슨 일이라도 생긴 건가.

불안한 예감이 들기 시작했다.

'괜한 생각이군.'

적어도 이건이 알고 있는 태영이라면, 그가 유단 건설 그룹 오너 일가의 일원이라 해서 겁을 먹지는 않을 것이다. 이건은 아무리 걸어도 받지 않는 태영에게 전화하는 것을 포기했다.

똑똑, 노크 소리가 들려온 것은 이건이 종료 버튼을 누른 후였다.

"아, 재영 씨."

기다리던 태영은 아니지만, 그녀의 쌍둥이 남동생이 그의 앞에 모습을 드러냈다. 꿩 대신 닭이라고, 이건은 한결 밝은 표정을 지으며 앉아 있던 소파에서 일어났다. 이건은 저를 보자마자 고개를 숙이는 재영에게 빙긋 웃었다.

"혹시 태영이…… 은 기자, 보셨습니까?"

"……."

"여기 도착한 이후 은 기자를 만나지 못했습니다."

"……."

"그래서 회견 전에 해야 할 말을 하지 못한 게 마음에 걸립니다. 놀란 건…… 아닌지."

이건은 어색한 표정을 지으며 뒷머리를 긁적였다.

그러다 다시 재영을 바라보며 말했다.

"재영 씨도 많이 놀랐겠죠. 미안합니다. 미리 말을 했어야 했는데, 어쩌다 보니……. 하지만 숨기려고 했던 건 아니었어요. 자랑할 일도 아니라서, 그래서……."

"당연히 자랑스럽지 않겠죠."

뭐?

쓰게 웃던 이건의 눈이 휘둥그레졌다. 이건은 냉랭하기 그지없는 음성을 듣고 재영을 응시했다.

"재영…… 씨?"

재영은 마치 이건을 죽일 기세로 노려보고 있었다. 저만 보면 언제나 미소 짓기 바빴던 재영의 분위기가 확연히 드러날 정도로 날카로워, 이건은 조금 놀랐다.

"왜 그래요? 무슨 일 있어요?"

물론 이건이 태영 남매에게 유단에 대해서 미리 말하지 못하기는 했지만, 이런 적대적인 눈빛을 받을 만큼 잘못한 것은 아니었다. 그랬기에 이건은 지금 이 상황이 몹시 난처했다.

어째서 저를 증오스러운 눈으로 바라보고 있는 걸까.

그것도, 자신의 팬이라고 했던 재영이……대체 왜?

“재영 씨?”

“한 가지만.”

차디찬 냉기가 흘러나오는 재영의 태도에 의문을 느낀 이건이 다시 한 번 재영을 불렀다. 그러자 이건의 말을 끊어 낸 재영이 눈을 부릅뜨고, 이건을 노려보았다. 이건은 부드득 이까지 가는 재영의 다음 말을 기다렸다. 달아오른 흥분을 가라앉히지 못한 재영이 잠시 입술을 악물고 있다 입을 열었다.

“지금부터 제가 묻는 말에 대답해 주시면 감사하겠습니다, 선생님.”

이건이 얼마든지 그렇게 하라는 듯 미소 짓자, 재영이 굵은 음성을 흘렸다.

“아까 기자 회견장에서 그 기자가 선생님께 했던 말. 그 말이 대체 무슨 뜻입니까.”

재영의 눈동자는 심상찮게 이글거렸다. 이건이 당황할 만큼, 날카롭고 매서운 눈빛이었다. 재영은 믿을 수 없다는 표정을 지으며 물었다.

"그 기자의 말대로…… 선생님은 유단과 관련 있으신 겁니까?"

"재영 씨. 그게……."

"선생님은!"

서둘러 해명하려던 이건을 향해 재영이 소리쳤다.

"선생님은, 옥세영 씨의 아들입니까?"

목소리를 낮추며 묻는 재영의 말에 이건의 동공이 흔들렸다.

물론 그의 어머니가 누구인지 정도는 조금 전 기자 회견장에서의 일을 지켜봤다면 충분히 알 수 있는 일이기는 하다. 이건의 어머니 세영은 몇 해 전 사회적 물의를 일으키고 징역살이를 했던 사람이었으니까. 하지만 세영의 이름을 말하며 얼굴을 일그러뜨리는 재영의 모습은 확실히 평범한 반응과는 거리가 있었다.

그의 반응.

재영의 반응은 어쩐지,

'원수를…… 대하는 것 같군.'

자신이 유단 오너 일가의 일원이라 놀란 것은 결코 아니었다. 그랬다면 이런 반응을 취할 리가 없지. 재영의 반응은 당장이라도 제게 달려들 기세였다.

이건이 말없이 그를 쳐다보자 재영이 젠장, 하고 거친 욕설을 내뱉었다.

"맞군요."

"……."

"그 여자의 아들이었어."

'그 여자' 라는 단어를 내뱉을 때 재영은 이를 악물고 있었다. 부드득, 이가 갈리는 소리가 나서 이건의 눈동자 역시 가라앉았다. 무언가 있군. 절망에 가득 찬 재영의 태도에 의문이 일지 않는다면 거짓이다. 이건은 굳은 얼굴로 재영에게 물었다.

"재영 씨. 아까부터 대체 왜 그러는 겁니까?"

날카로운 반응은 이건의 의구심을 자극했다. 무언가 답답함마저 느껴져 결국 입안에서 감도는 말을 내뱉자, 재영의 차가운 눈이 이건을 향했다.

이건은 허공에서 부딪친 재영의 검은 눈동자에 멈칫했다.

"선생님께 드릴 말씀이 있습니다."

이건의 질문에 답하지 않고, 재영은 제 말을 이어 갔다.

"오늘 이후 선생님의 담당 기자는 제가 되었으면 합니다. 작품과 관련된 일이라든가, 아니면 인터뷰와 관련된 일이라든가 하는 공적인 업무는 물론이고, 사적으로 필요하거나 궁금한 것이 있으면 저와 연락을 취해 주십시오."

"재영 씨?"

"그리고 앞으로는, 우리 누나…… 태영이와 만나지 말아 주셨으면 합니다."

무슨 소리를 들은 거지.

저와 태영이 얼른 살림을 차리면 좋겠다고 매일같이 노래를 부를 때는 언제고.

순식간에 달라진 태도를 취하는 재영의 반응에 정신을 차리지 못하겠다. 이건은 미간을 좁히며 재영을 바라봤지만 재영의 서늘한 말은 멈추질 않았다.

"태영이 근처에는 얼씬도 하지 않으셨으면 좋겠습니다. 연락도 하지 마시고, 다시는 볼 생각도 하지 말아 주십시오. 분명히 말씀드리지만 이건 부탁이 아니라, 경고입니다. 만약 당신이 우리 태영이 근처에 얼쩡거린다면, 도저히 참을 수 없을 것 같으니까."

이건은 도통 알아들을 수 없는 소리를 내뱉는 재영을 황당하게 바라봤다. '그럼, 볼일이 있어 이만 나가 보겠습니다.' 하고 자신이 해야 할 말을 모두 꺼낸 재영이 이건에게 머리를 숙였다.

이건은 대기실의 문을 쾅 닫고 나가 버리는 재영의 뒷모습을 그저 바라보고 서 있었다.

❖

「큰 은 기자님, 몸이 안 좋아서 조퇴하셨는데. 작은 기자님은 못 들으셨어요?」

태영이 기자 회견을 지켜보지 못하고 그대로 퇴근했다는 이야기를 듣자마자 안암으로 향했다. 집으로 오는 동안 심장이 요란하게 반응했지만 겉으로 내색하지는 않았다. 〈월간 묵향〉에서 함께 일하고 있는 혜진의 말을 떠올리던 재영은 그들 남매의 투룸 앞에서 멈췄다.

고개를 들어 올려 창문 쪽을 응시하니 칠흑처럼 어둡기만 하다.

조퇴했다고 했으니 틀림없이 집에 있을 게 분명한데.

'전화도 안 받고.'

집에 도착할 때까지 몇 번이고 태영에게 전화를 걸었지만, 그녀에게선 답이 없었다. 미간을 찌푸리던 재영은 숨을 크게 들이마신 후 계단을 올랐다.

철컥!

도어락에 비밀번호를 꾹꾹 누르자 문 열리는 소리가 났다. 끼익, 대문을 열고 안으로 들어갔으나 자신의 인기척에도 불구하고 안쪽에서는 아무 반응이 없었다. 재영은 더욱 딱딱해진 얼굴을 한 채 발을 앞으로 내디뎠다.

숨소리 하나 들려오지 않는, 고요한 집 안.

"……!"

컴컴한 어둠으로 물든 집 안의 분위기가 예사롭지 않아 미간을 찌푸리던 재영은 무심코 거실 쪽을 응시하다 행동을 멈추었다. 거실의 소파를 차지하고 있는 웬 인영(人影)이 보였다. 그 정체가 짧은 머리카락의 태영이라는 것은 어렵지 않게 알아차렸다.

불도 켜 두지 않고 대체 뭐 하고 있는 거야.

재영은 어둠 속에서 은은하게 빛나고 있는 태영을 무표정하게 응시했다.

'그때와 같군.'

13년 전이었을 거다.

「재영아. 나…… 그 여자 만나고 왔어.」

학원에서 돌아온 재영을 향해 태영은 말했었다. 울분을 가득 담은 눈으로 저를 올려다보며. 그 말을 하던 태영의 모습은 뇌리에 선명하게 남아 여전히 그의 머릿속을 차지하고 있었다.

'빌어먹을.'

속이 욱신거린다.

혹시 장무명의 기자 회견을 지켜본 걸까.

'아니. 혜진 씨 말로는 기자 회견이 열리기 전에 먼저 갔다고 했는데.'

서늘한 표정을 지어 보이던 재영은 살짝 입술을 깨물었다. 그러고는 불도 켜지 않은 태영을 대신하여 거실 전등 스위치를 켜기 위해 몸을 돌렸다.

"아."

재영이 불을 켜자 지독한 기운이 감돌던 어둠이 순식간에 걷혔다. 그와 동시에 소파에 앉아 있던 태영 역시 뒤늦게 재영을 발견한 듯, 낮게 탄성을 터뜨렸다. 재영은 '언제 왔어?' 하고 어색하게 웃는 태영을 말없이 응시하다 입을 열었다.

"은태."

"응?"

"여기서 뭐 해."

침착하게 물었어야 했는데, 저도 모르게 신경질적인 반응이 나와 버렸다. 태영이 그의 날카로운 태도에 놀란 표정을 짓는 게 보였다. 재영은 말하지 않았다. 태영의 갈색 눈동자가 요란하게 흔들리다, 곧 제자리를 찾는다. 태영은 옅은 미소를 그리며 중얼거렸다.

"그러게. 나 여기서 뭐 하는…… 거지?"

넋을 놓아도 완벽하게 놓아 버린 것이 틀림없다. 재영은 말없이 인상을 썼다. 그러자 하하 웃으며 머리를 긁적이던 태영이 조금 전보다 한결 밝은 목소리로 물었다.

"참. 기자 회견은? 잘 끝났지?"

"……."

"갑자기 핸드폰 배터리가 나가서 아직 반응은 못 봤어. 어땠어? 사람들이 뭐래? 기자 회견에서 선생님이 뭐라고 하셨어? 〈아침의 서예〉 쪽은 뭐래? 그쪽도 난리 났을 텐데."

"……."

"은재영?"

태영은 제 질문에 입도 벙긋하지 않고 묵묵히 서 있는 재영의 태도가 이상했던 모양이다. 그녀는 얼굴을 제대로 펴지 못하는 재영의 모습에 고개를 갸웃거리더니, 이내 머쓱하게 중얼거렸다.

"미안. 연락 안 돼서 걱정했지?"

재영은 여전히 답하지 않았다. 태영은 변명하듯 말을 덧붙였다.

"요즘 좀 무리를 했나 봐. 기자 회견 직전에, 몸 상태가 정상이 아니더라고. 그래서 조퇴했어. 오늘 중요한 날이라는 거 나도 잘 아는데…… 아파서 실수하는 것보단 차라리 없는 게 낫잖아. 안 그래? 그래도 혹시 누가 나 찾을까 봐 혜진 씨한테 말했는데…… 못 들었어?"

"……."

"은재영. 너 화났어?"

입을 꾹 다무는 재영의 눈치를 살피던 태영은 계속해서 하하,

멋쩍은 웃음만 흘려 댔다. 그녀는 자신을 바라보고만 있는 재영의 수상한 반응에 침을 꼴깍 삼키더니 소파에서 벌떡 일어났다.

"그래, 인마! 이 누나가 좀 아팠다. 아파서 제정신이 아니야. 아프다는 거 말 안 해서 미안. 아프면 바로 알리기로 했는데 말 안 해서 미안. 됐니?"

"……."

"그래도 너무 걱정 안 해도 돼. 조퇴하자마자 바로 병원 가서 링거 맞았어. 그러니 내일부터는 다시 쌩쌩한 은태영으로 돌아올 수 있을 거야. 기자 회견도 끝났으니, 아마 할 일이 많겠지. 아, 이러고 있을 때가 아니네! 얼른 핸드폰 충전부터 해야겠다. 나 아직 기자 회견 후 여론 검색을 못 했어. 선생님이 뭐라고 하셨으려나? 아마 잘하셨겠지? 하긴. 누군데. 우리 무명 선생님이잖아. 어련히 알아서 하셨……."

"내일부터 담당 바꿔."

내내 태영을 노려보며 서 있던 재영이 툭 말을 던졌다. 횡설수설 목소리를 흘리던 태영의 눈이 동그래졌다.

"뭘…… 바꿔?"

전혀 예상하지 못했던 말이라는 눈치다. 콕콕, 태영의 반응에 가슴이 더욱 쓰려 온다. 재영은 이를 악물었다 다시 떼며 목구멍을 감돌던 말을 꺼냈다.

"넌 이제 무명 선생이랑 거리 둬."

"뭐?"

"무명 선생, 앞으로는 내가 담당해. 그러니까 너는 빠져."

"하, 하하? 은재영. 너 갑자기 무슨 소리야? 내가 왜 빠져야……."

"핸드폰 줘."

"……."

"핸드폰! 얼른 내놓으라고!"

명령하는 재영의 모습이 심상찮게 느껴졌는지, 태영은 멀뚱히 그를 바라보기만 했다. 그러다 주머니 속에 넣어 둔 핸드폰을 꺼내어 재영에게 건넨 것은 아마도 그의 기백에 밀렸던 까닭이리라.

태영의 말대로 핸드폰의 액정엔 검은 화면만이 가득했다. 배터리가 나갔다는 그녀의 말은 결코 거짓은 아니었던 모양이다.

'차라리 잘됐군.'

재영은 태영의 핸드폰을 물끄러미 응시하더니 이내 제 주머니 속으로 집어넣었다. 태영이 '야, 너 뭐 해?' 하고 황당하게 물었지만 행동을 마무리한 재영의 매서운 눈빛만을 마주할 뿐이었다. 재영은 제 시선에 흠칫 놀라는 태영에게 말했다.

"앞으로 그 사람 연락 기다리지 마."

"은재영."

“너, 그 사람이랑 엮이지 말았으면 좋겠어. 헤어져. 그놈이랑은.”

“갑자기 무슨 밑도 끝도 없는 소리…….”

“엮여서는 안 돼. 그 자식은. 절대로.”

태영의 얼굴이 어두워졌다. 재영은 이를 갈며 말했다.

“나 너랑 그 자식이랑 만나는 꼴 못 봐. 정 봐야겠다면 나랑 그 자식 둘 중 한 사람 선택해.”

“은재영!”

“만약 그놈이랑 만나면 나, 아버지 이름 걸고 맹세하는데 다시는 너 안 본다.”

재영은 한번 뱉어 낸 말은 기어코 지키는 사람이었다.

특히나 아버지의 이름을 건 맹세를 할 때는, 그 일이 무슨 일이든 반드시 시행하고야 말았다.

「아버지의 이름을 건다는 건 그만큼 내게 중요한 일이라는 의미니까. 난 절대로 아버지의 이름을 더럽히고 싶지 않아. 그 이름을 건 맹세를 할 때는 그게 어떤 일이든 해내고야 말겠다는 의지도 담고 있는 거지.」

언젠가 꺼냈던 재영의 말에 태영은 도통 이해할 수 없다는 표정을 지었다. 재영은 그의 살벌한 경고에 휘청거리는 태영을 지켜보면서도 결코 그녀를 부축하지 않았다.

그저 어쩌면 태영의 가슴을 후벼 팔지 모르는 날카롭고 냉정한 말을 흘릴 뿐.

"경고했다. 장이건이든, 장무명이든. 그 남자가 네 앞에서 어떤 이름을 쓰든 간에 다시는 그 남자랑 만나지 마라. 연락도 하지 말고 얼굴도 보지 마. 엮이지도 말고, 거리 둬."

태영은 입을 다문 상태였다. 재영은 그런 태영을 노려보며 말을 이었다.

"조만간 이 집에서 나가 이사 갈 거야."

"이……사?"

"그래. 그 자식이랑 너, 떨어뜨릴 거야. 그러니 네가 직접 이사 갈 집 알아보도록 해."

"……."

"편집장님한테는 이미 말해 뒀어. 우리 이사 때문에 너 한동안 회사에 안 나올 거라고. 너도 알고 있겠지만, 은태. 나 아버지 이름 걸고 허튼 말 안 해. 집 구할 때까지 핸드폰은 내가 들고 있을 테니 잠깐은 불편해도 참아. 내일 중으로 번호 바꿔서 줄 테니까."

태영은 쉬지 않고 쏘아붙이는 재영을 보고도 일언반구조차 하지 않았다.

그 모습이 꼭 무언가 알고 있는 듯해서 재영의 가슴은 더욱 쓰려 왔다.

❖

— 무명 선생님, 남중혁입니다. 혹시 바쁘십니까?

이건이 〈월간 묵향〉의 편집장인 중혁의 전화를 받은 것은 정오를 갓 지날 무렵이었다.

어제 있었던 기자 회견 이후로 어찌 된 셈인지 내내 연락이 되지 않는 태영이 걱정이 되어 밤잠을 설쳤던 그는 〈월간 묵향〉이 있는 곳으로 가 태영의 집에라도 들를 생각이었다. 외출 준비를 마치고 밖으로 나가려 할 때 막 중혁의 전화를 받았기에 차라리 잘됐다 싶었다. 바쁘지 않다면 잡지사로 와 달라는 중혁의 부탁을 못 들어줄 이유는 없었다.

"어서 오십시오, 무명 선생님!"

이건이 〈월간 묵향〉 사무실의 문을 열고 들어서자마자 짝짝짝, 박수가 쏟아졌다. 갑작스러운 상황에 눈을 동그랗게 뜨고 있던 이건은 제게 꽃다발과 기다란 상자 하나를 건네는 직원들을 보고 멈칫했다.

"어제는 선생님께 많은 폐를 끼쳤습니다. 별거 아니지만, 작업하시는 데 도움이 되었으면 하고 저희들이 십시일반으로 준비를 해 봤습니다."

당황한 이건에게 다가온 중혁이 미소와 함께 말했다. 이건은 제 손에 들린 기다란 상자가 고가의 붓이라는 것을 알아차리고선 얼른 중혁에게 고개를 저었다.

"편집장님. 대가를 바라고 한 일이 아닙니다."

"하하, 알고 있습니다! 어제 일은 그런 일이 아니라는 거. 하지만 선생님의 도움을 받은 것도 사실이죠. 물론 선생님 쪽 관계자분이 이번 사태를 주도했다고는 하나, 저희의 관리 소홀도 부정할 수 없지 않습니까."

"편집장님."

"너무 사양 마십시오. 이건 어제 기자 회견장에서 해 주신 말씀에 감격해서 드리는 아부와도 같은 물품이니까요. 참, 그거 아십니까? 십시일반이라 하긴 했지만, 사실 디스카운트를 많이 받은 붓입니다. 저희 본가가 붓 만드는 일을 하고 있거든요. 안 그러냐, 얘들아?"

하하하, 머쓱하게 웃음을 터뜨린 중혁이 뒤를 돌아보며 다른 이들의 동조를 구했다. 그러자 생글생글 웃던 몇몇 에디터들이 힘차게 고개를 끄덕였다.

"그럼요!"

"편집장님 찬스로 할인 엄청 받은 거니까 너무 부담스러워하지 않으셔도 됩니다, 선생님!"

"편집장님 댁 지필묵 가게, 정말로 유명해요! 인사동에서 80년 넘게 한자리를 지키는 곳이라니까요? 선생님도 아마 한번 가 보셨을지도 모르겠는데, 하여간 그곳에서 선생님을 위해 직접 제작한 물품이라니 옳다구나 하고 받으셔도 돼요!"

"어허. 그건 너무 투 머치 아니냐, 정 기자. 선생님이 더 난처해하시잖아."

"하하, 그런가요?"

말없는 저를 두고 어떻게 해서든 선물을 돌려받지 않으려 애쓰는 〈월간 묵향〉의 식구들을 보자니 괜히 웃음이 터져 나왔다. 이건은 '어쩔 수 없군요.' 라 중얼거리며 그들을 응시했다.

"이왕 주신 거니 그럼 물리지는 않겠습니다."

"그 대답을 기다렸습니다!"

중혁이 '됐다!' 는 표정을 지으며 외쳤다. 이건은 옅은 미소를 그렸다.

'꽃다발과 선물을 증정하기 위해 부른 것은 아닌 것 같은데.'

이건은 곧 사무실 입구에서 이러지 말고 편집장실 안으로 가자며 안내하는 중혁의 말을 듣고 그의 뒤를 따랐다.

중혁이 가리키는 소파에 이건이 앉자마자 그는 머리를 숙였다.

“어제 선생님께서 저희 〈월간 묵향〉에 차기작들을 전부 맡기겠다고 말씀해 주신 이후로, 여론이 좋게 형성됐습니다. 한 번 더 감사드립니다, 선생님. 믿고 맡겨 주시는 만큼, 이번과 같은 실수는 두 번 다시 일어나지 않도록 하겠습니다.”

“제 실수도 있었습니다. 큰일을 겪었으니, 앞으로 더 단단해지겠군요. 잘 부탁드립니다, 편집장님.”

“제가 드릴 말씀입니다. 하하.”

중혁은 당장이라도 이건을 껴안을 기세였지만 이건은 그런 중혁의 시선을 피하며 주위를 살폈다.

“그런데…….”

“예?”

“태영이…… 은 기자님이 보이지 않는군요.”

태영의 이름이 이건의 입 밖으로 흘러나오자 중혁의 얼굴에 당혹의 기운이 스쳤다. 이건은 눈에 띄게 당황하는 중혁을 보고 미간을 꿈틀거렸다.

“무슨 일이 있는 겁니까?”

당연히 사무실에는 있을 거라 여겼는데, 스치듯 보았던 〈월간 묵향〉의 사무실에는 그녀가 보이지 않는다. 외근이라도 나간 걸까. 그렇다면 미리 말을 했을 텐데.

“은 기자님과 연락이 되지 않습니다. 계속 전화를 걸었는데 답이 없어요. 문자도, 톡도 마찬가집니다.”

“아…….”

“은 기자님에게 무슨 일이라도 생긴 건 아닙니까?”

두근, 불유쾌한 가슴 박동이 시작됐다. 태영의 일이라 그런지 저도 모르게 목소리를 높여 버린 이건은 ‘그, 그게.’ 하고 말을 자꾸만 더듬는 중혁을 의아하게 응시했다.

“편집장님?”

“하, 이거 참.”

중혁이 옆머리를 긁더니 한숨과 함께 이건을 바라봤다. 그는 말했다.

“사실 오늘부터 며칠 동안 큰 은 기자는 사무실에는 나오지 않을 것 같습니다.”

“네?”

“못 들으셨습니까? 작은 은 기자가 이미 선생님과는 이야기가 끝났다고 하던데.”

“그게 무슨 소리십니까?”

이야기가 끝나다니.

대체 무슨 소리를 하고 있는 건지 모르겠다.

이건은 굳은 얼굴로 중혁을 응시했다. 이건의 표정이 심상찮다는 것을 눈치챈 중혁은 길게 숨을 내쉬며 중얼거렸다.

"작은 은 기자…… 그러니까 재영이 녀석이 그러더군요. 앞으로 선생님의 담당은 자신이 될 거고. 선생님께서 어떤 부탁을 하시든 간에 선생님과 태영이를 만나게 하는 것만은 막아 달라고."

좋지 않은 예감이 든다.

"제가 그 녀석 부모님과도 오랫동안 알고 지내서 잘 아는데, 결코 이유 없이 그런 말을 할 녀석은 아니거든요. 저도 어제부터 그거 때문에 머리가 아파서 미칠 지경입니다. 20주년 기념호 창간이 코앞인데 갑자기 태영이 녀석은 출근을 안 한다질 않나, 그 녀석은 그렇게 고압적이질 않나. 뭐가 뭔지 도통……."

고개를 절레절레 젓는 중혁에게서 뚜렷한 해답을 찾기는 어려워 보였다. 대충의 상황을 파악한 이건은 중혁과 앞으로의 일에 대해 몇 분간 더 대화를 나눈 후, 〈월간 묵향〉의 사무실을 나섰다.

"아."

눈을 내리깔며 상념에 잠겨있던 이건이 막 건물을 나서려 할 때, 낯익은 누군가가 계단을 타고 올라오고 있었다. 재영이었다.

'선생님, 어서 오세요!' 라 외치며 방긋 웃던 그간의 재영이 아닌, 저를 보자마자 이를 악무는 재영이 보였다. 바늘이 심장을 콕콕 찌르는 것처럼 아려 와 이건은 행동을 멈추었다.

재영은 입을 다문 상태의 이건을 바라보며 고개를 까딱인 후, 입술을 달싹였다.

"편집장님이 부탁을 들어주신 모양이군요. 그럼 조심히 들어가십시오."

해야 할 말만 건넨 재영은 제 말만 끝낸 후 이건의 곁을 스쳐 지나가려 했다. 냉기를 풍기며 제 옆을 지나치려던 재영의 팔을 이건이 잡아챘다.

"재영 씨, 잠깐 이야기를 했으면 합니다."

"무슨 이야기 말입니까?"

재영은 신경질적인 반응을 보였다. 이건의 얼굴에 어둠이 스쳤지만 그는 곧 내색 않고 말했다.

"태영이."

"……."

"태영이랑 연락이 되지 않습니다."

제게 적대적인 재영의 태도를 이해할 수 없는 것은 사실이나, 짚고 넘어가야 할 점은 여전히 존재한다. 현재 태영의 위치. 어제 이후 제 연락을 받지 않는 태영이 걱정돼 미칠 지경이다.

이건은 제 말에 인상을 쓰는 재영을 보며 말을 이었다.

"어제부터 줄곧 연락이……."

"말씀, 드렸던 것 같은데."

이건의 말을 끊어 낸 재영이 날이 선 음성을 흘렸다.

"앞으로 무슨 일이든 간에 그 녀석이랑 엮이지 마시라고. 저랑

만 대화하시라고.”

“……재영 씨.”

후우, 이건은 쓴 물이 감도는 숨을 흘렸다. 그는 눈을 부릅뜨고 있는 재영과 시선을 마주했다. 그러고는 차분하게 말을 이어갔다.

“재영 씨가 어제부터 대체 왜 이런 태도로 나를 대하는 건지, 조금은 짐작합니다. 아마도…… 내가 유단 오너의 일원이었다는 것을 미리 알리지 않았기 때문에 당황한 거겠죠. 그건 나도 어쩔 수가 없었습니다. 타이밍이 맞지 않았어요. 게다가 난 이미 유단과는…….”

“유단은!”

부드득, 이 갈리는 소리가 코앞에서 들려왔다. 이건이 놀라 말을 멈추자 재영의 성난 음성이 들려왔다.

“우리 가족이 심심풀이 땅콩처럼 보입니까!”

……뭐?

증오를 가득 담은 재영의 눈빛에 이건은 행동을 멈췄다. 재영은 멈추지 않았다.

“당신네들은 그렇게 우리를 괴롭히는 게 좋습니까? 그 꼴을 당하게 만들어 놓고서는, 또 이렇게 가슴에 비수를 꽂는 거냐고요!”

“재영…… 씨?”

“부자들은 다 그렇습니까? 아니. 유단, 너희가 유독 그러는 건가! 그래서 잊을 만하면 이렇게 나타나서, 우리를 끝내 낭떠러지로 밀어 버리는 거냔 말입니다!"

재영의 말을 알아들을 수가 없었다. 이건은 잔뜩 화가 난 황소와도 같은 재영의 반응에 적잖이 당황했다.

아무 말도 하지 못하고 그저 저를 바라보기만 하는 이건을 향해, 재영은 흥 코웃음을 쳤다.

"당신은 알고 있을까? 아니, 그 사실을 알고 있었든 알고 있지 않았든, 더 이상 중요하지 않아. 중요한 건 당신이 유단의 일가라는 거고, 그래서 당신이랑 우리 태영이는 절대로 안 된다는 거야."

재영은 충격적인 제 발언에 말을 잇지 못하는 이건을 노려보며 말을 이었다.

"알고 있습니까, 장이건 씨?"

이건이 그를 쳐다보자 재영이 비릿한 실소를 터뜨리며 소리를 내뱉었다.

"우리 아버지를 죽인 사람은 당신 어머니입니다."

"……!"

"살인자."

조소를 담은 목소리가 귀를 울렸다. 이건은 아무 말도 할 수가 없었다.

"당신 어머니가 우리 아버지를 죽였어."

대체 무슨 근거로 그런 말을 하는 걸까.

무언가 잘못 알고 있는 것은 아닐까.

왜 재영 씨는 이런 말을 하면서까지 자신을 적대시하는 걸까.

순간 수많은 생각들이 머리를 스쳤지만 목구멍까지 차오른 말은 결코 입 밖으로 흘러나오지는 않았다.

재영은 대답 대신 입을 다물고 있는 이건에게 말했다.

"우리 가족을 무너뜨리고, 이제는 누나까지 만나겠다고? 말도 안 되지. 절대로 허락 못 합니다, 나는. 당신네 집안, 정말 지긋지긋해. 그러니 마지막으로 경고하죠. 내가 눈을 뜨고 있을 때까지는 두 번 다시 태영이한테 접근하지 마십시오. 절대로."

이건에게 살벌한 경고를 날린 재영이 그의 가슴을 툭 밀치며 계단을 올라갔다.

이건은 멀어져가는 재영을 잡지도, 잡아 세우지도 못했다. 재영에게 무언가 오해가 있을 거라 변명을 하고, 해명하고 싶었지만 사정을 정확히 알지 못해 물 먹은 벙어리가 되어 있을 뿐이었다.

얼마나 흘렀을까.

이건은 정처 없이 걷고 있었다. 머릿속이 뒤죽박죽되어 혼란스러웠지만 그럼에도 그는 걸음을 멈추지는 않았다. 당시의 그가 할 수 있는 행동은 그저 걸음을 옮기는 것뿐이었다.

쿵!

한계는 곧 찾아왔다.

비틀거리며 발을 앞으로 내딛던 이건이 결국 벽과 부딪쳤다. 겨우 지탱하고 있던 다리의 힘이 풀려버리기까지는 오랜 시간이 걸리지 않았다. 주저앉아 버린 이건의 안색은 곧, 창백해졌다.

지이잉.

벌렁거리는 심장은 안정을 못 찾고 있었다. 호흡이 점차 가빠올 때쯤, 이건의 손에 쥐여 있던 핸드폰이 움직였다. 이건은 파리하게 질린 얼굴로 계속해서 울리는 핸드폰을 내려다봤다.

"저기…… 괜찮으세요?"

주저앉아버린 곳이 현재 머무르고 있는 호텔의 복도라는 것을 깨달은 것은, 맞은편에서 걸어오던 한 여자 때문이었다. 한참이나 일어나지 못하는 이건을 의아하게 여긴 건지, 그녀가 놀란 표정을 지으며 다가와 물었다.

지이잉.

여전히 핸드폰은 울려 대고 있었다. 계속해서 말을 거는 여자의 목소리가 웽웽거려 이건은 그녀의 얼굴을 바라보기 위해 목에 힘을 주어야 했다.

"괜……찮습니다."

다섯 음절.

고작 다섯 음절밖에 되지 않는 말이었지만, 그 말을 내뱉기까지 너무도 많은 힘이 들었다.

부축을 해주겠다는 듯 손을 내미는 그녀의 배려를 정중히 사양한 이건은 겨우 다리에 힘을 주었다. 그러고는 다시 앞으로 걸어갔다.

지이잉.

카드키를 대고 룸 안에 들어오고 나서야 이건은 다시 한 번 핸드폰을 내려다볼 수 있었다. 아직도 끊어지지 않은 전화는 그의 이복형이 걸어 온 전화였다. 철컥 문이 닫히는 것을 확인하던 이건은 '예, 형님.' 하고 힘겹게 말을 쏟아 냈다.

— 목소리가 안 좋군. 무슨 일이라도 있어?

염려를 담은 형, 진건의 질문에 이건은 쓰게 웃었다.

"아뇨. 별일…… 없습니다."

— …….

"……."

— 말하기 싫다면 하지 않아도 된다.

이건은 대답하지 않았다. 비록 피는 반밖에 섞이지 않았지만, 어느 때는 저보다 더 저를 잘 알고 있는 사람이 바로 진건이었다. 이건은 저를 배려하는 진건의 발언에 눈을 내리감았다.

— 어제 기자 회견을 했다는 이야기를 들었어. 알아보니 그 일을 하게 된 계기가…… 그분 때문이었다던데.

"그렇게 됐습니다. 혹시 형님께도 피해가 간 거라면……."

— 그것 때문에 연락한 건 아니야.

"……."

— 네 이야기를 듣고 새벽이가, 네 형수가 걱정이 된다고 해서. 물론 나도 그렇기도 하고.

낮게 깔린 진건의 음성이 가슴을 두드린다. 이건은 스르륵, 주저앉은 뒤 벽에 머리를 대고 입을 열었다.

"저는 걱정 마십시오, 형님. 걱정해 주신 덕분에 다행히 문제는…… 잘 해결됐습니다."

아니. 사실 하나도 해결되지 않았지만 진건에게 걱정을 안겨주고 싶지는 않았다. 다행이라며 안도하는 진건의 말이 들리자 이건은 쓴 미소를 머금었다. 눈을 다시 뜬 이건은 짧게 숨을 고른 뒤 속 안에 맴돌던 말을 꺼냈다.

"그런데 형님. 한 가지…… 여쭤보고 싶은 것이 있습니다."

「당신 어머니가 우리 아버지를 죽였어.」

증오를 가득 담은 눈으로 저를 바라보던 재영의 얼굴이 눈앞에 선하다. 어머니가 태영과 재영 남매의 아버지를 죽였다니. 짚이는 일이 한두 가지가 아니었지만 어쩐지 떠오른 것은 그의 심장을 동요하게 만들었다. 이건은 말하라는 듯 대답 않고 있는 진건에게 조심스럽게 물었다.

"너무 오래전의 일이지만…… 혹시, 13년 전 일을 기억하고 계십니까?"

— 13년 전?

의아해하는 진건에게 이건은 차분하게 말했다.

"예. 당시에 어머니께서 일반 가정을 건드렸다는 게 드러나서, 할아버지께서 화를 많이 내셨던 일입니다."

이건은 말을 마치고도 한동안 소리를 낼 수 없었다.

아니어야 해.

외면했었던 지난 일들이 자꾸만 머릿속을 헤집었다. 그중에서도 가장 마음에 걸리는 이 일이 아니었으면 했다. 아니, 아니어야 했다.

— 13년 전이라…….

진건은 흐음, 숨을 내뱉으며 뜸을 들였다. 이건의 심장 박동은 점점 빨라졌다.

— 아, 기억나.

"……!"

— 당혹스러운 일이었지. 설마 그분이 분풀이로 용역을 사용할

거라고는 생각 못 했으니까.

"용……역."

속이 콕콕 쓰려 온다.

— 할아버지께서 그 소식을 몇 년 후에 접하시고 한동안 네 어머니를 보지 않겠다고 길길이 날뛰셨어. 뒤늦게 할아버지께서 피해 가정을 찾아가려 했는데, 무슨 사정이 있다며 다시 돌아오신 게 기억난다. 그런데 갑자기 그건 왜 묻는 거지?

"혹시 그때 저희 어머니로 인해 피해 입은 사람의 성이 뭔지…… 알고 계십니까?"

묻지 않았다. 아마도 사실을 알게 된다면, 견딜 수 없을 거라 여겼으니까.

그래서 모든 걸 대충 짐작하고서도 그저 가슴속에 묻고만 살았다.

물론 한 선생의 타계 소식을 듣고 한동안 어머니의 얼굴을 보지 않은 것도 사실이었고, 그에 대한 반항과 오기로 공모전에 작품을 출품했던 것도 사실이었다. 그러나 그것은 어디까지나 어린 나이로 아무것도 할 수 없었던 어머니에 대한 반발심에 가까웠다.

만약 그때, 한 선생이 어떻게 타계하게 된 건지 조금 더 자세히 알아봤더라면.

한 선생의 가족들이 어떻게 지내고 있는지 정도는 알아봤더라면.

용기를 내서, 그런 그들을 도울 수 있었다면…… 지금 이렇게 가슴이 내려앉지는 않을 텐데.

'그러니까 제발.'

제발, 선생님의 성은 내가 알던 대로 한씨여야만 해.

'제발.'

제발…….

— 은씨……였던 것 같은데.

초조한 마음으로 진건의 대답을 기다리고 있을 때, 이건의 귀로 그의 목소리가 들려왔다.

— 그래. 은익원. 아마 그런 이름이었던 것 같군.

진건은 먼 기억을 더듬어 보다 밝은 목소리로 말을 덧붙였다.

새하얗게 질려 버린 이건의 머릿속에 얼마 전 태영과 나누었던 대화가 떠오른다.

「서예가셨다고?」

「네! 혹시 들어 본 적 있으세요?」

「…….」

「이건 씨?」

「미안. 내가 아는 분 중에는 은 씨 성을 지닌 서예가는 없었어.」

「……하긴 뭐, 무명에 가까운 서예가였다고 하니까. 이건 씨가 모를 만도 하죠.」

「'서예가였다고 하니까?'」

「아버지가 서실을 운영하셨다는 건 알지만, 나는 아버지가 서예 하는 게 싫었거든. 그 때문에 어머니께서 도시락 심부름시키실 때 말고는 서실에 발걸음도 안 했죠. 재영이랑은 달리. 그래서 그래.」

「아.」

「에이, 기분 처지는 이야기는 그만하고, 얼른 이불 끌어 올려요. 저 아직 만족 못 했다고요! 그러니, 읍!」

……태영아.

파르르, 입술이 떨렸다.

「참, 그래도 아버지가 서예 하실 때 좋아 보였던 건 하나 있어요. 필명이 정말 예뻤거든.」

「예뻐?」

「응. 아버지는 못 말리는 애처가여서 어머니 이름에 본인 이름을 한 자만 끼워 넣어서 필명을 지으셨대요. 어릴 땐 그게 정말 멋져 보였지만 한 번도 아버지한테 말한 적은 없었어요. 바보 같지.」

태영아…….

'왜.'

왜 묻지 않았을까.

어머니 성함이 어떻게 되는데?」

「우리 어머니 이름은 정말 예뻐요! 한혜수.」

「한혜수?」

「네! 그 시대엔 어울리지 않게 너무 예쁘죠?」

한혜수와 은익원.

그래서…….

'한익수.'

툭.

온몸에 한기가 돌았다. 전신이 으스스 떨리고 손아귀의 힘이 하나도 들어가지 않아, 이건은 들고 있던 핸드폰을 바닥으로 떨어뜨렸다.

태영아, 난.

'난 이제…… 어떻게 해야 할까.'

겨우 빛을 찾았던 세상은 다시금 절망으로 뒤덮였다.

❖

「나 너랑 그 자식이랑 만나는 꼴 못 봐.」

적어도 그 말을 꺼내는 재영은 진심이었다. 어찌나 사나운지, 온몸에 바늘로 된 날카로운 갑옷을 두르고 있는 것 같았다.

「만약 그놈이랑 만나면 나, 아버지 이름 걸고 맹세하는데 다시는 너 안 본다.」

쓴 물이 입안을 감돌았다. 평소라면 재영에게 한 마디 쏘아붙였을 텐데 차마 그러지를 못했다.

알게 된 거구나.

재영이 왜 그러한 태도를 보이게 됐는지 태영은 어렵지 않게 추론할 수 있었다. 그러나 확신이 필요했기에 그녀는 두 눈을 질끈 감으며 숨을 골랐다.

「젠장.」

태영에게 신경질적으로 퍼부은 재영은 그녀와 함께 있다는 사실이 답답한지 얼굴을 일그러뜨리며 집을 나섰다. 홀로 남게 된 태영은 거칠게 뛰고 있는 가슴을 가라앉히며 제 방으로 들어갔고, 습관적으로 노트북을 찾았다.

『[단독] 전 유단 부회장 처 옥세영 씨, 가석방으로 출소!』

서예 관련 기사는 직접 검색을 해서 봐야지만 볼 수 있는 비주류 기사였으나, '그녀'와 관련된 기사는 달랐다. 사회면으로 들어가자마자 보이는 대문짝만한 헤드라인에 태영은 실소를 흘렸다. 저와 마주쳤던 여자의 얼굴이 눈앞에 아른거려 입술을 살짝 깨물던 그녀는 예의 기사를 클릭했다.

『……(중략)……으로 가석방 된 옥 씨(62)는 A 호텔에서 열렸던 서예가, '장무명 선생'의 기자 회견에 참석하는 여유까지 보이며 현 생활을 즐기고 있어 많은 이들의 공분을 사고 있다.

한편, 옥 씨가 참석했던 기자 회견의 주인공인 서예가 '장무명 선생'이 고(故) 장은석 전 유단 건설 그룹 부회장의 둘째 아들인 장이건 씨(34)로 밝혀져 서단(書團)에 많은 충격을 주고 있다.

10년 전, 서단을 뒤집을 만한 작품을 출품함으로써 큰 파장을 일으켰던 장 씨는…….』

'모를 수가 없네.'

이건이 누구인지, 누구의 아들인지 정확하게 서술해 놓은 기사에 태영은 한숨을 내쉬었다.

아마도 이 기사를 보지 않았더라도, 당시의 기자 회견장에서 무슨 일이 있었던 것은 분명했다. 저는 떠나 버렸지만 그곳에 남아 있었던 재영은 그 광경을 목격했고, 그래서 제게 그러한 태도를 보였던 거겠지.

태영은 조용히 노트북을 덮었다.

「그러니 우리 아들이 있는 곳으로 날 좀 안내해 주면 고마울 것 같은데?」

여전히 오만했고, 여전히 이기적이었다. 저를 깔보듯 내뱉던 여자의 목소리가 머리를 뒤덮었다.

그런 여자를 향해 분노가 치밀어 오르는 것은 사실이었지만, 태영은 티는 내지 않았다. 그저 '죄송하지만 직접 찾는 게 더 빠르실 것 같네요. 제가 따로 볼일이 있어서요.' 하고, 생긋 미소까지 짓고선 그녀에게서 몸을 돌렸다.

태영의 반응에 여자가 황당한 실소를 터뜨리더니 '뭐 저런 게 다 있어?' 라 중얼거리는 게 들려왔다. 태영은 대꾸 대신 성큼성큼 발을 뻗어 기자 회견이 열리는 연회장이 아닌, 로비 밖으로 나갔었다.

'알아보지 못했어.'

확신할 수 있었다.

그녀는, 그 여자는 자신이 누구인지 알아보지 못했다.

단번에 여자의 정체를 알아차렸던 자신과는 다르게, 여자는 태영이 누구인지조차 기억해 내지 못하는 눈치였다.

태영은 쓰게 웃었다.

그녀에게 있어 자신은 그런 존재라는 것이 떠올랐고, 그로 인해 심장 한구석이 쓰려 왔다.

과거에 갇혀 있는 사람은 언제나 상처를 준 사람이 아닌 상처받은 사람이다. 그 사실을 부정할 수 없어 재영이 올 때까지 그렇게, 불도 켜지 않은 집 안에서 태영은 한동안 앉아 있었던 것이다.

「한 번 더 말하지만, 회사 근처에는 얼씬도 하지 마. 집에만 콕 박혀 있으라고. 만약 어슬렁거리다 내 눈에 띄면 가만 안 둘 줄 알아.」

오늘 아침이었다.

식사 당번이었던 재영은 친히 태영의 앞에 밥을 차려 주며 경고하고 또 경고했다.

얼마나 살벌한지 그 말을 내뱉는 재영의 눈에서는 불꽃이 튈 정도였다. 재영은 입을 다문 채 설거지를 하고 있는 태영에게 다가와서 말하고, 또 출근하기 직전까지 그 말을 당부하며 집을 나섰다.

'재영이 자식.'

태영은 두 눈이 튀어나올 정도로 제게 시선을 고정시키던 재영을 떠올리다 휘휘 고개를 저었다. 그러고는 흥 코웃음 쳤다.

'요즘 시대가 어떤 시대인데.'

연좌제를 적용할 생각을 해.

물론 이건의 어머니가 '그 여자'였다는 사실에 충격받지 않은 것은 아니다.

배신감을 느꼈다고 해도 과언은 아니다. 그 여자는 다름 아닌 아버지의 죽음과 관련이 있으니까. 당연히 여자의 아들인 이건이 꼴도 보기 싫어야 한다.

한편으로는 재영의 마음을 이해하기도 한다. 재영으로서는 은씨 집안을 파탄 낸 그 여자와 그 여자의 아들을 꼴도 보기 싫겠지.

하지만…….

「불쌍한 아이야.」

「불쌍……해? 누가? 아빠 제자라는 그 사람이?」

「응. 틀림없이 좋은 환경에서 자란 아이임은 분명해. 나와 다른 사람을 대하는 태도도 바르고, 옷도 좋은 것만 입고 다니니. 얼마 전에는 붓 살 돈이 없는 친구 대신 그걸 사서 선물했다더구나.」

「뭐? 그런 사람이 대체 불쌍해! 하나도 안 불쌍하구만!」

「글쎄다. 뭐랄까…… 항상 마음에 그늘이 져 있는 게 보여서 그래.」

「…….」

「그 아이 말이다. 내 밑에 몇 달이나 있었는데 단 한 번도 웃는 모습을 본 적이 없어. 그 나이 또래는 칭찬을 받으면 기뻐서 웃을 만도 한데, 몇 번이나 칭찬을 해 줬는데도 얼굴에 변화가 없더구나. 분명 서예는 즐거워하는 것 같은데…… 금방이라도 그만둘 것 같아서 불안해. 그래서 그런지 자꾸만 신경 쓰게 되는구나. 그래 봤자 아직 아이일 뿐인데, 대체 무슨 짐을 짊어지고 있는 걸까 싶어서.」

「……흥.」

「왜 그러니?」

「왜 그러긴! 아빠 오지랖에 황당해서 그러지!」

「오지랖? 하하, 역시 그런 걸까? 내가 오지랖을 부리는 건가.」

「당연하지! 아는 거라고는 이름이랑 필체밖에 모르는 남의 애한테 신경 쓸 바엔, 우리한테 조금 더 신경 써! 아빠, 우리보다 그 사람을 더 사랑하는 거 아니야?」

「이 녀석! 아빠 섭섭하게. 난 너랑 재영이, 그리고 엄마를 세상 그 누구보다 사랑한다고.」

「믿을 수가 있어야지.」

부드럽게 웃으며 말하던 아버지를 향해 당시엔 콧방귀만 뀌었었다. 아버지의 제자라 할지라도 그저 질투만 했었다. 그 사람에게 무슨 사정이 있는지는 알고 싶지 않았다. 안 그래도 부족하다 생각했던 아버지의 관심이 그에게 전부 옮겨 가는 것이 그리 마음에 들지 않았으니까.

싫었으니까.

죽도록 미운 적도 있었으니까.

“어떻게 오셨습니까?”

태영은 코앞에서 들리는 나긋나긋한 목소리에 고개를 들었다. 그러자 화이트&블랙 계열의 단정한 복장으로 차려입은 리셉셔니스트들이 그녀를 쳐다보고 있었다.

빙긋 웃는 남녀를 차례로 응시하던 태영은 후우 숨을 크게 들이마셨다.

“여기 회장님을 뵙고 싶어서 왔는데요.”

“회장……님이요?”

당당한 태영의 발언에 두 명의 남녀가 짐짓 놀란 표정을 지었다.

하긴. 황당할 만도 하다.

다른 곳도 아닌, 재계에서도 순위에 드는 유단 건설 그룹의 회장이 어디 아무나 만나 주는 사람인가.

얼마 전 막 총수 자리에 오른 장진건 회장은 각종 검찰 조사를 무탈하게 끝낸 후 그들의 회사를 원래 궤도로 올리기 위해 바쁘게 움직이고 있었다. 그의 끊임없는 노력 덕분에 흔들리던 유단이 안정권에 접어들었고, 더욱더 성장할 것이라는 전망은 태영 역시 기사 등을 통해 본 적이 있었다.

만약 자신이 이들, 리셉셔니스트와 같은 입장이었더라도 아마 태영의 말에 같은 반응을 보였을 거다. 우리 회장님이 한가한 사람도 아니고, 정체도 밝히지 않은 여자를 만나 줄 리가 없다고 생각했겠지.

'그렇지만 꼭 만나야 해.'

그러나 태영은 현재 유단을 책임지고 있는 사람이자, 이건의 이복형인 그 사람에게 들어야 할 말이 있었다. 묻고, 답을 들어야 했다. 그 문제는 태영에게 있어 매우 중요했고, 앞으로 태영이 행할 일에까지 영향을 미칠 테니까.

태영은 난데없이 나타나 회장님을 만나고 싶다고 하는 자신을 어떻게 처리해야 할지 난처해하는 두 리셉셔니스트를 향해 명함을 내밀었다.

"저는 이런 사람입니다."

"아…… 기, 기자님이셨군요! 유준 씨."

"네. 미리 이야기를 들은 게 없기는 하지만, 일단 회장실에 연락을 넣어 보겠습니다. 〈월간 묵향〉의 은…… 기자님께서 오셨다고 하면 될까요?"

생긋 웃는 두 명의 남녀가 태영에게 물었다.

태영은 고개를 끄덕이며 말했다.

"예. 덧붙여서 13년 전 일어난 은익원 씨 사건에 대해 여쭙고 싶다고도 말씀해 주시면 감사하겠습니다."

태영은 미소 지으며 대답한 남자 리셉셔니스트가 전화기를 들어 어디론가 전화하는 모습을 지켜봤다. 그가 회장실에 연락을 넣는 동안 슬쩍 뒤로 물러난 태영은 리셉션 데스크 근처의 대형 TV를 발견했다.

'흐응.'

마침 TV 화면 속에는 요즘 한창 시끄러운 '오윤서 복귀' 관련 뉴스가 흘러나오고 있었다.

태영이 예술 전문인 서예 잡지를 펴내는 기자이기는 하나, 그래도 신문방송학과를 나왔던지라 주변 인맥은 주로 각기 다른 분야에서 활동 중인 기자들이 많았다.

얼마 전 있었던 대학 동문회에서 만난 연예 전문 기자로 일하고 있는 친구들에게서 한때 대한민국 최고라 불리던 오윤서가 복귀할 것이라는 이야기는 듣긴 했었으나, 어디까지나 뜬소문일 뿐이라 여겼는데 말이지.

'오윤서도 쉽게는 안 죽네.'

저렇게 TV 뉴스에서까지 언급할 정도라면 그녀의 복귀는 거의 기정사실화된 것이나 마찬가지다. 태영은 피식 웃으며 천천히 고개를 돌렸다.

"……니다. 예. 그렇게 전하겠습니다."

결론이 났나.

태영은 저를 힐끔거리며 전화를 받는 리셉셔니스트에게로 시선을 고정시켰다. 이윽고 전화를 끊은 리셉셔니스트는 어색한 미소를 지으며 입술을 열었다.

"죄송합니다, 은 기자님. 지금 회장님께서 부재중이셔서 아무래도 당장 만나 뵐 수는 없을 것 같습니다. 그리고 현재 회장님께서는 미디어와 직접적인 접촉은 자제하고 계십니다."

"자제요?"

"네. 만약 회장님과 면담을 하고 싶으시다면 비서실에 연락을 해서 제대로 된 일정을 잡고 찾아오셨으면 합니다. 오늘처럼 이렇게 예고 없이 찾아오시는 일은 없었으면 좋겠다고, 비서실에서 꼭 일러 달라네요."

예상하지 못했던 바는 아니었기에 쓴웃음을 흘리던 태영은 그녀의 답을 기다리던 리셉셔니스트에게 물었다.

"혹시…… 은익원 씨의 이야기는 하셨나요?"

"예?"

태영의 물음에 리셉셔니스트가 황당한 표정을 지었다. 태영은 상기된 표정으로 말했다.

"그분 일로 꼭 여쭤볼 것이 있다고 하시면 회장님께서도 반응해 주실 겁니다. 그러니까……."

"기자님."

"저는 은익원 씨의 딸입니다. 오늘 여기까지 기삿거리를 찾으려고 온 게 아니에요. 그저 회장님께 꼭 들어야 할 대답이 있어서 그러는 겁니다. 그러니까 한 번만 더 말씀해 주시지 않겠어요? 13년 전, 은익원 씨한테 일어났던 일에 대해 회장님께 반드시 여쭤보고 싶은 것이 있다고요!"

"하아, 은태영 기자님. 죄송하지만 돌아가 주세요."

"아주 잠깐이라도 좋습니다!"

"……!"

"1분이라도 상관없어요. 아니면 전화 면담이라도 상관없어요. 답만 들으면 된다고 전해 주세요. 네?"

"기자님. 알 만하신 분이 대체 왜 이리 말을 못 알아들으십니까. 저희도 상부에서 내려온 말을 그저 전해 드리는 것뿐입니다. 위에서 정식 약속을 잡고 다시 찾아오라는데, 저희가 뭐 어떻게 하겠습니까."

"하지만!"

"자꾸 이렇게 생떼를 부리시면 저희도 사람을 부를 수밖에 없습니다. 죄송하지만 돌아가 주십시…… 지금 뭐 하시는 겁니까! 은 기자님, 이러면 곤란……!"

태영의 간절한 외침에 난처해하던 리셉셔니스트들이 서로의 눈치를 보다 강경한 태도를 취했다. 그들은 제 번호라도 전해 달라는 태영을 쳐다보다 갑작스러운 소란에 다가오는 경비원들에게 신호를 보내려는 것 같았다.

터벅터벅, 다가오는 검은 정장의 사람들을 보며 다급해진 태영이 데스크의 인터폰을 들기 위해 손을 뻗으려고 하자 인상을 쓰며 저지하려던 남자 리셉셔니스트가 갑자기 행동을 멈추었다.

'……?'

태영은 자신을 막으려던 남자가 수화기를 들려는 그녀의 행동을 그저 지켜보고만 있자 눈을 동그랗게 떴다. 얼굴을 슬쩍 들어 정면을 응시하니 남자는 물론, 그의 옆에서 안절부절못하던 여자 리셉셔니스트 역시 누군가를 향해 인사를 하고 있었다.

두근.

태영은 심박 수가 빨라지는 것을 느끼며 천천히 고개를 돌렸다.

'이 여자는…….'

두근두근.

가슴이 세차게 요동쳤다. 태영은 제 앞에서 빙긋 웃고 있는 단발머리 여자를 바라보며 눈을 크게 떴다. 그녀의 얼굴이 낯익다.

연예인?

아니, 분명 맑고 상큼한 분위기를 풍기는 여자지만, 연예계에서 본 기억은 없다. 그렇다면 대체 어디서 본 거지?

태영은 미간이 좁아졌다.

"무슨 소란인가 궁금해서 와 봤어요. 그런데 제가 알고 있는 분이 계시네요."

당황해하는 리셉셔니스트와 어리둥절해하는 태영을 마주하고도 특유의 밝은 분위기를 잃지 않던 여자는 꾹 다물고 있던 입술을 달싹였다.

태영을 가리키며 알고 있는 분이라고 말하고선 웃고 있는 그녀의 말이 쉽게 이해되지 않았다. 얼굴이 낯익기는 하지만 그녀의 이름이 쉽게 기억나지 않는 것을 보면 한 번도 만난 적이 없었던 사람임을 부정할 수 없건만.

태영이 그저 상대를 내려다보고 있자, 단발머리 여자는 부드럽게 입꼬리를 올렸다.

"은태영 기자님 맞으시죠?"

"절 아십니까?"

태영이 놀라 여자를 응시하자 그녀와 눈이 마주친 여자가 눈을 휘었다.

"우새벽이라고 해요."

"우새……벽?"

여자는 단정한 갈색 머리카락을 귀 뒤로 넘기며 태영에게 손을 뻗었다.

"이건 도련님의 형수 되는 사람이에요."

❖

"지금부터 제가 드리는 말씀은 도련님께는 비밀로 해 주세요. 실은 아무에게도 말 안 하기로 했거든."

갈색 단발머리를 뒤로 넘기며 웃는 여자의 얼굴이 맑다.

그녀의 미소가 왠지 모를 안정감을 줬다는 것은 태영으로서는 꽤 놀라운 일이었다. 그녀는 쉿, 하고 기다란 검지를 입술 위로 가져다 대며 태영에게 말했다. 태영은 무의식적으로 고개를 끄덕였다.

그녀는 태영에게 살짝 다가오더니 낮게 속삭였다.

"실은 말이에요, 기자님. 저 기자님을 본 적이 있어요."

"저를……요?"

놀란 태영이 고개를 갸웃거리자 그녀가 미소지었다.

"실제로 대면한 적은 오늘이 처음이지만. 물론 뵈었다고 해도, 뒷모습뿐이라 제대로 봤다고도 할 수 없고요."

뒷모습이라니.

도통 이해할 수 없는 말들이었다. 미간을 꿈틀거리는 태영에게 그녀는 말을 이어갔다.

"도련님의 핸드폰 갤러리에는 사진이 딱 하나 있는데, 그게 바로 석양을 바라보는 기자님의 뒷모습 사진이에요."

"……!"

태영은 두 눈을 휘둥그레 떴다. 언제 찍었냐는 말이 차올랐지만 끝내 나오지는 않았다.

「응? 방금 뭐, 했어요?」

「……아니.」

「이상하네. 셔터 소리가 났는데.」

「……잘못 들은 거겠지.」

대만에서였을까.

순간 떠오른 과거가 있기는 했지만 확신할 수는 없었다.

아마도 태영이 이건의 곁을 떠나기 한 주 전의 일이었으니까. 그때까지만 하더라도 이건이 자신에게 관심 없다 여겼던 태영이니, 그저 잘못 들은 거라 생각했다. 주변에는 저들 말고도 관광객들이 많았고 이건은 아무렇지도 않게 부정했었으니까.

쿵쿵.

태영이 놀라자 단발머리의 여자, 새벽은 하얀 이를 드러내며 말을 이었다.

"사진 찍는 것도 싫어하고, 간직하는 것도 싫어하는 도련님의 핸드폰 갤러리 속에 그 사진만 딱 하나 있으니 궁금하지 않겠어요?"

"……."

"그래서 물었죠. 대체 누구냐고. 그런데 기자님도 아시겠지만 우리 도련님, 말을 못 하더라고요. 그 사람이 누구인지. 어디서 뭘 하는 사람인지. 실존하는 사람인지, 아니면 인터넷에 떠도는 사진을 주운 건지, 전혀. 하지만 저 쉽게 물러나는 사람 아니거든요. 끝까지 추궁했죠. 대체 누구냐고. 이 사람이 도대체 누구길래, 도련님이 사진을 못 지우고 계시는 거냐고. 한 반년은 도련님을 만날 때마다 묻고 또 물었어요. 그러니 겨우 말해 주는 거 있죠?"

환하게 웃는 그녀의 모습에 가슴이 요동쳤다.

"사랑하는 여자라고."

울컥, 겨우 억누르고 있던 감정이 치솟았다. 태영은 윗니로 입술을 짓눌렀다. 새벽은 말을 잇지 못하는 태영에게 부드러운 시선을 보내더니 말을 이었다.

“그런데 왜 사진만 간직하냐고 했어요. 그러니 그러더라고요. 다가갈 수 없다고. 자기가 너무 큰 잘못을 저질러서 다가갈 수 없다고. 기자님. 저는요, 잘못을 저지른 후 반성하지 않는 사람은 몰라도, 반성을 한다면 용기를 내야 한다고 생각하는 사람이에요. 그런 사람에게는 용서를 해 줘야 한다고도 생각하고요.”

“……!”

“그래서 도련님에게 말했죠. 진정으로 반성한다면 직접 부딪치라고. 이렇게 혼자 끙끙 앓지 말고 잘못을 뉘우치고 다시 다가가라고. 바보처럼 지나간 추억만 껴안고 있지 말고, 후회하지 말고 움직이라고! 대체 어떤 잘못을 한 건지는 알지 못하지만 그 행동을 한 것이 후회된다면, 이렇게 미련하게 끌어안지 말고 마주해야 한다고 말이에요.”

새벽의 말을 듣고 있던 태영의 눈동자가 흔들렸다. 태영은 여전히 아무런 대꾸도 하지 못했다.

이 사람…… 덕분이었어.

이건은 단 한 번도 말하지 않았지만, 그가 제게로 다시 나타나게 용기를 준 사람이 눈앞의 여자임은 분명해 보였다.

고마워해야 하는 걸까, 아니면 어째서 그렇게 그를 부추긴 거냐고 화를 내야 하는 걸까.

고뇌하는 태영을 주시하던 새벽은 입술을 움직였다.

"그렇게 설득한 보람이 있었을까요? 도련님이…… 그 도련님이, 드디어 움직이기 시작하더군요! 장족의 발전이었어요. 얼마나 뿌듯했는지. 얼마 전엔 저한테 연락해서 그러시더라고요. 그 사람한테서 가장 원하던 말을 들었다고. 제게도 진정한 가족이 생길지도 모른다고 웃으며 말하던 모습이 눈앞에 선해요."

진정한 가족이란 단어를 눈앞의 여자에게 언급한 이건이 상상된다. 태영은 저도 모르게 눈을 내리깔았다. 기뻐했을 그의 얼굴이 단번에 상상되어 가슴이 더욱 저릿했다.

"그런데 어제, 소식 하나를 접했어요."

소식?

"기자님과 우리 도련님 사이에 난관이 하나 있더라고요."

흔들리던 태영의 눈동자가 제자리를 찾는다.

태영은 굳은 얼굴로 눈앞의 여자를 바라봤다. 새벽은 말했다.

"오늘 기자님이 오신 이유도 그 때문이죠? 확인하고 싶었던 거잖아요."

"우새벽 씨가…… 아는 게 있나요?"

내내 다물고 있던 태영의 입 밖으로 드디어 목소리가 흘러나왔다. 새벽은 진지하다 못해 서늘해 보이기까지 한 태영을 향해 대답했다.

"도련님은 알지 못했어요."

태영이 무슨 뜻이냐는 눈으로 그녀를 응시하자 새벽은 차분하게 설명했다.

"그때 일어난 일을 직접 본 건 아니지만, 소식을 듣자마자 남편에게서 사정을 전해 듣기는 했어요. 그래서 확실히 말씀드릴 수 있어요. 도련님은, 몰랐어요."

새벽의 남편이라면 태영이 만나려 했던 사람이었다.

현 유단 건설 그룹의 총수이자, 이건의 이복형. 세간에는 이건과 형 사이가 좋지 않다고 알려져 있었지만 몇 년 전을 계기로 상황은 바뀌었다. 그래서 그녀 역시 알고 있는 거겠지. 태영은 가만히 새벽의 다음 말이 이어지기를 기다렸다. 새벽은 옅은 미소를 그리며 말을 이었다.

"당시 도련님은 집에 갇혀 계셨어요."

"갇혀…… 있었다고요?"

"네. 정확히는 감금 상태였다고 들었는데, 자세히는 묻지 않았어요."

"……."

"힘을 쓰고 싶어도 쓸 수 없었죠. 만약 자신의 선생님께 무슨 일이 생긴 줄 알았더라면 틀림없이 막으셨을 거예요. 그런 일이 일어나도록 내버려 둘 분은 아니잖아요."

제 동의를 구하듯 여자가 태영을 응시했다. 태영은 생각했다. 그녀의 말이 옳다. 아마 이건이 사실을 알았더라면 무슨 일이 있어도 막았을 테지.

'그렇다면 그 일이 일어나지 않았을까.'

태영은 계속해서 말을 하고 있는 새벽에게서 눈을 뗐다.

'됐어.'

듣고 싶었던 말은, 전부 들었어.

태영은 자리에서 일어났다.

"기자님?"

이건을 위해 변론하고 있던 새벽이 갑자기 몸을 일으키는 태영을 놀란 눈으로 응시했다. 갑자기 무슨 일이냐는 눈빛이다. 태영은 무표정한 얼굴로 그녀를 내려다봤다. 새벽은 급히 소리를 뱉어냈다.

"아직 해 드릴 이야기가 더 있어요. 그러니 조금만 더……."

"전 들을 이야기는 다 들었습니다."

"네?"

"고맙습니다, 말씀해 주셔서."

태영은 당황한 새벽을 향해 머리를 숙인 후 몸을 돌렸다.

"후우."

내내 참고만 있던 깊은 숨이 입 밖으로 흘러나왔다. 분명 유단 건설 그룹의 본사 로비로 들어설 때까지만 하더라도 무겁던 마음이 차분하게 가라앉는다. 태영은 주저 없이 새벽과 함께 있던 회의실을 나섰다.

"자, 잠깐만요, 기자님!"

성큼성큼 움직이던 태영이 회의실을 빠져나가 엘리베이터 앞에 섰을 때, 누군가 태영을 불렀다. 새벽이었다. 그녀는 태영을 향해 달려와 짧게 숨을 고른 뒤 고개를 들었다.

"하실 말씀이 남았습니까?"

시선을 마주하자마자 묻는 태영의 질문에 난처한 미소를 짓던 새벽은 잠시 머뭇거렸다. 그러다 곧, 결심을 했는지 아주 조심스럽게 입술을 달싹였다.

"도련님과…… 도련님과 어쩌실 거예요?"

가쁜 호흡을 내쉬며 뱉어 낸 그 질문이 마치 이건과의 앞날에 대해 묻는 것 같아 태영은 피식 웃고 말았다.

'좋은 형수네.'

이건은 제게 진정한 가족이 없다고 했었지만, 이미 그에게는 진정한 가족이 존재하고 있었다. 태영은 염려를 가득 담아 제 대답만을 기다리고 있는 새벽에게 빙긋 웃어 주었다.

❖

이제는 멀게만 느껴지는, 수년 전의 일이다.

"선생님, 저 왔습니다."

서실 안으로 들어서던 이건의 발걸음이 뚝 끊어졌다. 막 도시락을 먹을 참이었는지, 도시락통의 뚜껑을 열고 있던 스승을 발견했기 때문이다.

몇 달 전부터 따르게 된 그의 서예 스승은 문을 열고 들어오다 멈추어 선 이건의 모습을 보고 물었다.

"뭘 그리 놀라."

"죄송합니다. 식사 중이셨다면 조금 후에 왔을 텐데."

이건이 머쓱하게 중얼거리자 선생은 손을 저었다.

"괜찮다. 그것보다 오늘 일찍 온 걸 보면 오후 수업이 없었나 보구나."

"개교기념일이라서요."

"어?"

"오전엔 학교에 잠시 갔다가 서실로 직행했습니다."

덤덤하게 대답하는 이건의 반응에 한익수 선생이 눈을 동그랗게 뜨더니 이내 너털웃음을 흘렸다. 그런 그의 행동이 마치 '그렇게도 서예가 좋니?' 라고 묻는 듯해서 이건은 굳이 다음 말을 붙이진 않았다.

한 선생은 옅게 웃으며 시계를 힐긋거렸다.

"다른 녀석들은 평소대로 마칠 테니 2시간은 더 걸리겠군."

"……."

"흠, 이건아."

"예, 선생님."

"저녁은 먹었어?"

"……먹지는 않았지만 전 괜찮습니다. 선생님께서 식사하시는 동안 어제 선생님께서 주신 체본을 임서하고 있겠습니다."

"괜찮기는. 저녁도 안 먹고는 임서 못 한다. 그러지 말고 이리로 오렴."

"……."

"혼자 먹기엔 좀 많아서 그래. 1단도 아니고 3단이잖니."

3단 찬합을 가리키는 한 선생이 계속해서 이건을 향해 손짓했다. 확실히 혼자 먹기에는 꽤 많아 보일 정도로 큰 도시락통이었다. 이건은 고민하듯 인상을 썼다.

어쩐다. 그러나 계속 거절만 하는 것도 예의는 아니라는 생각이 들었다. 결국 이건은 들고 있던 가방을 제자리에 내려놓고선 그를 향해 다가갔다.

한 선생은 끝내 마음을 먹고 제게로 다가온 이건에게 씩 미소 짓더니, 수저를 내밀며 중얼거렸다.

“제자랑 같이 먹었다고 하면 아주 좋아할 거다.”

“사모(師母)님께서 만들어 주신 겁니까?”

“당연하지. 애 엄마가 요리를 아주 잘하…… !”

찬합을 하나씩 테이블 위로 내려놓던 한 선생의 눈이 동그래졌다. 한 선생이 무언가에 놀라 행동을 멈추자 이건 역시 제 눈을 찬합 속으로 돌렸다.

‘아.’

이윽고 이건은 발견할 수 있었다.

家和萬事成(가화만사성)

집안이 화목하면 모든 일이 잘되어 간다는 뜻으로, 새하얀 밥을 화선지 삼고 검은 김 가루를 먹으로 삼아 한글로도 표현하기 어려운 글씨를 무려 한문으로 써 놓은 것이 보였다. 이건은 정성이 드러난 예의 도시락에 멈칫하고야 말았다.

“허허, 그 사람도 참. 낯 뜨겁게…….”

행동을 멈추어 버린 이건을 보며 의아해하던 한 선생은 순식간에 얼굴을 붉히며 중얼거렸다. 이건은 수줍어하는 것이 분명한 선생님을 힐끔거리더니 꾹 다물고 있던 입술을 움직였다.

“사모님께서 정성이 대단하십니다.”

“훌륭한 아내지. 나한테는 몹시 과분해. 어디 아내뿐이겠어? 우리 애들도 과분하지.”

“쌍둥이라 들었습니다.”

“하하, 호준이가 얘기하더냐?”

이건이 살짝 고개를 끄덕이자 한 선생이 ‘그 녀석은 입이 좀 가볍지.’ 하고 오랫동안 제 서실에서 서예를 배워 온 제자를 떠올리며 고개를 절레절레 저었다. 이건에게 다른 통 안에 들어 있던 반찬들을 내밀며 먹으라는 시늉을 하던 한 선생은 말을 이어 나갔다.

“이란성이야. 딸 하나, 아들 하나. 닮은 것 같으면서도 완전히 다른 아이들이지. 가화만사성이라……. 그래. 확실히 집안이 화목하면, 다른 일도 잘되기 마련이지. 그런 의미에서 나는 가족들이 고맙단다.”

고맙다니?

이해할 수 없는 그의 말에 이건이 한 선생을 쳐다보자, 한 선생이 설명하듯 말해 주었다.

“솔직히 말하자면, 나는 꽤 미련한 사람이야. 아직도 꿈을 버리지 못하고 좇고 있잖니.”

“선생님.”

“위로해 주지 않아도 된단다. 내 실력이 이것밖에 안 되는 것을 어쩌겠어.”

“…….”

“하지만 그럼에도 불구하고 계속해서 이 일을 하고 있는 건 복이지. 암. 내 복이야. 그런 의미에서 내 욕심을 지지해 주는 사람들이 곁에 있다는 건, 얼마나 기쁜 일인지 모른단다. 그 사람과 아이들이 내 가족이라서 얼마나 행복한지.”

한 선생은 길게 숨을 내쉬었다.

“한 세계에 너무 오래 있다 보면 아무래도 난관을 마주하기 마련이다. 하지만 그런 시련을 극복할 수 있도록 해 주는 건, 믿고 지지해 주는 주변 사람들의 마음이란다. 내게는 가족들이 그런 의미란다, 이건아. 그들이 곁에 있다면 무슨 일이든 헤쳐 나갈 수 있다는 확신이 들거든.”

다정한 눈웃음을 그려 가며 말하는 한 선생을 이건은 물끄러미 응시했다.

“물론 요즘엔 큰아이가 살짝 반항기인 것 같기는 하지만, 녀석이 진정으로 날 미워하지 않는다는 건 알고 있지. 그래서 더 고맙고 미안해.”

“…….”

“이건아.”

“예, 선생님.”

"내 너와 만난 지 얼마 되지는 않았지만 네게 가족이 어떤 의미인지는 대충 짐작하고 있다."

가슴이 바닥으로 쿵 떨어졌다.

이건은 가지 반찬으로 뻗으려던 젓가락을 공중에서 거두어들였다. 슬쩍 고개를 들어 한 선생을 쳐다보니 한 선생은 부드럽게 미소 지으며 말하고 있었다.

"분명 쉽지는 않을 거다. 네가 처한 상황이 그리 좋은 편은 아니니까. 반대를 하는 날도 있겠지. 하지만 나는…… 네가 끝까지 포기하지 않았으면 좋겠구나."

"……."

"만일 포기를 해야만 하는 상황이 닥치더라도 그 위기를 극복할 수 있도록 너를 지지하는 사람들이 생겼으면 좋겠구나. 그러니 그때까진 내가 너의 가족이 되어 주겠다, 이건아."

"……!"

"하하! 바, 밥 먹다 말고 이 무슨 심오한 얘기인지. 다른 녀석들 오기 전에 얼른 먹자꾸나. 그거 남기지 말고 다 먹으렴. 맛있는 건 나눠 먹어야지. 안 그러니?"

좋은 분이셨다.

강직하고 곧은 분이셨다.

동인전 준비를 도와주시면서도 결코 본인의 일에 소홀하지 않으셨고, 이건뿐 아니라 다른 학생들도 세심하게 살피셨다. 하늘에 천사가 있다면 그런 분이 아니었을까, 라는 생각도 해 보았다. 그랬기에 더욱 의지했고, 기댔다.

동인전을 얼마 앞두었던 어느 날, 어머니에게 작품 활동을 들키고 외출 금지를 당했을 때 작품을 낼 수 없다는 사실보다 선생님을 뵙지 못한다는 사실이 슬펐다. 이렇게 될 줄 알았다면 마지막 인사라도 전해두는 건데. 감사하다고. 정말 진심으로, 감사하다고 제대로 표현이라도 하는 건데.

하지만 당시엔 자신이 한 선생에게 접근하지 않는 편이 좋을 거라 생각했다. 자신이 어머니 몰래 그를 만나고 있다는 것을 들킨다면, 더한 일을 벌일지도 몰랐으니까. 그래서 참고 또 참았다. 선생님께서 어떻게 지내고 계시는지, 그렇게 숨어 버려서 화는 나지 않으셨는지, 또 선생님의 가족들은 잘 지내고 있는지 궁금했지만 내내 참고 또 참았다.

그로부터 몇 년 뒤.

어머니의 악행이 한 선생의 죽음에 닿았다는 사실을 깨닫게 됐을 때, 이건의 절망은 이루 표현할 수 없었다.

지이잉.

고요한 방이었다.

어둠이 자욱하게 깔리고, 소리라고는 그가 내뱉는 숨결밖에 없는 지독한 침묵.

어디선가 요란하게 핸드폰이 진동하고 있는 소리가 들려오기는 했으나 이건은 모른 체했다. 그저 넋을 놓고, 멍하니 앉아 있었다.

아니, 앉아 있다는 표현은 옳지 않다.

축 늘어져 있다는 표현이 옳았다.

이건은 차가운 벽에 기댄 채 바닥에 떨어진 핸드폰을 응시했다. 환한 불빛이 쏟아지고 있는 핸드폰의 액정 위에는 '은태영'이라는 글자만이 선명하게 띄워져 있다.

속이 따끔거렸다.

내내 태영의 이름을 부르고 또 불렀지만, 지금 이 순간만큼은 그녀를 마주 볼 수 없었다. 그의 머릿속에는 가족들에 대해 말하며 미소 짓던 한 선생의 얼굴이 둥둥 떠다녔다.

한 선생의 장례식엔 가지 못했다. 너무 늦게 알아 버려서. 그의 영혼이 잠든 곳에도 가지 못했다. 차마 갈 용기가 나지 않았으니까.

하지만 이제는…… 모든 것을 알게 된 이제는, 더 이상 피할 수 없다는 것을 이건은 알고 있었다. 용기가 나지 않아도, 가야만 했다. 그것이 도리니까. 인간 된 도리를 저버릴 수 없었다.

지이잉.

멈출 줄 모르는 핸드폰은 여전히 진동하고 있었다.

포기, 안 하네.

이건은 쓰게 웃었다.

그래, 은태영은 그런 여자였다. 포기하지 않는 여자.

물론 저를 한 번 포기하기는 했었지만 결국엔 다시 손을 내밀어 준 여자였다.

그녀도 사실을 알게 됐을까? 모를 리 없지. 그렇게 큰 소동이 났는데 태영이 모를 리 없다. 그렇다면 저 전화는 저를 몰아붙이기 위한 전화일까, 아니면…….

지이잉!

'말…… 해야 해.'

그녀를 만나야 했다. 만나서 이건은 할 이야기가 있었다.

더는, 더는 너를 괴롭힐 수 없다고 말해야만 했다. 사라진 너를 찾아 내가 먼저 다가갔고, 흔들었지만 더 이상은 그럴 수 없다고 말해야 했다. 겨우 붙잡은 네 손을 스스로 놓아야 한다고, 말해야 했다.

이 세상에 단 하나.

유일한 나의 태양이 되어 준 네게…… 나는 이별을 고해야 했다.

그러나 그 말이 쉽게는 나오지 않을 것 같았다. 해서 몇 번이고 전화 받기를 망설였다. 태영이 전화를 걸어 온다는 것을 알고 있으면서도 핸드폰으로 손을 뻗지 않았다. 마음만 먹으면 핸드폰을 움켜쥘 수 있음에도 불구하고 그는 머뭇거렸다. 주저하고 또 고민했다.

지이잉.

뚝.

"……!"

그러다 보니 요란하게 울려 대던 전화가 어느새 뚝 끊어졌다. 순간 가슴이 철렁 내려앉았다. 이건은 무의식적으로 자리에서 벌떡 일어났다. 그러고는 바닥을 뒹굴고 있던 핸드폰을 향해 팔을 뻗었다.

보고…… 싶어.

이런 비참한 상황이라지만 네가 보고 싶은 걸, 막지 못하겠어.

이를 악물던 그는 최근 통화 목록을 살폈다. 예상했던 대로 은태영이라는 그녀의 이름이 선명하게 찍힌 글자가 시야로 들어왔다. 숨이 막혔다. 그녀의 이름 위로 손을 대기까지 몇 번이고 망설였지만 더는 주저할 수 없는 노릇이다.

계속해서 머뭇거린다면 그녀의 상처는 더욱더 커질 테니까.

자신이 아픈 건 상관없으나 태영이 다치는 모습은 더 이상 보기 싫다.

떨리는 눈으로 핸드폰을 내려다보던 이건은 결국 통화 버튼을 눌렀다.

— 왜 이제 걸어요.

"태영아."

— 룸 앞이야. 문 열어.

……뭐?

놀랍게도 전화를 받자마자 들려온 그녀의 목소리는 그의 귀를 울릴 만큼 컸다. 이건은 저도 모르게 몸을 돌려 현관을 응시했다. 그는 있는 힘껏 문고리를 돌려 호텔 룸의 문을 열었다.

그러자 끼이익 소리와 함께 룸 밖에서 저를 바라보고 있는 태영의 모습이 이건의 눈에 들어왔다.

❖

"사모님. 오래 기다리셨습니다."

그래, 오래 기다렸지.

세영은 제게로 다가와 공손히 머리를 숙이는 검은 정장 차림의 직원을 노려보며 미간을 좁혔다.

'네까짓 게 뭔데 감히 나를 30분이나 기다리게 만들어?'

목구멍까지 차오른 말이 입안을 감돌았으나 세영은 날 선 음성을 밖으로 내뱉지는 않았다. 아직은 아니야. 그래, 아직은 발톱을 드러낼 때가 아니었다.

"괜찮아요. 많이 바빴던 모양이지."

"양해해 주셔서 감사합니다. 관장님께서 기다리고 계신 곳까지 안내해 드리겠습니다."

"응. 고마워요."

한남동에 자리 잡은 미술관 화연(花淵).

현재 세영이 있는 곳은 재계 순위 톱을 달리고 있는 화연 그룹의 안주인이 직접 운영하고 있는 유명 미술관이었다.

미술관 화연은 대한민국을 비롯한 세계 각지의 예술가들이 혼을 빚어 완성한 작품들을 초청해 전시하고, 일반인들에게 공개하는 것을 주목적으로 두고 있지만, 실상은 화연 그룹이 선정한 VIP들을 접대하는 데 주력하고 있다 해도 과언은 아니었다.

불과 2년 전까지만 하더라도 세영은 그런 화연의 VIP였다. 하지만 2년이 지난 지금, 자신을 대하는 미술관 직원들의 태도가 달라졌다는 것은 어렵지 않게 알아차렸다. 그 사실이 못마땅하기는 하나 일단은 꾹 참을 수밖에.

"이곳입니다, 사모님."

몇 번이고 와 보았던 VIP 전용 응접실 앞에 멈춰 선 직원이 빙긋 웃으며 세영을 바라봤다. 세영이 알겠다는 듯 고개를 끄덕이자 직원이 닫혀 있는 문을 향해 똑똑, 문을 두드렸다. 이내 들어오라는 소리가 들렸고, 직원이 말을 듣자마자 문을 열어 주자 세영은 활짝 열린 응접실 안으로 들어갔다.

"어머, 이게 누구야! 유단의 옥 여사잖아? 안 그래도 밖으로 나왔다는 이야기는 들었는데 말이지. 어서 앉아요, 어서."

생글생글 웃으며 세영을 반기는 이는 화연 그룹의 안주인이자 화연 미술관의 오도희 관장이었다. 오 관장의 태도에 속으로 흥 코웃음을 치던 세영은 속과 겉이 전혀 다른 미소를 지으며 고개를 끄덕였다.

"잘 지내셨어요, 오 관장님?"

"그럼. 우리 옥 여사는 어째 예전보다 더 예뻐지셨네."

"그 말을 그대로 돌려 드려야겠네요. 관장님은 여전히 아름다우세요."

"호호, 뭘. 그나저나 날 만나서 반드시 하고 싶은 말이 있었다고?"

제 모습을 아래위로 훑는 오 관장의 행동이 몹시 불쾌했다. 마치 현재 세영의 위치를 살피는 것 같아서 더더욱. 순간 욱하는 마음이 차올랐지만, 그녀에게는 해야 할 일이 있었다.

참아야지. 암. 참아야 하고말고.

세영은 생글거리며 바로 본론으로 들어가는 오 관장에게 말했다.

“관장님이 예전부터 서단(書團)에 관심이 많으셨다고 들었어요.”

“그걸 다 기억하고 있네. 내가 서예를 유독 좋아하긴 하지. 다른 분야에서는 쉽게 발견할 수 없는 기백이라는 게, 글자에서는 느껴지거든.”

인터넷에 검색만 해도 충분히 알 수 있을 정도로 오도희 관장의 서예 애호에 대한 이야기는 유명했다. 오죽하면 2개로 나뉜 미술관 중 하나를 온통 서예 관련 전시장으로 만들었을까.

‘당시에는 쓸데없는 취미라고 생각했었는데…….’

오 관장의 그런 취미가, 제게 오히려 기회로 다가올 줄이야.

서예에 대한 관심을 부정 않는 오 관장의 태도가 실로 반갑다. 오 관장을 물끄러미 응시하던 세영은 빙그레 눈꼬리를 휘었다. 슬슬 그녀를 만나러 온 이유를 밝혀야 할 때다.

세영은 ‘그런데 왜 갑자기 서예 이야기를 꺼내지?’ 하고 묻는 오 관장을 향해 짙은 미소를 지었다.

“소식 들으셨는지 모르겠어요.”

“……소식?”

“아직 못 들으셨나 보네. 10년 전쯤, 서단이 한 번 난리가 난 적이 있었죠? 왜, 무명이라는 서예가가 정체도 밝히지 않고 작품 하나만 덜렁 출품했었잖아요."

"무명…… 아! 무명 선생! 그래, 내가 그 선생을 아주 좋아했었지. 하지만 그 이후 한동안 잠잠해서 어떻게 됐나 생각한 적도 있었어. 그런데…… 옥 여사도 서예에 관심이 있었나 봐?"

"관심이라기보다는, 관련이 있어서요."

"관련?"

"놀라지 마세요, 관장님."

"……?"

"그 무명 선생이라는 사람, 제 아들이에요."

오 관장이 두 눈을 휘둥그레 떴다.

"옥 여사의 아들이라고? 그럼 지금 유단의……."

젠장.

그 빌어먹을 놈의 이름이 나오려 하자 세영은 얼른 손을 내저었다.

"아뇨, 아뇨. 첫……째 말고. 둘째요."

"하긴. 장 회장이 예술을 한다는 이야기는 못 들었지. 둘째 아들이었구나."

세영은 유독 거슬리는 '장 회장' 이라는 단어에 울컥했지만, 태연을 유지하려 애썼다.

흥분해서는 안 돼.

목적은 다른 데 있으니.

세영은 '아들들 교육을 정말 잘 시켰네.' 하고 중얼대고 있는 오 관장에게 미소를 잃지 않았다.

"옥 여사가 날 왜 보자고 했는지 대충 짐작이 가네."

오 관장은 더는 말을 잇지 않고 저만 보고 있는 세영에게 피식 웃으며 중얼거렸다.

"둘째 아드님의 전시를 도와 달라는 거지?"

세영은 그것 정도는 어렵지 않다는 표정을 짓고 있는 오 관장에게 고개를 내저었다.

"아뇨."

"아니라고?"

세영은 조금의 주저 없이 대답했다.

"네. 제가 우리 관장님을 뵙길 원했던 건, 아들 작품의 전시가 아니라 작품의 매매가 가능할까 싶어서예요."

"매……매?"

당황한 티가 나는 오 관장의 눈동자가 세차게 흔들린다. 왜 이리 놀라고 그래. 미술관 자체에서 예술가의 작품을 사고파는 것은 흔한 일이다. 오 관장은 특히나 서단에 관심이 많은 사람이었으므로 후한 가격을 쳐줄 것이라 믿어 의심치 않았다.

세영은 멈칫하는 오 관장을 빤히 직시했다.

"관장님의 안목이라면 우리 아들 작품을 좋게 봐 주실 것 같아서 말이죠."

"……."

"관장님?"

일부러 상대까지 띄워 줬건만, 오 관장은 세영의 말을 들은 후 아무런 반응을 보이지 않았다. 미소 짓던 세영은 미동 없는 오 관장에게 물을 수밖에 없었다. 그러자 오 관장은 후우, 한숨을 내쉬더니 세영에게 말했다.

"이봐요, 옥 여사."

"네, 관장님"

"나 그리 바보 아니야."

세영은 냉정한 목소리를 흘리는 오 관장을 황당하게 바라봤다. 오 관장은 예리한 눈을 빛내며 말을 이었다.

"우리 옥 여사가 이제 막 출소를 해서 잘 모르는 모양인데, 여사는 더 이상 예전의 옥 여사가 아니라고. 듣자 하니 장 회장한테 모든 걸 다 빼앗기고 쫓겨났다던데…… 나한테 사기를 치려는 건 아니겠지?"

"과, 관장님! 그 무슨 섭섭한 말씀이세요! 사기라뇨!"

오 관장은 흥 코웃음 쳤다.

"내가 옥 여사 같은 사람을 안 겪어 봤을 것 같아? 물론 나도 무명 선생이 옥 여사랑 관련 있을지도 모른다는 기사는 보긴 했어. 하지만 무명 선생이 그 사실을 완벽하게 긍정한 것도 아니지 않아?"

세영의 얼굴이 흙빛으로 물들었다. 오 관장은 멈추지 않았다.

"내가 옥 여사와 거래를 하게 된다 해도, 무명 선생의 작품을 손에 쥘 수 있을 거라는 보장은 어떻게 하지? 이야기를 들어 보니 옥 여사는 요즘 자식들이랑 사이도 그리 좋은 편은 아니라고 하던데, 둘째 아드님이 과연 순순히 작품을 넘겨줄까?"

저를 자극하는 것이 분명한 그 발언들에 얼굴이 붉으락푸르락해진다. 세영은 입술을 꽉 물며 오 관장을 노려봤다. 언제든 노려보라는 듯, 당당하게 고개를 들고 있는 오 관장의 눈동자는 흔들리지 않고 있었다. 세영은 부드득 갈던 이를 멈추고 다시 입꼬리를 올리며 싱긋 웃었다.

"오 관장님께서 쉽게 믿어 주지 않을 거라는 생각은 했죠."

"뭔가 믿는 구석이라도 있는 건가?"

"그럼요."

세영은 기다렸다는 듯, 품에서 핸드폰을 꺼냈다. 그러고는 미리 찍어 둔 사진들을 오 관장에게 내밀었다.

"이, 이건……!"

떨떠름한 표정으로 세영에게서 핸드폰을 건네받은 오 관장이 탄성을 내뱉었다. 세영은 크게 관심을 보이며 핸드폰 내 사진들을 들여다보는 오 관장에게 속삭였다.

"관장님이 흥미만 가지신다면 언제든 그것들을 대령할게요."

"……!"

"저 빈말 안 해요."

세영의 입꼬리가 비릿하게 올라갔다.

❖

"여긴……."

대체 어떻게.

이건은 끝내 하고 싶었던 말을 전부 뱉어 내지 못했다. 그가 말을 끝내기도 전에, 태영이 이건의 몸을 밀치며 안으로 들어왔기 때문이다. 힘이 빠져 있었던 이건은 태영에게 밀렸다.

태영은 당황하는 이건을 스치듯 흘겨본 후 성큼성큼 걸어 들어갔다. 순식간에 틈을 비집고 온 태영의 뒷모습을 쳐다보던 이건은 쓰디쓴 숨을 내뱉으며 몸을 돌렸다.

"그렇게 귀신 보듯 안 봐도 돼요. 나 이건 씨 스토커라 여기 알아낸 거 아니니까. 당당하게 물어보고, 대답 들었어요. 당신이 있을 법한 곳에 대해서."

“태영아.”

“일단 이리 앉아요. 하고 싶은 말 있으니까.”

쿵쿵.

태영의 말 한 마디 한 마디에 숨이 막힌다. 이건은 어느새 자리 잡은 룸 안의 테이블 맞은편을 가리키는 태영을 보고 멈칫했다.

하고…… 싶은 말.

가슴이 두근거리지 않았다면 거짓이다. 좋은 느낌의 두근거림은 아니었고, 속이 타들어 간다고 생각하기도 했다.

무슨 말을 할까.

대체 내게, 무슨 말을 할까.

태영의 단호하고도 냉정한 눈빛에 심장이 쓰려 왔다. 제 앞의 그녀가 짓고 있는 표정과 눈빛은, 틀림없이 무언가를 알고 있다고 표현하고 있었다.

‘봤……겠지.’

기사도, 동영상도.

어쩌면 재영이 말해 줬을지도 모르겠다.

이건은 무의식적으로 입술을 짓누르며 느릿하게 그녀를 향했다. 태영은 제 맞은편에 자리를 잡는 이건을 응시하고 있었다.

‘받아들일 때다.’

그의 엉덩이가 의자에 닿자 이건은 눈을 내리감았다. 앞으로 그녀가 어떤 말을 하든, 이건은 그저 받아들여야만 했다. 그가 선택할 수 있는 선택지는 오로지 그것뿐이었으니까. 이건은 담담함을 유지하려 했으나 애석하게도 흔들리는 마음을 진정시킬 법한 방법은 존재하지 않았다.

"이건 씨."

열리지 않던 태영의 입술은 쿵쿵 뛰는 심장 소리에 어지러움을 느끼고 있을 때, 들려왔다. 이건은 번쩍 눈을 떠서 태영을 응시했다. 무언가 결심한 태영의 얼굴이 보인다.

"나 알고 있어요."

……!

"당신이 누구의 아들인지, 전부 알고 있어."

차분하게 말을 꺼내는 태영의 모습은 지독하게 냉정해 보였다. 책망의 눈빛이 아니라는 것은 알고 있지만 속이 쓰려 오는 것은 피할 수 없었다. 이건은 말없이 주먹을 세게 움켜쥐었다.

태영은 말을 이었다.

"세상 참 좁지. 왜 하필 당신이 '그 여자' 의 아들이죠?"

"……."

"대체 이런 운명이 어디 있어. 다른 사람도 아닌 당신이 '그 여자' 의 아들이라니. 말도 안 돼, 그치?"

자조 섞인 태영의 말이 귓가로 내려앉았다. 미안하다는 말이 금세 차올랐지만 차마 꺼낼 수는 없었다. 이건은 미동하지 않았다.

"그거 알아요, 이건 씨? 나 당신 어머니 진짜 싫어해요."

"태영아."

"증오해. 당신 어머니는 우리 가족을 무너뜨렸거든."

아무 말도 하지 못했다. 그녀의 이름을 부르는 것도 죄악처럼 느껴져 이건은 마른침을 삼켰다. 그 어떤 변명도 통하지 않을 거다. 사실이니까. 부정하지 못하는, 사실이니까. 이건은 결국 고개를 아래로 떨구었다. 태영은 말했다.

"당신 어머니가 미워. 그 여자가 죽었으면 좋겠다고 생각했던 적이 있을 정도로, 싫어. 정말 너무 싫고, 미워서 끔찍하기까지 해."

"……태영아."

더는 듣고 있기가 힘들다. 저를 향해 말하는 것은 아니나, 태영의 증오가 향하는 곳이 마치 자신인 것 같아서 더욱. 이건은 결국 태영의 말을 끊어 내고선 고개를 들었다.

"우리……."

그러고는 힘겹게, 내내 속에서 맴돌고 있던 바로 그 말을 꺼내려 했다.

"헤어……지자."

"풋."

"……!"

절망을 가득 담은 목소리를 내뱉자 태영이 피식 웃었다. 이런 그녀의 반응은 예상하지 못했기에 이건의 눈빛이 흔들렸다. 태영은 여전히 당당하게 고개를 들며 말했다.

"예상했던 대로야. 당신한테서 그런 말이 나올 줄 알았어."

"뭐?"

"헤어지자고 했지? 그 말에 대한 대답, 지금 당장 해 줄게요."

이건은 곧 제게 다가올 충격을 대비하기 위해 이를 악물었다. 태영은 크게 숨을 고른 후 입술을 달싹였다.

"싫어. 나 당신이랑 안 헤어져. 내가 왜 그래야 하는데?"

태영은 자리에서 일어났다. 이건의 요동치던 눈동자가 맞은편에서 제게로 다가오는 태영을 좇았다. 어느새 그의 옆자리까지 다가온 태영은 손을 뻗어 이건의 뺨에 얹었다.

파르르.

태영의 손끝에서 시작된 전율이 온몸을 퍼져 나가 이건은 눈꺼풀을 떨었다.

태영은 사색이 된 이건의 얼굴을 부드럽게 쓸며 말을 이었다.

"당신이 왜 나한테 헤어지자고 하는지 알아. 그래. 당신은 충분히 그럴 수 있어요. 사실을 알게 됐으니 두려웠겠지. 나한테 미안했겠지. 나를 더 이상 볼 수 없었겠지. 죄책감 때문에라도 내 곁에 있을 수 없다고 생각했겠지. 그랬을 거야, 분명히."

"태……영아."

"하지만 이건 씨."

태영의 손가락이 움직였다. 그의 뺨을 타고, 조각진 눈두덩을 지나, 이마를 어루만졌다. 좁아진 이건의 미간까지 쓸던 그녀는 중얼거렸다.

"이건 씨한테는 정말 미안한데, 나 이건 씨랑 헤어지고 싶지 않아."

"……!"

"안 헤어져."

마치 다짐과도 같은 그녀의 말에 숨이 막혔다. 호흡이 어려워졌다.

쿵쿵, 심장이 거칠게 반응했다. 태영은 굳어 버린 이건을 보며 말했다.

"절대로 헤어지지 않을 거야. 끝까지 곁에 있을 거라고. 그 여자에 대한 복수라고 생각해도 상관없어. 나, 다시 당신을 떠나고 싶지 않아. 그 여자 때문에 당신이랑 헤어지지 않을 거야."

"태영아."

"당신 잘못이 아니잖아!"

버럭 외치는 태영의 눈빛이 그제야 흔들리고 있었다. 내내 담담

한 척 유지하던 태영의 모습이 무너져 내려 이건은 아무 말도 하지 못했다. 태영은 그의 어깨를 강하게 부여잡으며 말했다.

"어째서 안 되는데? 왜요? 왜 안 되는 건데? 당신이 나를 사랑하고, 내가 당신을 사랑하는 건 변함없는데, 왜 우리가 안 되는데?"

"……."

"설마 당신도, 당신 어머니의 죄가 당신의 죄라고 생각하는 건 아니지?"

어찌나 세게 입술을 깨문 건지 핏물이 새어 나올 정도였다. 이건은 구겨진 얼굴을 펴지 못했다. 태영은 계속해서 말했다.

"당신은 당신이고, 당신 어머니는 당신 어머니잖아."

"은태영."

"미안하지만 나 당신 포기 못 해."

이건의 어깨를 누르고 있는 태영의 손등 위로 핏줄이 섰다. 가슴이 아릿해 이건은 그녀를 그저 올려다보기만 했다. 태영은 그런 그를 내려다보며 다짐하듯 말했다.

"장이건. 잘 들어. 나 말이야, 당신이 날 포기하면 지구 끝까지 쫓아가서 당신 잡을 거야. 당신이 숨으면 찾아낼 거고, 당신이 도망치면 당신이 가는 곳까지 따라갈 거야."

"태영아. 정신 차……."

"당신이 나 이렇게 만들었잖아!"

쿵쾅쿵쾅 뛰고 있던 심장이 바닥을 찧는다. 이건은 온 힘을 다해 외치는 태영을 멍하니 바라봤다. 태영은 그의 얼굴을 두 손으로 꽉 움켜쥐며 소리를 내뱉었다.

"당신이 나 유혹했잖아."

아.

"흔들리는 날, 끝내는 잡았잖아. 못 벗어나게 했잖아!"

"……."

"그러니까 책임을 져야지. 왜 피해? 대체 왜 피하는 거냐고!"

"……."

"당신 어머니가 우리 아버지를 죽였다는 이유로? 그래. 당신 어머니로 인해 우리 아버지가 돌아가신 건 맞아요. 하지만 엄연히 따지고 보면 당신 어머니는 그저 원인이었을 뿐이야. 아버지가 돌아가신 건…… 그건 모두 아버지가……."

무슨 말을 꺼내려 했을까.

있는 힘껏 외치던 태영이 주르륵, 주저앉았다. 쿵쿵쿵쿵. 그녀의 거친 심장 박동 소리가 제게로 전해져 와 이건은 쓴 물을 삼켰다. 태영은 그의 허벅지 위에 머리를 얹으며 중얼거렸다.

"전부……."

"……."

"전부 그 사람이 나빴던 거잖아."

"……."

"그런데 왜 내게서 멀어지려 해? 왜 나를 다시 놓으려고 해. 기껏 잡았으면서 왜 떠나려 해. 대체 왜. 왜……!"

그렁그렁 맺힌 태영의 눈물방울이 그녀의 고운 뺨을 타고 바닥으로 떨어진다. 주르륵 흘러내리는 물줄기를 말없이 바라보고 있던 이건은 울분을 토해 내고 있는 태영을 향해 고개를 숙였다.

'…….'

태영의 숨결이 코끝에서 느껴졌다. 흥분을 감추지 못하는 그녀의 마음이 온전하게 느껴져 이건은 속으로 웃었다. 그러고는 그녀의 촉촉한 입술 위로 제 입술을 덮었다. 그녀를 진정시킬 수 있는 방법은 그것뿐이었다.

"하아."

거침없이 흔들리던 마음이 안정을 찾을 만큼 시간이 흘렀다. 태영은 그의 보드라운 입술이 제 눈 위를 덮는 것을 느낄 수 있었다. 따뜻한 온기가 얼굴 위에서 느껴지자 미간이 반응을 한다. 그녀는 그의 입술이 떨어져 나감과 동시에 눈꺼풀을 올렸다.

'아.'

옅은 미소를 짓고 있던 이건의 눈동자가 보인다. 깊고 어두운 그의 눈동자였다. 이건은 기다란 손가락으로 엉켜 있던 그녀의 머리카락을 풀며 굳게 닫혀 있던 입술을 움직였다.

"태영아."

이건이 태영의 이름을 낮게 불렀다. 제 이름을 부르는 그의 음성을 듣자 숨이 막혔다. 이렇게 호흡이 가빠지는 이유가 그가 자신의 이름을 불러서인지, 아니면 두 다리 사이로 밀려들어 오는 그의 남성 때문인지 가늠이 되지 않았다.

"흐읍."

눈물범벅이 되어 버린 태영은 눈을 돌리지 못했다. '태영아.' 하고, 계속해서 제 이름을 부르는 그에게 고정되어 있었다.

가지 않았으면 좋겠어.

당신이 내 곁에 있어 주었으면 좋겠어.

"이건 씨……."

내벽에 닿을 듯 깊게 들어오는 이건을 힘껏 받아들이며, 태영은 그의 등을 와락 끌어안았다. 절대로 그를 놓지 않겠다는 의지가 드러난 태영의 움직임에 이건이 잠깐 행동을 멈추었지만, 찰나였다.

"멈추지 말아요."

태영이 그런 그를 옭아매며 뱉어 낸 말이 이건의 눈을 일렁이게 만들었기 때문이다.

"읏! 흐읏."

그녀의 말이 떨어지기가 무섭게 이건은 허리에 반동을 주었다. 제 안이, 강하게 들어왔다 다시 나가 버리는 이건의 남성으로 가득 찼다 풀어지자 태영의 입술 사이로 뜨거운 신음이 흘러나왔다.

붉게 달아오른 그녀의 안은 이건을 맞이하며 점점 흥분하기 시작했다.

멈추지 마.

그의 살갗이 제 몸을 스칠 때마다 저릿한 전율이 일었다. 그의 손끝이 닿은 유두는 이미 솟아 있었고, 그가 아래위로 반동을 줄 때마다 태영의 허리는 곡선을 그리며 휘어졌다. 이마에 송골송골 맺혀 있던 땀방울이 뺨을 타고, 턱을 타고 투득 떨어졌다. 이건이 뱉어 내는 숨결과 태영의 숨결이 한데 어우러져 뜨거운 호르몬 분비를 자극했다.

"이건…… 씨, 읍, 이건 씨……!"

나는 당신을 안고 싶어.

당신을 알고 싶고, 당신을 원해.

당신이 생각하는 것보다 훨씬, 훨씬 더 많이.

조심스럽게 자신을 만지면서도 안을 비집고 들어올 때는 거침이 없는 그의 품 안에서 태영은 외치고 또 외쳤다.

내가 먼저 당신의 손을 놓지는 않을 거라고.

포기하지 않을 거라고, 끊임없이.

'……아.'

태영이 눈을 뜬 건 지독할 정도로 고요한 아침이었다.

그녀는 무의식적으로 옆자리를 살폈다. 그러자 다행히도 깊은 잠에 빠져 있는 남자가 보였다. 살짝 안도한 그녀는 후우 숨을 흘리며 이건의 얼굴을 한동안 들여다봤다.

아마도…… 긴장했던 걸까.

평소보다 더욱 어두워 보였던 그의 얼굴이 신경 쓰였다. 태영은 쓴웃음을 흘리며 이건의 흐트러진 머리카락을 쓸었다. 아직 잠에서 깨지 않은 그가 태영의 행동에 눈썹을 꿈틀거렸다. 그녀는 매끄러운 그의 이마 위로 짧게 입을 맞춘 후 침대에서 벗어났다.

「기자님도 조심하세요. 도련님의 친어머니…… 옥세영 씨 말이에요. 들리는 바에 의하면 도련님을 이용하려고 혈안이 되어 있다고 해요. 그에 대비해서 저희도 손을 쓰려고는 하는데, 도련님의 의지 없이는 아무래도 힘이 들 것 같아서 걱정이에요.」

「…….」

「이건 제 오지랖일 수도 있지만, 전…… 은 기자님이 도련님을 올바른 방향으로 이끌어 주셨으면 좋겠어요.」

그 여자의 이름을 새벽에게서 들을 줄이야.

아니, 새벽이라서 당연히 알고 있는 정보인 건지도 모르겠다.

태영은 어렵게 자신을 부른 뒤 말을 꺼내며 머리를 숙이던 새벽을 떠올렸다. 그런 새벽의 말을 겨우 뇌리에서 지울 때쯤, '여보세요.' 하고 들고 있던 수화기 너머에서 목소리가 들려왔다.

태영은 입을 열었다.

"나야."

— 너. 지금 어디야.

낯선 번호로 걸려 온 전화에 처음에는 의아해하던 재영의 목소리가 순식간에 가라앉았다. 재영에게 핸드폰을 빼앗겨 버린 이후 다시 찾을 생각을 안 했으니 대체 어디서 전화를 거는가 싶었겠지.

'게다가 화도 많이 나 있을 테고.'

말도 없이 집을 나와 외박까지 해 버린 자신을 재영이 찾아 헤맨 것은 불 보듯 뻔했다. 태영은 씁쓸한 미소를 지으며 대답했다.

"어딘지 말해 주면? 찾아오게?"

— 장이건이랑 같이 있어?

이제는 그렇게 달고 살던 선생님 호칭도 붙이지 않는다. 확연하게 달라진 재영의 태도에 태영은 흐릿하게 웃어 버렸다. 그리고는 담담하게 중얼거렸다.

"알고 있는 거구나."

재영은 대답하지 않았다. 태영은 긴 한숨을 내뱉었다.

"그 사람이 누구 아들인지, 재영이 너도 알게 된 거였어……."

물론 짐작은 했었다. 그렇지 않고서야, 다른 사람도 아닌 재영의 태도가 그렇게 달라질 리 없으니까. 재영은 저보다 훨씬 전부터 무명 선생을 존경했다.

태영은 말 없는 재영의 답을 기다렸다. 젠장, 하는 작은 욕지거리가 수화기 너머로 들려왔다.

— 지금 그게 중요해? 은태. 당장 거기서 나와. 아니. 후우, 아니군. 내가 직접 가는 게 낫겠어. 거기 꼼짝 말고 있어. 어딘지 주소나 부르고. 내가 너 데리러 갈 테니까.

"재영아."

— 너 인마, 진짜 제정신이야? 그놈이 누군지 알면서도 같이 있겠다는 거냐고!

아마 눈앞에 있었다면 목에 핏대를 세운 재영의 모습을 발견했을 거다. 이를 부드득 갈기까지 하는 그의 목소리가 귀를 울려 태영은 아무 말도 하지 못했다.

'생각이 있다면 거기서 멈춰.' 라든가, '부모님한테 부끄럽지도 않냐!' 라든가, '정신 차려. 네가 그럼 안 되지!' 라는 말이 연이어 귀를 울렸다.

태영은 소리치는 재영의 발언에 대꾸하지 않았다. 그저 가만히 듣고 있기만 할 뿐.

— 은태영! 너 듣고 있는…….

"재영아."

— 은태영!

"미안."

— ……뭐?

"나 그 사람…… 못 버려."

못 버리겠어.

절대로.

침묵하는 태영이 답답했던 건지, 재영이 온 힘을 다해 그녀의 이름을 외쳤다. 재영이 무어라 하든 간에 눈을 꼭 내리감으며 입을 다물던 태영은 결국 속에 든 말을 내뱉고 말았다.

그 말에 재영이 '너 진짜 미쳤냐?' 라며 으르렁거리는 소리가 들려왔다. 예상했던 반응이었던지라 태영은 웃고 말았다.

"그런 건지도 모르겠네."

— 뭐?

"여름이잖아."

너무 더워서, 뜨거워서 그만 미쳐 버린 건지도.

아직 가시지 않은 열기가 여전히 남아 있는 여름은 끝나지 않는다. 태영은 호텔의 로비임에도 약간은 후덥지근한 주변 공기를 느끼며 중얼거렸다. 그녀의 대답이 황당했던 건지, 재영이 다시 그녀의 이름을 불렀지만 태영은 제 이야기를 이어 갔다.

"재영아. 기억나? 예전에 아빠가 그러셨잖아. 신경 쓰이는 아이가 있다고. 너무 신경 쓰여서, 가만히 내버려 둘 수가 없다고. 그래서 자꾸 손이 간다고. 시선이 간다고. 마음이 간다고."

— 갑자기 돌아가신 아버지 이야기가 왜 나와.

"아무래도 난 아빠 딸인가 봐. 나도 똑같이 그러거든."

— 너 지금 무슨 소리를…….

"아마 지금 내가 손 놓으면, 그 사람은 나보다 더 아파할 거야. 틀림없이 나보다 더 힘들어하겠지. 그래, 어쩌면 회복이 불가능할 수도 있겠다. 위태롭거든. 충분히 그렇게 보였거든. 예전의 그 사람."

— 은태영!

"재영아."

태영은 긴 숨을 내뱉으며 목소리를 높였다.

"너한테는 편집장님도 있고, 다른 친구들도 있고, 예슬이도 있지만…… 그 사람한테는 아무도 없어. 홀로 내버려 두면 와르르 무너져 버릴 거야. 혼자 둘 수 없어. 같이 있어 주고 싶어. 예전에 아빠가 그 사람 곁을 지키려 애썼던 것처럼, 나도 그 사람 곁에 있고 싶어."

아니, 아버지가 그러셨던 것보다 더.

그 사람이 신경 쓰여.

— 너…… 대체 아까부터 무슨 헛소리야? 아버지께서 그러셨다니. 알아듣게 이야기를 해!

이해할 수 없는 태영의 발언들이 마음에 들지 않았던 건지, 재영은 이를 갈며 소리쳤다. 만일 자신이 재영의 상황이었더라도 이해할 수 없을 말이었다. 태영은 흐리게 웃은 후, 이건을 만나러 오면서 결심했던 이야기들을 하나둘씩 내뱉었다.

"재영아. 내가 이기적으로 보일 거라는 거 알아."

— 뭐?

"그 여자를 그렇게 미워했으면서도, 그 여자 아들 하나 놓지 못하는 내가 바보 같아 보이겠지. 나빠 보이겠지. 이해 안 가겠지. 그래도 재영아. 나 그 사람 못 떠나겠어."

— …….

"네가 나 평생 미워할 거라는 거 아는데, 그 사람 혼자는 못 둬."

— …….

"그러기에는 나, 그 사람 너무 좋아하거든. 정말…… 사랑하거든."

대부분의 쌍둥이가 느끼는 것처럼 태영은 재영이 자신의 분신이나 마찬가지라고 생각했다. 그래서 그 어떤 상황에 처해도 재영과 함께 의논했고, 위기를 극복해 왔다. 조언을 얻고, 같이 고민한 뒤 결정을 했다.

'하지만 이번만큼은, 달라.'

태영은 스스로 결정을 내렸다.

재영의 동의가 없더라도 무조건 실행할 일에 대해.

이미 각오를 다진 그녀의 의지를 느낀 건지, 수화기 너머의 재영은 아무 말도 하지 않고 있었다. 그저 조용히 숨만 쉬고 있을 뿐이다. 태영은 차분하게, 그리고 침착하게 재영의 대답이 들려오기를 기다렸다.

"……."

1초, 2초, 얼마나 시간이 흘렀을까.

태영은 숨소리만 들려오던 전화에서 아무 소리가 들려오지 않음을 깨달았다. 얼마 뒤 뚜뚜거리는 수화기 소리가 들려왔다. 자신의 확고한 태도에 재영이 무어라 답을 줄 것이라 여겼건만, 놀랍게도 재영은 그대로 통화를 종료해 버렸다. 태영은 끊긴 전화에 긴 숨을 흘렸다.

'오래 걸리겠네.'

평소와는 달리 아무런 말 없이 전화를 끊어 버린 재영이 화를 풀지, 안 풀지는 가늠하지 못하겠다. 자신을 이해해 줄 거라는 생각도 들지만 그 반대일 경우도 대비해야겠지. 금방 화를 풀 수도 있으나 어쩌면 예상했던 것보다 더 오래 갈등이 지속될지도 모른다.

뚜뚜뚜.

태영은 계속되는 소리를 듣고 있다 결국 들고 있던 수화기를 아래로 내려놓았다.

"감사합니다."

태영이 재영에게 전화를 걸 수 있도록 도와준 로비의 리셉셔니스트에게 인사를 한 그녀는 곧장 엘리베이터를 타고 이건이 있는 룸으로 향했다.

"……!"

달칵 문을 열고 들어가자 거실에 우뚝 서 있는 이건이 보였다. 태영의 인기척이 들리자 홱 몸을 돌린 이건의 얼굴이 파리하다. 태영은 하얗게 질려 있는 그를 빤히 올려다보더니 빙긋 웃었다.

"깼어요?"

미소 짓는 태영을 응시하는 이건의 눈동자가 거칠게 요동쳤다. 태영은 그런 그를 향해 성큼성큼 다가가 눈꼬리를 휘었다.

"왜. 조금 더 자지 않고."

"어디…… 다녀왔어?"

"아, 그냥. 전화하러."

"전……화?"

"네. 저 핸드폰 뺏겼거든요."

"빼앗겨?"

"재영이한테."

태영의 말을 들은 이건의 미간이 좁아졌다. 태영은 웃으며 중얼거렸다.

"급하게 오느라 핸드폰 새로 개통할 시간이 없었어. 그런데 어젯밤 외박을 해 버렸으니, 내가 무사하다는 것 정도는 알려야죠. 안 그럼 출근도 안 하고 찾을 게 분명하거든."

"재영 씨랑…… 통화하고 온 거야?"

떨리는 이건의 음성에 태영은 고개를 끄덕였다.

"그 녀석 무심한 척하는데, 은근히 걱정이 많아요."

"……태영아."

"난 안 가."

재영의 이름을 거론한 순간부터 얼굴을 굳히고 있던 이건이 무슨 말을 내뱉을지 대충 짐작이 됐다. 한숨을 내쉬며 저를 부르는 이건을 향해 태영은 단호하게 말했다.

이건이 두 눈을 크게 뜨고 놀란 얼굴로 자신을 응시하자, 그녀는 그의 허리를 세게 끌어안았다. 그러고는 이건의 탄탄한 가슴

위로 얼굴을 파묻으며 중얼거렸다.

"이렇게 당신 곁에 들러붙어서 절대로 안 떨어질 거야."

"……."

"그러니까 이건 씨."

태영은 슬그머니 고개를 들어 올려 빙그레 미소 지었다.

"나 떼어 놓을 생각 마."

❖

"으읏."

작은 움직임 한 번에 욕조 안의 물이 출렁였다.

이건은 고운 미간을 좁히며 저를 내려다보고 있는 태영을 직시했다. 기다란 팔을 제게 감고선, 땀인지 아니면 물인지 알 수 없는 물방울을 턱 끝으로 뚝뚝 흘리고 있는 태영의 모습이 시야로 들어왔다. 그의 위에 올라타 있던 그녀는 제 안을 침범하려는 그로 인해 가쁜 숨을 내뱉고 있었다.

몸을 움직이려던 이건이 행동을 멈추고 그녀를 바라봤다.

"조금 쉴까."

그녀의 입구로 들어가기 위해 움직이고 있던 것은 사실이었으나 아직 완벽하게 들어선 상태는 아니었다. 룸의 침실에서 욕실로, 그리고 욕조 안으로 들어갈 때까지 정신없이 입을 맞추고 서로의 몸에 낙인을 새겼기에 힘이 빠질 만도 했다.

지쳤는지 뜨거운 숨결을 토해 내는 그녀의 모습에 심장이 요동치고 있었으나, 상대가 못 견딜 정도로 힘겨워한다면 이쯤에서 그만두어야 하는 법이었다. 들끓는 욕망을 애써 가라앉히며 그녀의 다리 사이를 비집던 물건을 빼낸 이건은 갑자기 빠져나간 기둥으로 인해 '네?' 하고 눈을 크게 뜨는 태영을 일으키려 했다.

"태……."

"싫어."

"……!"

"쉬지 마요. 쉬지 마."

하지만 태영은 오히려 제게서 벗어나려는 이건을 붙잡은 후, 그의 어깨를 세게 짓눌렀다. 도리도리 얼굴을 좌우로 흔드는 그녀의 눈빛이 짐짓 화가 나 있어 이건은 멈칫했다.

태영은 제 몸에서 막 빠져나와 아직 흥분을 가라앉히지 못하는 물속의 남성을 빤히 내려다보더니 후우 숨을 골랐다. 그러고는 각오가 됐다는 듯 빙긋 웃었다. 시야로 들어온 그녀의 두 볼이 상기되어 있어 이건은 아무 말도 하지 않았다.

"하아."

태영의 허리를 잡으려던 손을 욕조 밖으로 빼낸 이건은 '당신은 가만히 있어. 내가 직접 할 거니까요.' 라 중얼거리는 태영을 그저 지켜보았다. 그녀가 흘리는 얕은 숨소리가 귀를, 가슴을 뜨겁게 울렸다.

태영은 짙게 일렁이는 눈을 욕조 안으로 고정시킨 후 천천히, 아주 천천히 제 여성 쪽으로 이건의 것을 가져다 댔다.

"읍!"

물결치는 욕조 안에서 두 사람이 다시 만났다. 이건을 받아들이기 위해 힘껏 숨을 내쉬던 태영은 좁은 입구를 비집고 들어오는 그의 남성에 눈썹을 꿈틀거렸다. 위에서 아래로. 벌어진 틈 사이로 이건의 남성을 포용하기 위한 태영의 몸짓이 시작됐다.

한 번에 받아들이기 힘들었던 건지, 잠시 멈추었다 다시 내려온 태영의 벌어진 다리가 이건의 허리를 감쌌다. 이건은 반동으로 인해 아래위로 흔들리는 그녀의 언덕을 바라보고 있다, 제 것을 뿌리 끝까지 완벽하게 받아들인 후 그의 품으로 쏟아지는 태영을 안았다.

"하아, 으……."

그녀의 안에서 용솟음치는 그로 인해 태영이 신음을 내뱉었다. 그것에 자극을 받아 그의 남성이 더욱더 꿈틀거렸지만 태영은 아직 눈치채지 못하는 것 같았다. 이건은 쉽사리 움직이지 못하는 그녀의 목덜미에 입을 맞추고, 다시 발그레해진 볼로, 그리고 물기가 가득한 그녀의 눈두덩과 입술을 쓸었다. 파르르 떨리는 그녀의 속눈썹이 지금의 이 흥분을 증명하고 있었다.

"이건…… 씨."

그의 이름을 부르는 태영의 목소리가 요동쳤다. 약간의 쇳소리가 섞인 듯한 그녀의 음성이 그의 심장을 자꾸만 두드리고 있다.

은태영, 너는 알고 있을까.

네가 내쉬는 숨결, 흘리는 목소리, 움직이는 몸, 그리고 쏟아지는 시선까지.

네 모든 것은 내 심장에 닿고, 나를 행동하게 만든다는 사실을.

하아, 하아.

욕조 안이라 그런지 이건의 상위에서 움직이는 것이 쉽지만은 않은 모양이었다. 거친 숨만 흘리며 행위를 멎어 버린 태영의 이마에 송골송골 물방울이 가득 맺혀 있다. 그녀의 허리를 잡고선 제 앞에서 흔들리는 그녀의 얼굴을 좇고 있던 이건이 고개를 들었다.

"하윽!"

끙끙거리며 그를 받아들이는 데 집중하던 태영은 갑자기 요동치는 이건으로 인해 교태로운 신음을 흘렸다. 이건의 붉어진 눈동자는 깜짝 놀란 태영을 집어삼켰다. 그는 인상을 쓰고 있는 그녀의 미간에 입을 맞춘 후, 곧장 태영을 들고 욕조에서 일어났다.

"하!"

두 사람을 적시고 있던 물이 욕조에서 흘러넘쳤다.

태영과 하나가 된 채 움직인 이건은 벽 쪽으로 그녀를 밀어붙였고, 그녀의 등이 벽에 닿기 직전 제 손을 뻗어 충격을 감소시켰다. 이건의 거침없는 몸짓으로 인해 눈을 파르르 떨던 태영은 붉어진 얼굴을 가라앉히지 못했다. 이건은 비틀거리며 선 태영의 기다란 다리 한 짝을 붙잡고는 힘껏 그녀의 안으로 들어갔다.

"흐읏, 하아, 이건…… 씨!"

"후우. 흐."

물에 젖은 상태여서인지 철퍽거리는 소리가 평소 이상으로 거칠다. 내벽을 깊게 찔렀다가 나왔다가, 그를 물었다가 놓기를 반복하던 두 사람은 눈앞이 새하얗게 물들 때까지 열기에 취해 갔다.

해가 중천에 떠도, 뜨겁던 물이 차갑게 식어도, 어느덧 창밖이 어둠으로 물들고, 다시 새로운 태양이 뜰 때까지. 이건과 태영의 행위는 지속됐다.

그 누구도 막지 못한다는 것을 마치 드러내듯.

한때는 부드러웠다, 또 한때는 거칠기를 반복하던 그들의 정사는 서로가 지칠 때쯤 끝이 났다. 암막 커튼을 쳐 둔 상태였고, 룸

밖의 문고리에는 방해하지 말라는 표시를 해 두었던지라 그 누구도 두 사람을 방해하지는 않았기에 시간 개념이 무뎌졌다.

지금이 아침인지, 아니면 저녁인지 문을 열지 않았기에 가늠할 수 없지만, 하암 하품이 이는 것으로 보아 피곤에 절어 버린 것은 분명했다.

"이건 씨."

위이잉.

태영은 얼마 전의 상황과 정반대가 된 현 상황에 왠지 모를 웃음이 터져 나오려는 것을 느끼며 이건의 이름을 불렀다. 이건은 현재 하얀 샤워 가운만 입은 채 침대에 엎드려 있던 태영의 머리카락을 말려 주고 있었는데, 경주에서의 상황을 연상케 했다.

쿡쿡 웃으며 어깨를 들썩이는 태영을 의아하게 바라보면서도 헤어드라이기를 손에서 놓지 않던 이건은 기다랗고 커다란 손으로 기분 좋게 태영의 머리를 만져 주고 있었다.

침대에 살포시 앉아선 제 머리를 쓸어 주고 있던 이건을 힐끔거린 태영은 위이잉, 계속해서 울려 대는 헤어드라이기를 끄지 않는 이건에게 물었다.

"아직도 멀었어요?"

"거의 다 돼 가."

"대충 말려. 난 얼른 이건 씨 얼굴 보고 싶다고요."

"하지만 제대로 안 말리면 감기 걸릴 거야."

"괜찮아. 내 몸이 식지 않도록 이건 씨가 나 계속 안아 줄 거 아니에요?"

뻔뻔한 태영의 말에 순간 멈칫하던 이건이 피식 실소를 흘렸다. 태영은 그제야 헤어드라이기의 전원을 끈 이건의 허벅지 위로 제 머리를 가져다 댔다. 그의 검은 눈이 느릿하게 제게로 꽂히자 태영은 싱긋 웃으며 중얼거렸다.

"이렇게 계속 당신이랑 있고 싶어."

"……."

"아무 생각도 안 하고 당신이랑 자고, 이야기 나누다가 다시 자고, 계속 뒹굴고 싶어."

"그러다 게을러져."

"그럼 그렇게 되지 뭐. 휴가라고 생각할래. 나 여태까지 앞만 보고 달렸거든요. 잠시 쉬어도 되지, 뭐."

어깨를 으쓱이는 태영의 말에 이건의 눈동자가 일렁인다. 대체 무슨 생각을 하고 있는 걸까. 태영은 속을 읽을 수 없는 그의 눈을 아래서 들여다보며 생각했다.

함께 있는데 왜 이리도 불안한 건지.

그를 옭아매기 위해 시간도 잊고 살을 섞었다. 정신없이 만들어 버리면 경계하고 있던 그의 벽이 조금은 무너질 거라 생각했는데,

찰나였던 것 같다. 태영은 굳어진 그의 턱 끝을 기다란 손가락으로 쓸었다. 면도를 하지 않은 이건의 짧은 수염이 손끝에서 느껴졌다.

까끌거려.

이대로 내버려 두었다가는 금세 수염이 얼굴을 뒤덮을지도 모르겠다.

'수염 난 장이건이라.'

만약 그의 얼굴에 거뭇한 수염이 가득 찬다면 어떨까. 순간 상상해 보았는데 쉽게 연상이 가지 않아 태영은 픕 웃어 버렸다.

"태영아."

"응."

"언제까지 이렇게 모른 척할 수는 없어."

하지만 그런 망상을 깨뜨려 버린 것은 이건의 침착한 음성이다. 입꼬리를 올리려던 태영의 얼굴이 굳어졌다. 여전히 그의 허벅지에 머리를 기대고 있던 태영의 눈빛이 가라앉았다. 이건의 내리깐 눈동자는 태영을 향해 있었다.

"이제 돌아가자."

"……."

"이틀이면 됐잖아. 계속 이대로 잠적하면 재영 씨 걱정할 거야."

"재영인 신경 쓰지 마요. 걔는……."

"나, 재영 씨 허락 없이 너 만날 생각 없어."

뭐?

태영은 얼굴을 구기며 벌떡 일어났다. 그러고는 어색한 미소를 짓는 그에게 차갑게 말했다.

"재영인 당신 허락할 생각 없어요."

"알아."

"그렇다면 나랑 안 만날 거라는 뜻이에요?"

"……."

"장이건 씨!"

"아냐, 그런 거."

이건은 버럭 화를 내는 그녀를 끌어안으며 속삭였다. 귀에서 울려 퍼지는 그의 잔잔한 음성에 입술을 잘근 깨물던 태영은 '그럼 무슨 뜻인데.' 라 대꾸했다. 이건은 쿵쿵 뛰는 자신의 심장 소리를 들려주며 중얼거렸다.

"허락해 줄 때까지 기다려야지."

"……."

"허락받을 거야. 네가 나 포기하지 않는 것처럼, 나도 포기 안 할게. 그러니까……."

제발 나를 믿어 줘.

태영은 차마 다음 말을 내뱉지 못하는 이건의 눈을 빤히 직시했다. 잠잠한 그의 눈빛이 진심을 담고 있어 성난 음성을 흘리지도 못하겠다. 젠장.

'대체 재영이 녀석 허락이 뭐 중요하다고.'

씩씩거리며 이를 악물던 태영은 하아, 길게 숨을 내뱉으며 고개를 아래로 떨구었다. 이건이 '태영아.' 하고 저를 부르는 소리가 들리자 그녀는 얼른 침대 밖으로 벗어났다.

"읏!"

"은태영?"

"괜……찮아요. 갑자기 일어나서 그래."

정신없이 살을 섞고, 그를 느끼고 하다 보니 몸이 무리를 했던 것이 분명했다. 태영이 길쭉한 다리를 후들거리자 이건이 놀라 침대에서 덩달아 일어났다. 태영은 손을 휘휘 젓고선 이건을 응시하며 말했다. 그러고는 안도의 숨을 내쉬고 있는 그의 위아래를 훑었다.

"잠깐 나갔다 올 테니 씻고 있어요."

"나가?"

의아해하는 이건을 보며 태영은 고개를 끄덕였다.

"당신, 지금 엄청 지저분해. 어떻게든 꼬투리 잡으려고 혈안이 되어 있는 재영이한테 당신 흠잡히게 할 수 없으니까. 이건 씨 집에 가서 입을 옷이라도 가져와야겠어요.”

태영은 쓰게 웃는 이건에게 말한 뒤 옷장 쪽으로 걸어갔다.

“같이 가.”

태영은 따라 일어나려는 그에게 단호히 고개를 저었다.

“아냐, 됐어. 금방 갔다 올 테니까 여기 있어요. 두 사람이 움직일 필요 없잖아. 게다가 당신 집 여기랑 가깝지 않아요? 오래 안 걸려.”

“…….”

“그러니 씻고 있어. 수염도 깎고, 말끔하게. 그리고 나 돌아오면 바로 은재영 만나러 가요. 오늘 결판내자고요. 어떻게든 결론이 나겠지. 재영이 녀석이 백기를 들든, 아니면 항복을 하든. 뭐, 둘 다 같은 말이지만 나는 그 반대의 결말은 맞고 싶지 않거든요.”

“…….”

“이건 씨?”

“은태영 말대로…… 할게.”

태영이 문고리를 잡을 때까지 그는 정장 정도는 살 돈이 있다며 그녀를 말렸지만, 태영은 한사코 고개를 내저었다.

“이젠 쓸데없이 돈 쓰는 일도 삼가요.”

“뭐?”

“곧 나랑 결혼할 거잖아. 그러니 뭐든 아껴야지. 나 당신한테 빈

몸으로 갈 것 같거든요."

"……."

"걱정 마. 결혼하게 된 거 후회 안 하도록 해 줄 테니까."

씩 웃으며 말하자 이건이 못 말린다는 듯 웃어 버렸다. 밝아지는 이건의 얼굴을 보고 나서야 안도한 태영은 그에게 씻고 있으라는 말과 함께 호텔을 벗어났다.

이건의 형이 마련해 줬다는 서울 집에 그의 옷가지들이 있다는 이야기를 들었던 태영은 그의 집으로 움직이고 있었다.

'밤은 아직 쌀쌀해.'

분명 아침이라 생각했는데 어느새 해가 져 있었다. 오전 7시일 거라 여겼건만 알고 보니 오후 7시였던 걸까. 탐하고 또 탐해도 끝이 없던 그와의 밤은 예상했던 것보다 길어져 있었다.

자신이 이건의 호텔 방으로 찾아온 지 벌써 이틀이 흘러 버린 상황.

태영은 오전과는 달리 더위가 한풀 꺾인 밤공기를 온몸으로 받아들이며 얼굴을 들었다.

'여기네.'

호텔에서 택시로 20분 거리에 자리 잡은 한 아파트가 시야로 들어온다. 서울을 관통하는 강가 주변에 위치한 아파트였다. 이건이 불러 준 주소의 아파트에서는 환한 불빛이 새어 나오고 있었다. 여기서 이건이 입을 정장 몇 벌을 들고 호텔로 돌아가, 그와 제집으로 향할 생각이었다.

'만나 주기는 하려나.'

며칠 전 그녀와의 전화 통화에서 먼저 물러나 버린 재영에겐 다시 연락하지 않았었다. 만나 줄 때까지 버텨야겠지. 고집하면 저만큼 센 재영을 떠올리며 한숨 쉬던 그녀는 땡, 이건의 집이 있는 층에 도착한 엘리베이터 밖으로 나가려 했다.

"……!"

하지만 그 누가 예상이라도 했을까.

이건이 말해 주었던 호수로 걸음하던 태영의 발이 뚝 멎었다.

태영의 시선 끝에는 막 문을 열고 나오던 한 여자 있었다. 두 손에 바리바리 무언가를 싸 든 채, 다급해 보이는 얼굴을 하며 문을 닫고 있는 여자의 눈빛이 불안하게 흔들리는 중이다.

심장이 철렁 내려앉았다. 악몽을 연상케 하는 여자가 다시금 제 앞에 서 있었다.

「나 말이야, 아가씨가 그렇게 받들고 섬기는 무명 선생 엄마예요.」

그 말을 들었을 땐 눈앞이 캄캄해졌는데.

'이상하리만큼 침착해지는군.'

이미 한 번 마주했던 여자였고, 이건과의 일로 각오까지 다졌던 상황이라 이렇게 차분해지는 걸까. 여러 생각이 머리를 스쳤지만 태영의 반응은 냉정했다. 태영의 갈색 눈동자는 '왜 이리 문이 안 닫혀!' 하고 신경질을 부리고 있는 여자에게 꽂혔다.

또각.

"빌어먹을!"

또각.

"바빠 죽겠는데 대체 왜 이러는 거야!"

또각—

"하, 겨우 됐…… 응?"

신경질적으로 도어락을 두드리던 여자가 어느새 드리워진 검은 그림자에 얼굴을 돌렸다. 미간을 찌푸리고 있던 중년 여성의 눈이 의문에서 곧 탄식으로 바뀌었다.

"아가씨는……."

갑자기 다가와 멈춰 선 태영의 모습에 의아해하던 중년 여성이 태영을 알아봤는지 말끝을 흐렸다. 태영은 놀라는 그녀와 그녀의 손에 들린 이건의 작품들을 물끄러미 내려다보며 냉랭하게 물었다.

"선생님 집에서 뭘 가지고 나오신 건가요?"

"기자라고 했었나? 우리 아들이 작품을 줬던 그 잡지사의 기자. 그렇지?"

"……."

태영이 대답하지 않자 옥세영이 흥 코웃음을 치며 이건의 작품들을 마구 가방 속으로 집어넣었다. 개중에는 꽤 무거운 액자들도 있었기에 가방을 둘러멘 세영은 액자들을 안아 들며 비틀거렸다. 태영은 미간을 좁히며 그녀를 내려다봤다.

"아가씨가 신경 쓸 일이 아니야. 우리 일에 끼어들지 마. 비켜."

"……."

"뭐 해, 안 비키고?"

제 앞을 막아선 태영이 짜증스러웠는지 세영이 눈을 부라리며 그녀를 올려다봤다. 태영은 서늘해진 눈을 여전히 세영에게 꽂고 있었다. 그러다 실소를 흘렸다.

"이제는 절도입니까?"

"……뭐?"

"그것도 아드님의 작품을, 아드님께서 혼신을 다해 완성한 작품들을…… 허락 없이 절도하는 거냐고요."

"이봐, 아가씨. 뭘 알고 하는 말인지 모르겠는데, 이건이는 내 아들이야. 내가 내 아들 작품을 가져다 좋은 데 쓰겠다는데, 고작 기자 나부랭이 주제에 내 앞길을……."

"못 가십니다."

"……!"

"장 선생님이 허락하지 않으셨다는 것 정도는 알겠군요. 그러니 두고 가세요. 절도 후 다른 곳에 팔아넘기는 걸 눈감아 드리는 것도 한 번입니다. 저번엔 선생님께서 직접 해명하셔서 넘어갔지만, 이번에도 함부로 작품에 손대시는 거라면 그냥 두고 볼 수는 없습니다. 그런 상식 정도는 잘 아시는 분께서 대체 왜 이런 일을 저지르는 건지 이해할 수 없네요."

"하? 이봐, 아가씨. 말이면 다인 줄 알아? 너 감히 내가 누군지 알고 이딴 말을 지껄이는 거야! 난 유단의…… 잠깐."

날이 선 태영의 발언에 황당해하던 옥세영이 화가 난 음성을 내뱉었다. 그녀는 태영이 무어라 하든 말든, 들고 있던 액자를 지키겠다는 생각으로 태영을 밀치려다 멈추었다. 그녀가 굳은 얼굴의 태영을 빤히 바라보더니 미간을 좁혔다.

옥세영의 붉은 입술이 움직였다.

"나, 너 알아."

쿵.

"너 알고 있어."

옥세영의 앞에서 화가 난 표정을 짓고 있던 태영의 눈동자가 요동친다. 옥세영은 코웃음 치며 중얼거렸다.

"이상하게 낯익다 싶더니."

두근.

"너지?"

두근두근.

"그때 그 버릇없는 꼬맹이. 너잖아. 그렇지?"

심장이 바닥을 찧었다. 태영은 재회한 지 두 번째가 되어서야 자신을 알아본 세영을 보고 입술을 깨물었다. 세영은 대답 없는 태영의 모습에 확신을 가졌던 모양이다. 그녀는 '대체 네가 왜 여기 있는 거지?' 라든가, '어째서 이건이랑 같이 있는 거야? 이건이 집은 어떻게 알고!' 라는 신경질적인 반응을 보였다.

"애비나 자식이나. 돈 되는 건 알아서는, 이건이 곁에서 떨어질 줄 모르는군!"

……뭐?

"일부러였니?"

옥세영은 눈을 가늘게 뜨며 태영에게 말했다.

"이건이 정체 알고 접근한 거냐고 물었어. 일부러였어?"

"이보세요."

"나한테 복수하겠다고 했었지? 맞아, 당시에 분명히 넌 나한테 그랬어. 그래서 이건이한테 다가간 거야? 이건이 곁에 맴돌면 나를 막을 수 있을 거라 생각해서? 그랬던 거야?"

"옥세영 씨."

"너지? 이건이한테 못된 바람 불어넣은 년이. 네가 우리 이건이를 제 엄마도 못 알아볼 정도로 만든 거지? 네년이지?"

상스러운 욕설이 세영의 입 밖으로 튀어나왔다. 큰 눈을 부라리는 세영은 이를 갈며 태영에게 소리쳤다.

'상대할 가치도 없어.'

눈앞의 여자에게 무슨 짓을 해서든 복수를 해야겠다 생각한 적도 있었다. 그녀를 증오하고, 원망한 적도 있었다.

하지만 이제 와 무슨 소용인가.

태영은 이미 자신이 복수를 할 가치도 잃어버린 여자를 상대할 필요가 없다는 생각을 했다. 여자의 품에 안겨 있는 이건의 저 소중한 작품들이나 받아 내야겠다고 여길 뿐.

"주시죠."

"뭐?"

"말씀드렸다시피 주인 허락 없이 주인이 있는 물건을 가져가는 건 명백한 절도입니다."

"……!"

"제가 알고 있기로 옥세영 씨는 장 선생님의 물건을 소유할 권리가 없는데요. 그러니 주시죠."

"주긴 뭘 줘! 미쳤어? 내가 왜!"

"옥세영 씨 것이 아니잖습니까."

이건의 아파트 복도.

이건의 집에서 이건의 물건이 분명한 작품들을 훔쳐 달아나려던 옥세영과 태영은 적지 않은 실랑이를 벌였다. 저보다 한참이나 작은 여자임에도 불구하고 어찌나 집착이 심한지. 화선지가 가득한 가방은 빼앗겨도 품에 안고 있던 액자들만큼은 빼앗기지 않겠다고 결심한 여자에게서 액자를 받아 들기는 쉽지 않았다.

"웃겨! 내 아들 작품이야! 내 거라고! 그런데 내가 왜 너 따위에게 넘겨야 해? 절도? 개소리 마! 이건 내 거야. 내가 낳은 아들 작품이니, 나도 명백하게 소유권이 있다고! 당장 이 손 안 놔? 이거 놓으란 말이……."

후두둑!

툭!

쨍그랑!

그렇게 한참이나 몸싸움을 하던 두 사람 중 먼저 힘이 빠져 버린 사람은 세영 쪽이었다. 세영의 품에서 떨어진 액자들이 와장창, 소리를 내며 바닥과 조우했다.

태영은 막을 틈도 없이 깨져 버린 액자를 황망하게 내려다보았다.

이건의 힘이 실린 액자 속의 화선지가 유리 조각에 찢겨져 버렸다.

얼굴이 딱딱하게 굳었다.

"제기랄!"

태영에게 넘기지 않기 위해 온힘으로 액자를 붙들고 있던 옥세영이 이를 갈며 주저앉았다.

"비싸게 팔아치울 예정이었는데, 어디서 나타난 개뼉다귀 같은 년이 날 방해했어!"

탐욕에 휩싸인 여자의 눈동자는 제정신이 아니었다.

예술적 가치를 지닌 이건의 작품을 훼손한 장본인이면서, 여전히 판매 욕망에만 물들어 있는 그녀를 어떻게 받아들여야 할지 모르겠다. 정말이지, 제 아들에 대한 애정이라고는 눈곱만큼도 느껴지지 않아 황당하기까지 하다.

태영은 깨져 버린 유리 조각을 내려다보며 무어라 구시렁거리고 있는 여자를 냉정하게 내려다봤다. 그러다 바닥에 흩어져 버린 이건의 작품들을 바라봤다.

'미안해.'

이런 상황이 닥치지 않았더라면 잡지에 실려 있을, 혹은 화랑의 벽에 걸려 있을 아름다운 작품들이 여자가 밟아 엉망진창이 되어 있었다. 왠지 가슴이 아려 와 이를 악문 태영은 갈기갈기 찢어진 화선지들을 줍기 위해 허리를 굽히려 했다.

스윽.

"하찮은 가난뱅이가…… 내 유일한 길을 막아?"

그리고 그 순간이었다.

태영은 깨진 액자 쪽으로 손을 뻗은 여자가 제게로 달려들려 하는 것을 미처 눈치채지 못했다. 그녀가 상황을 알아차렸을 때쯤은 깨진 유리 조각을 집어 든 옥세영이 제게로 달려들며 무언가 외치고 있었다.

무릎을 굽혀 바닥에 널브러진 이건의 화선지를 줍고 있던 태영의 눈이 큼지막해졌다.

"감히 너 따위가 왜 자꾸 나를 방해하는…… 헉!"

광기에 휩싸인 여자가 손에 들린 유리 조각을 휘두르며 주저앉은 태영을 위협하다 멈추었다. 푹, 무언가 박히는 소리와 그로 인해 흘러나온 낮은 신음 소리가 태영의 귀를 울렸다.

태영은 씩씩거리던 여자의 숨이 순간 고요해졌다는 것을 인지하고선 제 앞을 막아선 커다란 등을 올려다보았다.

익숙한 등이었다.

'아.'

불과 몇 분 전까지만 하더라도, 태영이 끌어안고 있던.

태영은 두 눈으로 똑똑히 보고야 말았다.

어느새 나타난 이건이 제 어머니가 태영에게 휘두른 유리 조각을 막고 있는 모습을.

뚝.

뚝.

뚝—

그리고 그 유리 조각을 막아 낸 손바닥 끝에서 붉고 진한 선혈이 흘러내리는 것, 역시.

7. 단지 너라서. 당신이라서

「괜……찮아?」

옅은 미소를 지으며 저를 내려다보던 이건의 얼굴이 눈앞을 아른거렸다.

가쁜 숨을 흘리는 그의 얼굴이 지나칠 정도로 하얗게 물들어 있어, 태영은 그저 멍하니 그를 올려다볼 수밖에 없었다. 괜찮냐고? 그 질문을 정확하게 다시 돌려주고 싶은 심정이었다. 가슴이 쿵쿵, 제멋대로 뛰었다.

귀가 먹먹했다. 누군가 무어라 말하고 있었지만 그 말들이 귓속으로 들어오지 않고 공중으로 흩어져 버릴 만큼. 두근두근 뛰던 심장의 박동은 어느새 잠잠해진 상태. 하지만 그럼에도 불구하고 이곳이 어딘지, 왜 자신이 여기 앉아 있는 건지, 어째서 이곳의 공기는 이토록 찬지, 도통 알 수가 없다.

태영은 그 누구에게도 반응하지 않고, 자리에 앉아 있었다.

"……영!"

그때였을까.

"은태영!"

……어?

"인마, 은태영! 정신 차려!"

넋을 놓은 상태로 의자에 앉아 있던 태영의 흐릿한 초점이 드디어 제자리를 찾았다. 태영은 목청껏 외치고 있는 사람을 향해 천천히 고개를 들었다. 그러자 씩씩거리며 저를 내려다보고 있는 낯익은 얼굴이 시야로 들어온다. 재영이다.

"재……영이?"

"그래! 나다. 은재영. 네 동생이야!"

뛰어온 건가.

태영은 땀이 범벅된 채로 저를 내려다보고 있는 재영을 직시했다. 흐르는 땀방울을 제대로 닦지 못한 재영은 '너 괜찮아? 어떻게 된 거야! 왜 네가 병원에 있어!' 라고 이를 갈며 소리쳤다.

'아.'

그제야 안정을 되찾았던 심장이 다시금 쿵, 바닥을 찧는다.

쿵쿵. 쿵쿵.

한 번 흔들리기 시작한 가슴은 멈추지 않았다. 태영은 다시 한 번 제 이름을 부르는 재영을 멀뚱히 응시하다 상념에 잠겼다.

글쎄. 내가 대체 왜 여기에 있는 걸까.

왜 병원 수술실 앞 대기실에서 이렇게 멍하니 앉아 있는 걸까.

대체 왜.

무슨 이유로…….

투득.

투드득.

'……!'

곰곰이 기억을 거슬러 올라가던 태영의 눈동자가 큼지막해졌다. 그녀의 충혈된 눈동자만큼이나 붉은 피가 시야를 가득 채웠다. 태영은 그토록 많은 피가 제 앞에서 떨어지는 모습을 본 적이 없었다. 어떻게 해야 할지 몰라 눈앞이 컴컴해졌다.

갑작스럽게 일어난 상황으로 인해 차마 반응하지 못했던 태영은 저와 비슷한 표정을 짓고 있는 맞은편의 여자를 발견할 수 있었다. 손에 쥐고 있던 것을 빼앗겨 버린 여자는 태영의 앞을 가로막은 그를 향해 파르르 입술을 떨었다. 그러고는 나지막하게 중얼거렸다.

「이건……아?」

그의 이름이 여자의 입술 밖으로 터져 나왔다. 후드득 아래로 떨어지는 핏방울은 점점 바닥을 적실 만큼 크게 번져 가고 있었지만, 여자는, 옥세영은 차마 이건에게 다가오지 못했다. 그저 부들부들 손을 떨며 이건을 바라볼 뿐이었다.

「네, 네가 어, 어떻게…….」

「그만하십시오.」

「……뭐?」

「이제 그만하시라고요!」

언제나 조곤조곤, 부드러운 어조로 말하던 이건이 그만큼 흥분한 모습은 처음 봤다. 태영은 분노를 담아 외치는 이건의 등을 응시했다. 옥세영 역시 그러한 이건의 태도에 큰 충격을 받은 눈치였다. 이건은 젠장, 하고 작게 욕설을 흘리더니 옥세영을 보고 한 번 더 말했다.

「더 이상은 없습니다. 참아 드리는 건, 저번 한 번뿐이었어요. 그러니 이제…… 이제 그만하십시오.」

「너…… 너 내가, 내가 누군지 모르는 거니? 난…… 난 네…….」

「알고 있습니다. 당신이 누군지.」

「장이건! 그런데도 나한테 그런 말을 하는 거니! 어찌 이리 불효막심할 수가 있어!」

「또 제게 묵과하라고 하시는 겁니까!」

「……뭐?」

이건의 목소리가 높아졌다.

그는 흐르는 피도 지혈하지 않고 소리치고 있었다. 이건은 놀라는 옥세영에게 말을 이어 갔다.

「그때와는 달라요. 어머니께서 끊임없이 악행을 저지르시고도 넘어가기만 했던 그때와 지금은, 다릅니다. 선생님을 지켜 드리지 못했던 당시의 제가 아닙니다. 아무도 지킬 수 없었던 그때가 아닙니다. 그러니…… 어머니.」

「……!」

「돌아가세요. 지금 당장. 제가 어머니께 무슨 짓을 저지르기 전에.」

음산한 목소리를 흘리는 이건은 낯설었다.

지독하게 싸늘한 그의 음성에 듣고만 있던 태영은 물론, 그 말을 들은 상대의 눈이 큼지막해졌다.

옥세영은 이건이 이러한 태도를 보일 줄 몰랐다는 듯 입술을 잘근 깨물고 있었지만 곧 '이렇게 넘어갈 거라 생각하지 마라!' 하며 홱 몸을 돌렸다. 그러면서도 이건의 작품들을 주섬주섬 챙겨 가기까지 하자 그 모습을 지켜보던 태영은 헛웃음을 흘렸다.

그 후 옥세영이 사라졌고, 여전히 넋을 놓고 있던 태영은 한쪽 손을 축 늘어뜨린 채로 제 안부를 묻는 이건에게서 눈을 떼지 못했다.

시야로 들어온 이건의 손바닥에는 태영이 보기에도 확연할 정도로 깊은 상처가 패여 있었고, 그곳에서는 쉬지 않고 피가 흘러내렸다.

뚝.

뚝뚝.

그리고…….

「이건 씨!」

왼손으로 태영의 얼굴을 쓸던 이건이 태영의 어깨 위로 몸을 기댄 것이, 태영이 기억하고 있던 이건의 집 앞에서의 마지막 장면

이었다.

'그래. 그랬……었지.'

그 후로 어떻게 응급실에 도착했는지 모르겠다.

119를 불러 기절한 이건을 따라 함께 움직였고, 이건을 발견한 의사들이 눈을 큼지막하게 뜨는 모습들이 파노라마처럼 눈앞을 스쳤지만 어느 것 하나 명확하지는 않았다.

「상황이…… 좀 심각한 것 같은데.」

「봉합부터 해야 할까요?」

「부디 신경을 건드린 게 아니었음 좋겠군. 얼른 가지.」

「네! 아, 보호자님은 여기 대기해 주세요. 정신없으시겠지만 꼭 수속도 밟으시고요!」

제게 신신당부하던 간호사의 말은 동굴 안을 울리는 목소리처럼 잊히질 않았다.

째깍째깍. 대기실에 걸려 있는 시계 초침 소리가 거슬릴 만큼 울려 댔다. 정신이 반쯤 나가 버린 와중에서도 제 이름을 부르던 이건의 얼굴이 자꾸만 아른거려 태영은 입술을 잘근 깨물었다.

일단 전화를 해야겠다 싶어 대기실을 벗어나 전화기를 찾았다. 다행히 이건을 아는 의사들이 있는 병원이었기에 그녀를 도울 사람들은 즐비했고, 태영은 강 실장을 비롯해 재영에게까지 전화를 걸었던 것이다.

"너 진짜 괜찮은 거 맞아? 다친 곳은 없냐고!"

재영이 도착한 후 몇 분 동안 지금까지의 일을 돌이켜 보느라 입을 열지 못했다. 모든 상황을 파악하고 나서야 겨우 고개를 든 태영은 버럭 외치는 재영에게 굳게 다물었던 입술을 달싹였다.

"아직도…… 수술 중이야?"

"뭐?"

"그 사람. 아직도…… 수술 중이냐고."

재영이 이곳에 도착하기까지 얼마의 시간이 걸렸는지 모르겠다.

하지만 아직도 자신은 대기실에 있고, 의사나 간호사가 밖으로 나오지 않는 것을 보면 이건의 상태는 생각보다 심각한 건지도 모른다.

태영은 오른손을 제대로 움직이지 못한 채 피만 흘려 대던 그를 떠올렸다. 그 상처가 어찌나 끔찍했는지 소름이 돋을 정도였으니까, 상황은 분명히 가벼운 건 아닌데…….

"모르겠어. 나도 이제 막 와서."

"아……."

"하지만 걱정 마. 아까 잠시 들어 보니, 자기들이 누굴 수술하고 있는지 정도는 아는 것 같더라."

"뭐?"

"그 자식…… 장 선생도 결국 VIP잖아. 유단 오너 일가."

"……!"

"칫. 재벌이라 좋은 점도 있군. 이런 일엔 혜택을 받으니."

태영은 냉정하게 말하며 비소를 흘리는 재영의 발언에 안도를 했다.

'그래, 맞아.'

이건은 대한민국에서 날고 기는 대기업인 유단 오너 일가의 일원이다. 응급실에 도착하고 이건의 이름을 불러 주자마자 깜짝 놀라던 사람들은 틀림없이 그가 누군지 알고 있었고, 자신을 다른 환자 보호자들과 다른 곳으로 안내했었다.

그러니, 안심해도 될 거야.

'아무 일 없겠지.'

아무 일도.

그에게는 아무 일도 일어나지 않을 거라고.

'걱정할 거 없어.'

태영은 끊임없이 되뇌고 또 되뇌었다. 다시 침묵하는 태영을 보고 재영이 낮게 욕지거리를 흘렸지만 그녀는 반응하지 않았다. 아직도 불을 밝히고 있는 저 빌어먹을 '수술 중' 이라는 빛이 꺼지기만을 바랄 뿐.

입을 다문 태영과 그런 태영의 곁에 웬일인지 앉아만 있는 재영의 침묵이 이어지고 있을 때. 그녀는 대기실 밖 복도가 조금은 소란스럽다 생각하며 입구 쪽으로 고개를 돌렸다.

"저기, 저분입니다."

그런 태영의 눈에 이건의 부상 소식을 듣고 강 실장 대신 달려왔다는 한 남자가 들어왔다.

자신을 유단 건설의 한영우라 소개했던 남자는 어떤 남자를 안내하며 보호자 대기실 쪽으로 들어오고 있었다.

"……!"

그리고 천천히 대기실 안으로 발을 내디딘 검은 눈동자의 남자와 허공에서 시선이 마주친 태영은 자리에서 벌떡 일어났다.

❖

'이런.'

이건이 호텔을 나서게 된 경위는 간단했다.

그녀의 닦달에 못 이겨 진건이 마련해 주었던 집 주소를 알려 주기는 했었으나, 그녀에게 제일 중요한 것을 알려 주지 않았던 거다.

"이미 나갔다고요?"

— 예, 죄송합니다. 말씀 듣자마자 바로 달려갔는데 이미 택시를 타고 가 버리신 뒤였습니다.

"……."

— 어떻게 할까요? 직원을 보내서 뒤쫓을 수는 있습니다만.

정중하게 묻는 로비 직원에게 괜찮다고 답했다.

「나 돌아올 때까지 꼼짝 말고 여기 있어요. 알았죠? 돌아왔을 땐 멀끔해진 상태로 나 반겨 줘야 해요. 약속해요!」

새끼손가락까지 걸고 했던 약속이었기에 잠깐 고민했지만, 이건은 곧 룸을 나섰다. 하필 태영의 핸드폰까지 재영에게 빼앗겨 연락이 되지 않았기에 강행한 일이었다. 강 실장에게 부탁할 수도 있었지만 자신이 가는 편이 거리적 면에서 더욱 빨랐기에 이건은 더는 생각하지 않았다.

「요즘 사모님께서 잠잠하십니다. 집에도 출입하지 않으시는 걸로 보아선, 선생님의 말씀을 받아들이신 건지도 모르겠군요.」

어머니의 움직임을 지켜봐 달라 부탁했던 이건은 어제 아침, 태영과 하루를 보낸 다음 날 강 실장에서 그런 말을 전해 들었다.

그래서 조금 마음을 놓았던 건지도 모른다.

다행스럽게도 어머니를 제게서, 그리고 태영에게서 떼어 놓았다는 얕은 믿음에서.

"……."

스르륵 눈을 뜨자 보이는 건 새하얀 천장이었다. 퀴퀴한 약품 냄새가 가득한 이곳이 어딘지는 굳이 머리를 굴리지 않아도 추론할 수 있었다.

병원이군. 그것도 꽤 넓은 1인실.

이건은 쓰게 웃었다.

그녀의 앞에서 쓰러져 버렸던 것은 그의 상상만이 아니었던 모양이다. 이건은 굳은 얼굴로 고개를 내렸다. 그러자 붕대로 칭칭 감겨져 있는 오른손이 시야로 들어왔다.

"윽."

오른쪽 팔에 아무 힘이 들어가지 않아 가슴이 철렁였다. 어떻게 해서든 손가락을 움직여 보려 했지만 지독한 통증만 느껴져서 그만 신음을 흘리고 말았다.

'어……째서?'

어머니가 휘두른 예의 유리 조각을 막아 내느라 저조차도 놀랄 정도로 많은 피를 흘렸다는 것 정도는 선명하게 기억난다. 과다

출혈로 인해 그녀의 품에서 혼절한 것까지도.

하지만 그런 이유로 손을, 그것도 오른손을 움직일 수 없다는 것은 말이 되지 않는다. 이건은 믿기 힘든 사실에 인상을 썼다.

"신경계에 손상이 있었던 모양이다."

손가락을 의지대로 움직이지 못해 당황하고 있을 때, 근처에서 낮은 음성이 들려왔다.

깜짝 놀라 시선을 돌리니 놀랍게도 그의 이복형인 진건이 보였다. 이건은 '형님.' 하고, 얼른 그를 향해 고개를 숙이려다 멈칫했다.

"다친 녀석이 무슨 예의야."

진건은 쯧, 혀를 차며 몸을 일으키려는 이건에게 다가와 부축했다. 그러고는 한숨을 푹 내쉬더니 침대 옆 마련되어 있던 의자에 착석했다. 미동 없는 진건의 눈동자가 이건에게 꽂혔다. 진건은 살짝 화가 난 목소리로 물었다.

"어떻게 된 일이지?"

"……."

"승원이 형한테 네 이야기를 듣고 깜짝 놀랐다. 회사 일도 제쳐두고 왔어. 그러니까 말해."

"……."

"누가 이런 거야."

평소 친하게 지내던 의사 선생의 이름까지 언급하며 말하던 진건은 진심으로 분노하고 있었다. 살 떨릴 정도로 싸늘한 진건의 반응에 쓴웃음이 흘러나와 이건은 차마 대답하지 못했다. 그의 검은 눈이 냉정할 정도로 가라앉은 걸로 보아서는, 대충 짐작하고 있는 거겠지. 어떤 사람으로 인해 이와 같은 일이 일어나게 된 건지, 아마도.

"수부외과에서 최대한 신경을 살릴 수 있는 방향으로 시도했지만, 생각보다 쉽지는 않을 것 같다더라. 그러니까 말하도록 해."

"……."

"내 동생을 이 지경으로 만든 사람. 누구인지."

진건에게서 들려온 '내 동생'이라는 단어가 어쩐지 눈물 날 정도로 울컥했다. 불과 몇 년 전까지만 하더라도 진건은 자신을 동생으로 바라보지 않았거늘, 이제는 그때와는 사정이 많이 달라졌다. 저 역시 마찬가지.

이건은 흐리게 웃으며 진건을 응시했다.

"형님. 전……."

"너 혼자 해결하려 들지 말라고 몇 번을 말해!"

하지만 그런 이건의 태도가 마음에 들지 않았던 진건은 이를 갈며 소리쳤다. 매번 침착한 태도를 유지하는 형님의 모습이 보통 때와는 많이 달라 이건은 선불리 입을 열지 못했다.

진건은, 흔들리던 유단 건설 그룹을 정상궤도로 올려놓은 신임 총수는 '제기랄!' 하고 잘 흘리지 않는 욕설까지 내뱉으며 얼굴을 구겼다.

"네가 망설이고 있는 건 안다."

"……."

"이해해. 나와는 달리, 너에게는 너의 입장이 있는 거겠지."

진건은 계속해서 말했다.

"쉽게 끊어 낼 수 없다는 것도 알고 있다. 다름 아닌 어머니니까 그런 거겠지. 하지만 이건아."

흔들리는 이건의 눈동자를 올곧이 직시하며 진건은 말을 쏟아 냈다.

"네 어머니는 사람이 아니다."

숨이 막혔다. 호흡이 가빠져 이건은 이를 악물었다. 진건은 주저하지 않았다. 속에 든 말을 모두 쏟아 내는 중이었다.

"그녀는 인간의 탈을 쓴 악마야. 그걸 알아야 해. 그 사람을 계속해서 감싸다가는 결국 다칠 사람은…… 너란 말이다."

두근두근. 이건은 고개를 숙였다.

"너는 어떻게 생각할지 모르겠지만…… 난 너를 잃고 싶지 않다."

"……."

"너는 내 동생이야. 내가 지키고 보살펴야 할 또 다른 가족. 그러니까…… 제발."

팔을 뻗은 진건의 손이 이건의 어깨에 닿았다. 상해를 입은 오른쪽이 아닌 왼쪽에. 이건은 천천히 고개를 들어 진건을 응시했다. 진건은 진심으로 충고하고 있었다.

'모르는 게 아니야.'

진건의 말처럼 망설이고 있는 것은 사실이었다. 이런 상황이 닥치기까지 어쩌면 이건은 예상하고 있었던 건지도. 그럼에도 불구하고 기다렸던 것은, 약간의 희망이 존재했기 때문이었다.

이건은 숨을 길게 내뱉었다. 가빠 왔던 호흡은 안정을 되찾았다. 진건이 호흡을 고르는 이건에게 시간을 주기 위해 살짝 물러나는 것이 보였다.

이건은 진건에게서 눈을 돌리지 않았다.

"형님."

그리고 말라붙어서인지, 잘 떨어지지 않는 입술로 겨우겨우 음성을 뱉어 냈다.

"부탁드릴 것이 있습니다."

❖

『[단독] 유단 오너 일가 A씨, 피습으로 인해 입원!』

심장이 덜컥 내려앉는 헤드라인을 보자마자 마우스를 쥐고 있던 손가락이 덜덜 떨렸다. 어금니를 악물며 겨우 정신을 붙든 그녀는 검지로 마우스의 왼쪽 버튼을 눌렀다. 그러자 예의 헤드라인 기사 본문을 제대로 볼 수 있었다.

『지난 19일, 유단 건설 그룹의 오너 일가로 알려진 A씨(34)가 자신의 집 앞 복도에서 웬 여성으로부터 피습을 당한 것으로 알려져 충격을 주고 있다.

현 유단의 총수인 장진건 회장의 손아래 동생으로 알려진 A씨는 3년 전 있었던 유단 오너 일가의 경영권 다툼에서 진작 벗어나 유유자적한 삶을 살고 있었던 터라 더욱 큰 파문이 인다.

특히나 서단(書團)에서 촉망받는 서예가로 이름을 알려 세간을 놀라게 한 그가 피습을 당해 다친 곳이 하필 오른손이었다는 소식도 들려와, 더 이상 서예가로 활동할 수 없지 않을까 하는 전문가들의 견해가 있다.

이에 본 기자는 직접 A씨가 입원해 있다는 대한 캘리즈 병원에 들러……』

'이게…… 무슨 소리야?'

입안이 바짝 마른다.

「수술 경과는 나쁘지 않습니다.」

일주일 전, 틀림없이 의사로부터 그런 말을 들었던 그녀였다.

그런데 어째서 일주일이 지난 지금, 기사는 내가 들었던 말과는 전혀 다른 내용을 퍼트리고 있는 거지?

태영은 저도 모르게 입술을 악물며 스크롤을 내렸다.

'돈 많은 재벌도 피습은 못 피하네.' 라는 댓글과 '얼마나 못났으면 피습을 당해?' 라는 식의 댓글들이 시야로 들어왔다. 태영은 인상을 쓰며 노트북을 세게 덮었다.

쿵쿵쿵.

애꿎은 심장이 정신없이 뛰고 있다. 태영은 분노를 삭이려 애쓰다 한숨을 푹 내쉬었다.

'연락이라도…… 됐으면 좋겠는데.'

일주일.

벌써 일주일이다.

이건이 옥세영에게서 그런 일을 당한 뒤, 그의 얼굴을 보지 못한 시간이.

「그쪽이 은태영 씨군요. 말씀은…… 많이 들었습니다. 이건이를 이곳까지 데려와 주셨다고 들었는데, 먼저 감사드려야 할 것 같군요. 덕분에 동생이 위기는 넘긴 것 같습니다.」

「다, 당연히 해야 할 일이었…….」

「그렇게 생각해 주시니 감사합니다. 하지만 이제는 돌아가 주셨으면 합니다.」

「……네?」

「녀석의 가족인 제가 왔으니, 타인인 태영 씨는 남아 있지 않으셔도 된다고 말씀드리는 겁니다. 그러니…….」

'돌아가시죠.'

무뚝뚝하기 그지없는 음성으로 제게 말을 내뱉던 유단의 총수는 기사에서 본 만큼이나 차가웠다. 그는 지나치게 사무적인 어조로 태영을 보호자 대기실에서 쫓아냈다. 그 모습을 지켜보던 재영이 발끈하여 뭐라 외치려 들었지만, 태영은 고개를 절레절레 저었다.

「수술이 끝나면 돌아가도록 할게요. 그때……까지만 지켜볼 수 있도록 해 주세요.」

그러고는 얼른 나가지 않고 뭐 하냐는 표정을 짓는 검은 머리카락의 남자를 향해 태영은 간절히 부탁했다. 동요하지 않는 태영의 눈빛을 마주한 그는 후우, 길게 숨을 내뱉은 후 마지못해 고개를 끄덕였었다.

그 후 몇 시간이 더 흐르고 나서야 수술실의 불이 꺼졌고, 의사가 나왔다. 태영은 이건의 수술을 담당했던 수부외과의 의사가 해준 말을 듣고 나서야 병원을 나섰다. 물론 재영의 부축을 받으며.

'하지만 그 뒤로도 연락이 없을 줄은 몰랐어.'

당시에는 워낙 경황이 없었다. 순식간에 이건이 다쳤고, 그의 수술이 끝나기만을 기다렸다. 이건의 가족인 유단의 총수가 왔으니 당연히 가족이 아닌 자신이 자리를 피하는 건 맞는 일이었다. 아직 자신은 이건과 법적으로 아무런 관계가 없는 사이였으니까.

그러나 그의 수술이 끝난 후 하루가 지나고, 이틀이 지나고, 무려 이레까지 흐르자 더 이상 기다릴 수만은 없었다. 혹시나 이건에게서 연락이 올까 싶어 재영으로부터 제 핸드폰을 돌려받았던 상황이었으나, 태영의 핸드폰은 감감무소식이었다.

애가 타들어 갈 수밖에.

노트북을 들여다보던 태영은 결국 몸을 일으켰다. 이렇게 마냥 기다리기만 할 수는 없었다.

내 눈으로 직접 그 사람이 무사한지 봐야겠어.

태영은 각오를 다진 얼굴로 방문을 열었다. 그러자 거실 소파에 앉아 있던 재영이 막 그쪽을 지나치려던 태영에게 싸늘하게 물었다.

"어디 가."

태영은 고개를 돌려 재영을 바라봤다.

"병원."

"대한 캘린즈?"

태영은 대답 대신 고개를 끄덕였다. 아니나 다를까, 재영이 소파에서 일어나 태영을 막아섰다.

"안 돼."

"은재영."

"잠잠하다 했다. 잠잠하다 했어. 하지만 일주일을 못 가는군."

싸늘한 재영의 말이 귀를 울린다. 태영은 냉랭한 재영을 노려보았다. 그러고는 입술을 달싹였다.

"소식이 없어. 아무 소식도. 이상하잖아! 이상해도 뭔가 너무 이상해. 수술한 지 일주일이 지났는데 나한테 왜 소식이 없어? 이쯤 되면 무슨 소식이든 연락이 와야 할 거 아냐!"

"은태."

"그 사람이 무사한지 내 눈으로 직접 봐야겠어. 지금은 안정을 찾은 건지, 아니면 여전히 그 상태 그대로인지 내 눈으로 직접 확인할 거야. 그러니까……."

"그 남자, 병신 됐어."

상기된 목소리를 내뱉던 태영이 다음 말을 흘리지 못했다. 순간 굳어 버린 태영을 보며 얼굴을 구기던 재영은 낮은 비소와 함께 중얼거렸다.

“더 이상 손가락을 제 마음대로 움직이지 못하게 됐다고 하더라. 간단하게 말해서 더는 네가 쫓을 가치도 없는 남자가 되어 버렸다고, 그 남자.”

……뭐?

“특별하게 반짝거리지도 않고, 네가 홀리지도 않을 만큼 평범한 사람이 됐어. 이제는 별 볼 일 없는 유단 오너 일가의 남자일 뿐이야. 그러니 제발 부탁하는데 정신 차려, 은태영. 네가 그렇게도 따르던 장무명 선생은 이제 없…….”

아마도 재영은 ‘없어.’ 라고 날이 선 말과 함께 이 상황을 정리하려 했던 건지도 모르겠다. 하지만 재영의 다음 말은 손을 들어 그의 뺨을 친 태영에 의해 멎어 버렸다.

짜악, 허공을 가르는 소리가 두 남녀의 귀를 울렸다.

태영은 제게 따귀를 맞은 재영이 옆으로 돌아간 고개를 쉽게 돌리지 않고 있다는 사실을 깨달으며 입술을 꽉 악물었다. 그러고는 서늘하게 가라앉은 눈으로 재영을 응시했다.

“은재영.”

그녀의 부름에 천천히 고개를 돌린 재영이 태영과 얼굴을 마주했다. 태영은 안타까운 표정을 지으며 물었다.

"너 지금 뭐 하는 거야."

"……."

"왜 자꾸 악역을 자청하려 드는 데? 그런 못된 말까지 하면서, 꼭 날 막아야 하니? 마음에도 없으면서?"

재영의 눈동자가 파도처럼 요동쳤다. 그의 얼굴이 처참하게 구겨졌다는 것을 눈치챈 태영은 긴 한숨을 내쉬며 말했다.

"우리 두 사람 중 그 사람의 운필을 사랑한 사람을 고르라고 한다면, 내가 아니라 너였어. 장무명하면 사족을 못 쓰던 사람은 내가 아니라 너였다고. 그런 사람을 그렇게 깎아내리면, 네 마음은 편해? 편하냐고."

"……."

"재영아. 너도 안 편하잖아."

"……."

"그런데 왜 자꾸 스스로에게 상처를……."

"……은태."

그에게 소리치던 태영은 목소리를 떠는 재영의 행동에 입을 다물었다. 폭풍을 만난 배처럼 요란하게 흔들리던 재영이 조금 전의 냉정한 태도는 온데간데없이, 입술을 꽉 악물었다.

"태영아. 누나……."

성난 호랑이처럼 제 앞을 막아서던 재영은 더 이상 존재하지 않았다. 대신, 어떻게 해서든 이를 악문 채 감정을 참고 있는 한 남자만 있을 뿐.

재영의 눈가에 그렁그렁 맺힌 눈물방울이 후드득 떨어져 내린다. 속이 쓰려 아무 말도 할 수 없었던 그녀를 향해 재영이 울분을 담아 중얼거렸다.

"선생님……."

요 며칠간 재영의 입에서 절대로 나올 것이라 예상하지 못했던 그 단어를 내뱉으며.

"오른손, 더 이상 못 쓰신대."

고개를 푹 아래로 떨구는 재영의 어깨가 세차게 들썩였다.

흐느끼는 재영을 달래느라 적잖은 시간을 소요했다.

저 역시 몇 시간 전 그의 손에 대해 언급한 기사를 보았을 때 재영과 같은 반응을 보였으니, 더더욱 그의 마음을 이해했다. 아니, 정확히 말해서는 서예가로서의 장이건을 존경하는 건 재영이 한 수 위니, 제가 완벽하게 이해할 수는 없으려나.

"장난치다가 우연히 맞은 적은 있어도, 진심을 담아 맞은 적은 처음이군."

한참의 흐느낌 끝에 툭 말을 던진 재영의 목소리가 퉁명스럽다. 태영은 쓰게 웃으며 물었다.

"아팠니?"

"네 손이 좀 매워?"

"……미안."

"미안할 거 없어. 나도 말 심했으니까."

재영이 말을 맺고 난 뒤 약간의 침묵이 찾아왔다. 태영은 잠시 망설이다 몸을 일으켰다.

"가는 거냐."

"응."

"내가 말린대도 갈 거지?"

"응."

"……."

"왜 그렇게 보고만 있어?"

"그럼. 가는 사람을 보고만 있지, 뭐 어쩌라는 건지."

……뭐?

"가."

아무렇지도 않게 말을 내뱉는 재영을 보고 태영은 눈을 휘둥그레 떴다. 눈시울이 붉어져 있었던 재영은 흥, 콧방귀를 뀌며 낮게 중얼거렸다.

"착각하지 마. 허락한 거 아니니까."

"……."

“단지…… 지금 내가 널 막아도 소용없을 것 같아서 그냥 한발 물러나는 거야.”

“…….”

“아픈 사람한테까지 성질부리고 싶지 않고. 그 사람이…… 그분이, 너 보호하다 다친 것도 맞으니까. 괜찮은지 살피러 가는 사람을 막는 것도 우습잖…… 은태영.”

“응?”

“떨어져. 더워.”

홱 고개까지 돌리며 말하고 있는 재영의 말투는 확실히 퉁명스러웠으나, 이건에 대한 걱정이 기본적으로 깔려 있었다. 두근두근. 가슴이 세차게 뛰어 태영은 싱긋 웃으며 재영을 꽉 끌어안았다.

당장 떨어지라며 재영이 온몸을 바둥거렸으나 ‘금방 다녀올게.’ 라고 작게 속삭인 태영은 한결 가벼운 마음으로 집을 나설 수 있었다.

‘사람 많네.’

이건이 입원해 있는 대한 캘린즈 병원 근처에는 소식을 듣고 진을 치고 있는 기자들이 잔뜩 깔려 있었다. 갑자기 일어난 재벌 일가의 피습 사건은 예상보다 큰 이슈를 몰고 오는 상황이었고, 그를 피습한 이가 대체 누구일까, 하는 것이 전 국민의 관심을 끄는 중이었다.

그런 상황에서 아직 옥세영에 대한 이야기가 나돌지 않는 것을 보면, 유단 쪽에서 정보를 막고 있는 것이 아닐까라는 생각이 들 정도였다.

"장이건…… 씨요?"

"네."

"실례지만 누구시죠? 그분은 허가된 분들이 아니면 면회가 불가능한데요."

"아, 저는 은태영이라고 합니다!"

"은태영?"

"장 선생님께서 일하고 계시는 〈월간 묵향〉의……."

"은태영 기자님. 알고 있습니다."

"……예?"

"따라오시죠. 병실까지 안내해 드리겠습니다."

이건을 만나기 위해 오는 기자들은 한두 사람들이 아니었고, 그런 사람들을 일일이 상대해야 하는 병원 관계자를 쉽게 속이기는 어려울 거라 여겼다. 하여 가장 쉽고 직접적인 방법이 자신에 대해 알리는 것이라 생각했던 태영은 이건을 만나러 왔다고 하자마자 의심부터 하는 관계자를 향해 일부러 〈월간 묵향〉에 대해 말했다.

그러나 놀랍게도 병원 관계자가 반응한 것은 〈월간 묵향〉이 아닌 '은태영' 이라는 이름이었다.

'뭔가…… 이상하네.'

병원 내의 VIP실 직행 엘리베이터에 관계자와 함께 탑승하면서도 이상할 정도로 쿵쿵 뛰는 마음을 가라앉히지 못했다. 엘리베이터 내에서 '선생님은 괜찮으신가요?' 라든가, '몸 상태는 좀 어떠세요?' 라든가 혹은 '안정은 찾으신 거죠?' 라는 질문을 쏟아 내도 상대는 그저 웃기만 할 뿐이어서 더욱 불안해졌다.

"저곳입니다."

그리고 겨우 도착한 이건의 병실 앞에서 태영은 망설였다. 두근두근. 불길한 예감이 온몸을 휘감아 쉽사리 문고리로 손을 뻗기가 어려웠다.

"안 들어가십니까, 은 기자님?"

그런 태영을 지켜보던 관계자가 고개를 갸웃거리자 후우, 크게 숨을 내뱉으며 한 걸음 앞으로 발을 내디뎠다. 이윽고 달칵거리는 소리와 함께 시선을 정면으로 돌린 태영의 두 눈이 큼지막해졌다.

❖

「형님. 부탁드릴 것이 있습니다.」

돌이켜 보면 그의 동생은 평소 제게도, 그리고 그 누구에게도 '부탁' 이라는 걸 잘 하지 않는 성격이었다. 무슨 일이 생기면 언제나 홀로 끌어안고 감당하려 들어서 가끔은 화가 난 적도 있었다.

언젠가 그런 이건의 답답한 성격에 대해 성토를 하자, 하소연하는 그를 빤히 바라보던 아내가 빙긋 웃으며 말을 했었다.

「당신도 그렇잖아요.」

「내가?」

「응. 형제라서 그런가, 닮았네. 행동도, 말도. 모든 것들이 닮았어.」

아버지는 같았지만 어머니는 다른 형제. 한때는 멀게 느껴졌던 적도 있지만 지금은 그 누구보다 가깝다고 생각했었기에 아내의 말이 크게 불쾌하지는 않았다. 진건은 '많이 닮았다고요, 두 사람.' 하고 생글거리는 아내를 바라보며 그저 어깨만 으쓱였었다.

「아무래도 제 선에서는…… 빠른 처리가 불가능할 것 같아서요.」

그렇게 모든 것을 감당하려 드는 동생이 오랜만에, 아니 난생처음으로 그를 의지했다. 무엇이든 들어주겠다는 표정을 짓던 당시의 진건의 마음은 결코 과장된 것이 아니었다. 얼른 말을 하라며 재촉하자 잠시 주저하던 이건은 쓰디쓴 미소와 함께 말을 이었다.

「떠나고 싶습니다.」

이건은 무슨 생각을 하는지 알 수 없는 녀석이었다. 근 20년 넘게 이건을 지켜봐 왔던 진건 역시 이건의 속을 읽을 수 없었던 적이 한두 번이 아니었으니.

그러나 아주 가끔 이건은 제 속내를 드러냈는데, 그때는 자신의 모든 것을 놓으려 할 때였다. 체념과 절망으로 인해 공허해진 눈동자로 힘없이 중얼거리는 이건의 모습. 진건은 그러한 이건의 모습을 여태까지 딱 세 번 목격했다.

지금으로부터 13년 전, 누군가의 죽음으로 인해 좌절했을 때 한 번.

3년 전, 친동생인 지혜와 어머니인 세영의 악행에 대해 직접 밀고했을 때 한 번.

그리고 며칠 전.

「경주 집과 서울 집을 정리해 주셨으면 합니다. 한국을 나가서 살 계획입니다. 형님께서 바쁘시다는 건 알고 있지만 이런 일을 부탁드릴 사람이 형님밖에 없어서요. 그리고 괜찮으시다면, 신변을 정리할 동안 머물만한 곳도…… 부탁드립니다.」

핏기 하나 없는 얼굴로 고개를 숙이는 이건의 얼굴이 안쓰러웠다. 마음 같아서는 왜 피해자인 네가 나가서 살아야 하는 거냐고 외치고 싶었지만, 이건의 표정이 워낙 강경해서 말릴 수도 없었다.

'그런다고 듣는 녀석도 아니니.'

다른 건 잘 몰라도 고집불통인 건 아마도 제 할아버지를 닮은 것이 틀림없었다.

한번 마음먹은 일은 절대로 굽히지 않는 이건은 어떻게 해서든 한국을 떠날 생각처럼 보였다.

진건은 막 깨어난 이건이 오른손에 붕대를 칭칭 감고서도 고개를 들지 않자 길게 한숨을 내쉴 수밖에 없었다.

— ……장님. 듣고 계십니까?

"아, 미안합니다. 어디까지 말했었지?"

서울시 종로구에 위치한 유단 건설 그룹 본사.

그곳에서도 최상층에 자리 잡은 회장실에서 보고를 받고 있던 진건은 인터폰으로 들려오는 소리에 겨우 상념에서 벗어났다. 진건의 질문에 '남해 별장에 무사히 도착하셨다고 합니다.' 라는 비서의 말이 들려왔다.

「남해는 어떨까.」

「남……해?」

「새벽이네 친정에서 산후조리하라고 마련해 주신 별장이 하나 있어. 설마 네가 그곳에 있을 거라 짐작하는 사람은 없을 테니, 다 정리되는 동안 그곳에서 지내는 것도 나쁘지 않겠군.」

「……감사합니다, 형님.」

새벽의 친정이 출산 선물로 마련해 준 남해의 별장을 이렇게 사용하게 될 줄이야. 진건은 진심으로 감사를 표하던 이건을 떠올리다 고개를 휘휘 저었다. 여전히 인터폰의 통화는 끊어지지 않은 상태였기에 진건의 입술은 멈추지 않는다.

"지내는 데 불편함이 없도록 신경 써 주세요. 그런데 남해엔 누가 내려가기로 했지?"

— 평소 장 전 팀장님을 보필했던 강유옥 실장님께서 자청하셨다고 들었습니다.

"잘됐군요. 강 실장님은 믿을 만하죠. 그런데…… 아직도입니까?"

— 네?

"옥세영 씨, 말입니다."

문제는, 저뿐 아니라 이제는 친아들까지 괴롭히고 있는 세영의 행방이다. 이건의 물건을 챙겨 사라졌다는 세영의 행적이 묘연해 아직까지 찾아내지 못하고 있었다. 일부러 언론에 세영의 일까지 흘렸지만 감감무소식이라니.

'그 여자가 또 사고를 치기 전 잡아야 해.'

가석방이 된 사람이 뚜렷한 거주지도 없이 잠적했다는 것은 좋지 않은 일이다. 아마도 사태의 심각성을 알기에 이렇게 잠적해버린 거겠지.

진건은 서늘한 눈으로 대답이 들려오기를 기다렸다. 그러자 회장비서실의 수행비서인 연주가 말을 이어 갔다.

— 안 그래도 경찰과 협력해서 그분의 행적을 추적하고는 있습니다만, 아직 찾지 못했다고 들었습니다.

"흠."

— 조금 더 신경 쓰겠습니다.

"부탁드립니다, 황 비서님. 머리 아픈 일은 빨리 해결해야 하지 않겠습니까?"

— 네, 회장님. 노력하겠…….

— 미치겠군, 정말.

연주의 대답을 들은 진건이 통화를 종료하려고 할 때였다. 진건은 인터폰에서 들려온 익숙한 목소리에 미간을 꿈틀거렸다.

— 아무리 달래고 달래도 소용이 없어. 어떻게든 회장님을 뵙겠다고 난린데, 경찰을 부를 수도 없고. 연주 씨, 이럴 땐 대체 어떻게 해야 해? 그냥 확 신고해 버려? 응? 왜 그런 표정으로 날 바라보는…… 헉, 설마?

"그래, 나랑 얘기 중이었어."

— 회장님!

한숨을 푹푹 내쉬며 투덜거리던 남자의 톤이 위로 올라갔다. 진건은 한영우 비서실장을 향해 말을 하고선, 밖에서 구시렁거리지 말고 들어오라는 지시를 내리며 통화를 종료했다. 회장실 밖에서 나는 죽었다며, 툴툴거리는 영우의 푸념이 들려왔지만 가뿐히 무시했다.

"회장님……."

"무슨 일인데?"

진건이 유단 건설 그룹 전략기획부의 본부장으로 있을 때부터 줄곧 옆을 지켜 온 최측근, 영우가 회장실의 문을 달칵 열며 고개를 빼꼼 내밀었다. 눈을 가늘게 뜨며 헤헤, 웃는 영우를 직시하던 진건은 그를 보자마자 물었다. 그러자 입을 쭉 내밀던 영우가 주위를 휘휘 두리번거리더니 어깨를 축 늘어뜨리며 말하기 시작했다.

"30분 전부터 로비에서 소동이 일어나고 있다는 소식, 들으셨습니까?"

진건은 대수롭지 않게 고개를 끄덕였다.

사실 진건이 수행비서인 연주와 대화를 나눈 것은 비서실장인 영우가 로비에서의 소동을 정리하기 위해 내려갔다는 보고를 들었기 때문이다. 진건이 '그래서?' 라는 눈빛으로 자신을 바라보자 영우는 경직된 입꼬리를 슬그머니 올리며 입술을 달싹였다.

"다름이 아니라 웬 여성분께서 회장님을 직접 뵙겠다고, 난동을 부리고 계셔서 말입니다."

"난동?"

그리고 여성이라니.

"약속은 했나?"

"아, 딱히 약속을 잡으신 분은 아닙니다."

"그런데 뭐가 문제야?"

다른 곳도 아닌 재계를 주름잡는 유단 건설 그룹의 회장을 만나는 자리다. 그러기 위해서는 반드시 비서실과 상의가 되어야 한다는 건, 아주 기본적인 일이 아닌가.

진건은 영우를 이해할 수 없다는 얼굴로 바라봤다. 영우 역시 그런 진건의 눈빛에 난처한 건 마찬가지였는지, 머쓱한 웃음만 흘리고 있었다.

"한영우."

"그, 그게…… 하필 그 소란을 피우고 계시는 분이 제가 쉽게는 건드리기 어려운…… 분이라."

"누군데?"

"기자……님이거든요, 그분."

기자?

진건의 미간은 더욱 찌푸려졌다.

"이봐, 한영우. 내가 한 비서랑 스무고개 하는 것도 아니고 이름을 말하랬더니 왜 직업을 말하고 그래? 그 기자 이름 말하기가 그리 어렵나?"

"하하. 그, 그게……."

"한 실장!"

"으, 은 기자님입니다!"

에라, 모르겠다는 심정으로 외치는 영우의 말에 진건의 눈동자가 크게 일렁였다. 은 기자. 그 단어가 누구를 의미하는지 진건은 모르지 않는다. 굳어 버린 진건을 향해 영우는 이젠 싹싹 손까지 빌 기세로 말했다.

"저도 난처하다고요, 회장님."

"……."

"아닌 말로, 제가 은태영 기자님이 누구인지 모르는 것도 아닌데 마냥 안 된다고 거부하기가 힘들단 말입니다."

영우는 체념 섞인 말을 이어 갔다.

"그렇다고 경비 요원들한테 그분을 막 대하라고 할 수도 없지 않습니까? 경찰을 불렀다간 시끄러워질 게 분명하고. 하아, 대체 어떻게 하면 좋을까요? 아무리 돌아가시래도 회장님을 뵙기 전까지는 로비에서 절대 움직이지 않겠다고 하셔서 곤란합니다. 직원들도 기자님이 대체 누군지 수군거리고 있는 상황이라고요."

두 손 두 발을 다 들었다는 듯, 고개를 절레절레 젓는 영우는 꽤 지쳐 있었다. 진건은 잠깐 고심했다.

「딱 한 사람. 은태영 씨한테는…… 제가 무엇을 할 예정인지, 어디에 있는지 알리지 않았으면 좋겠습니다.」

그러나 불현듯 생각난 이건의 발언이 흔들리려던 그의 마음을 다시 다잡았다.

진건은 냉정하게 말했다.

"어쩔 수 없지."

"좋은 생각이 있으십니까?"

"경찰 불러."

"……예?"

영우가 눈을 휘둥그레 뜨자, 진건은 입술을 달싹였다.

“명백한 업무 방해야. 그쪽도 다 알고 난동을 부리는 거겠지. 우리 쪽 요원들에게는 가만히 있으라고 하고, 경찰에 신고해.”

“하, 하지만 그렇게 되면 은 기자님은……!”

“각오하고 찾아온 거니까 본인도 받아들여야지. 그리고 이런 소동을 일으킨 게 처음도 아니고 두 번째인 걸로 기억하는데.”

“…….”

“뭐 하고 있지, 한 실장?”

“아, 네넵! 알겠습니다! 지금 바로 처리하러 가겠습니다!”

진건의 냉혹한 태도에 우물쭈물거리던 영우가 힘차게 외친 뒤 몸을 돌렸다. 피곤해지겠군. 진건은 얼른 문을 열고 회장실을 나가려는 영우의 뒷모습을 바라보다 눈을 내리감았다.

“으헉!”

그런 영우가 제 몸을 반쯤 회장실 밖으로 빼냈을 때였다. 진건은 요란한 숨을 흘리며 멈춰 버린 영우를 황당하게 바라봤다.

저 녀석은 또 왜 저러는 건지.

영우의 행동이 어이없어 인상을 쓰던 진건은 영우에 의해 닫혔던 회장실의 문이 돌연 활짝 열리자 멈칫했다. 그리고 그 열린 문 사이로 등장한 큰 키의 여자와 허공에서 눈이 마주치자 눈썹을 꿈틀거렸다.

갈색 쇼트커트 머리의 여자는 '안 됩니다, 기자님!' 하고 외치는 영우를 가볍게 떼어 낸 후, 진건이 앉아 있는 회장실 안으로 거침없이 들어왔다.

"안녕하세요, 장 회장님. 병원 이후로 또 뵙는군요. 은태영입니다."

그러고는 차가운 눈으로 자신을 응시하고 있는 진건을 보며 망설이지 않고 머리를 숙였다. 진건은 당당하게 회장실까지 걸어 들어와 제게 인사를 하는 태영을 묵묵히 바라보다 굳게 다물었던 입술을 움직였다.

"생각했던 것보다 훨씬 무례한 사람이었군요, 은 기자님. 아니, 무례보다 경우가 없다고 해야 하나."

"……."

"기자라면 잘 알 텐데. 약속도 없이 경영인을 만나는 건 쉽지 않다는 것 정도는. 무작정 침투부터 하는 성격입니까? 그렇게 안 봤는데, 실망이군요."

싸늘한 진건의 발언에 태영이 흐린 미소를 흘렸다. 진건은 그 어떤 말도 통하지 않는다는 얼굴을 하고 있는 태영을 직시하다 인터폰을 들어 올리며 중얼거렸다.

"허락도 하지 않은 사람을 회장실까지 대체 누가 올려 보내 준 건지. 아무래도 그 사람에게 책임을 물어야겠군."

"그럼 나한테 책임을 물어야겠네요?"

……!

'네, 회장님.' 하고 인터폰으로 들려오는 연주를 향해 '경비실장 올라오라고 해요.' 라고 말하려던 진건의 계획은 커다란 태영의 뒤로 나타난 단발머리 여자의 모습에 무너졌다.

"우새벽?"

또각또각. 듣기 좋은 구두 소리를 흘리며 천천히 태영의 근처까지 다가온 여자가 깜짝 놀란 진건을 똑바로 바라보며 빙긋 웃었다.

"진건 씨. 지금 들고 있는 그 수화기, 얼른 내려놓도록 해요."

새벽은 딱딱하게 경직된 표정을 짓는 진건을 향해 명령했다.

❖

「어……째서죠?」

병실 문을 열자마자 태영의 시야로 들어온 것은 텅텅 비어 있는 침대였다.

당연히 이건이 있을 거라 여겼던 태영이 충격받은 표정을 짓고 있자 뒤에서 한숨 소리가 들렸다. 태영은 그런 관계자를 향해 물을 수밖에 없었다.

현 상황으로 추론컨대 관계자는 누군가로부터 어쩌면 자신이 올 것이라는 이야기를 들었던 게 분명해 보였다. 특히나 병실 문을 열기 전 보았던 이건의 이름표는 아직 치워지지 않았던 터라 더더욱 의문이 들었다. 경위를 묻는 태영을 향해 병원 관계자는 답했다.

「장이건 환자는 수술 직후 이틀 뒤 퇴원을 하셨습니다만, 병실은 그대로 유지해 달라셨습니다.」

「그럼 지금 어디 있는지 모른다는 말씀이신가요?」

「그런 셈이죠.」

아무렇지 않게 대답하는 관계자를 보자니 헛웃음이 흘러나왔다. 태영은 구겨진 얼굴을 쉽게 펴지 못했다.

「돌아가시죠.」

냉정하게 저를 쫓아내던 유단의 총수가 떠올랐다.

하여 무작정 유단의 본사까지 찾아왔고, 회장을 만나게 해 달라고 난동을 부렸다. 마침 점심시간이었기에 식사를 하러 나가던 유단의 직원들이 자신을 의아하게 바라보는 눈길이 느껴졌지만 모르는 척했다. 태영은 반드시 알아낼 것이 있었고, 그 정보를 얻어내기 전에는 제 발로 나갈 생각이 없었다.

「태영…… 씨?」

그때, 또 한 번 귀에 익은 목소리를 들은 것은 천운이나 마찬가지였다.

"알려 줘요."

태영을 두 번씩이나 도와준 고마운 존재, 새벽이 묵묵히 커피잔을 들고 있는 진건을 향해 말했다. 갑작스러운 새벽의 등장으로 인해 날이 서 있던 분위기가 가라앉기는 했으나, 여전히 살얼음판 위를 걷는 것처럼 살벌했다.

태영은 대치하고 있는 부부 사이에 끼지 않았지만, 새벽과 비슷한 표정으로 진건을 응시했다. 진건은 그런 두 여성들의 눈빛을 감내하면서도 결코 흔들리지 않았다.

"안 돼."

"알려 달라고요."

"안 된다면 안 돼."

"그걸 당신이 알고 있으면 뭘 해. 크게 중요한 정보도 아닌데."

"……."

"나 마지막으로 말하는 거예요. 얼른 도련님 위치 알려 줘요, 태영 씨한테."

"우새벽."

진건이 짐짓 화가 난 음성으로 새벽의 이름을 불렀다. 그러다 그녀에게서 눈을 뗀 뒤, 차갑고 서늘한 시선을 태영에게 꽂았다. 허공에서 마주친 진건의 눈빛에 움찔하던 태영을 보며 그는 말했다.

"아무리 생각해도 무례한 사람이군요, 은태영 기자님. 내가 쉽게 들어줄 것 같지 않으니 이번엔 내 아내를 내세운 겁니까?"

"흥! 무례한 건 지금 내 앞에 앉은 남자 쪽이죠."

"……뭐?"

"어떻게…… 어떻게 진건 씨가……. 다른 사람도 아닌 우리 진건 씨가…… 사람과 사람 사이를 갈라놓을 수 있어요?"

"……!"

투둑.

사슴같이 커다란 눈에서 굵은 눈물방울이 후드득 흘러내렸다. 태영은 갑자기 고개를 떨군 채 어깨를 흐느끼는 새벽의 모습을 보고 조금 당황했다.

'새, 새벽 씨?'

놀란 태영이 새벽에게로 손을 뻗으려 했지만 아래로 내렸던 고개를 다시 든 새벽의 얼굴은 말리지 말라는 의지가 드러나 있었다. 태영은 뻗으려던 손을 감추며 새벽을 지켜봤다.

"믿어지지 않아. 상냥하고 다정한 우리 진건 씨가 그런 매정한 사람인 줄은…… 몰랐어. 언제나 친절한 진건 씨가 다른 사람한테 이렇게 말하는 모습은 처음 봤어. 너무 충격적이야."

"새, 새벽아. 너……!"

진건은 도통 멈추지 않고 몸을 들썩이고 있는 새벽의 태도에 크게 당황한 눈치였다.

태영에게 일갈하며 냉정을 유지하던 그의 검은 눈동자가 그토록 세차게 흔들리는 모습은 솔직히 의외여서, 태영은 부부의 모습에 끼어들지 않기로 했다.

일단 그러는 편이 제게 유리하게 돌아가는 것 같았으니까.

흐흑, 하고 작은 얼굴이 눈물범벅이 되도록 울어 대던 새벽은 입술을 꽉 악물더니 얼굴을 좌우로 저어 가며 중얼거렸다.

"유단의 회장 자리에 오른 이후로 진건 씨가 평소 이상으로 냉정해졌다는 이야기를 한 실장님한테 듣기는 했었지만, 이 정도일 줄 몰랐어요. 너무 실망이야. 태영 씨가 도련님한테 어떤 의미인지…… 가장 잘 알고 있으면서. 흐흑. 그런 도련님을 빼돌리고 어디 있는지 말도 안 해 주다니……. 당신 정말 내가 아는 장진건 맞아? 우리 이새랑 이현이 아빠가, 이렇게 매정한 사람이었어? 나는 이토록 냉정하고 혹독한 남자와 결혼한 거야?"

"새벽아, 자, 잠깐 진정하고…… 왜 그렇게 울어? 응?"

"진건 씨가 내 눈에서 눈물 나게 하잖아, 흐어엉! 허어엉. 나 이런 남자랑 결혼한 줄 몰랐어어어……, 우리 남편이, 이렇게 사악한 줄 몰랐어, 허어엉!"

"우, 우새벽. 울지마. 제발 울지 마."

상황을 관전하고 있던 태영이 짐작컨대, 그간 새벽은 진건의 앞에서 눈물 한 방울 보이지 않았던 것이 틀림없다. 그러지 않고서야 샘이 터진 것처럼 펑펑 울어 대는 새벽을 보고 천하의 유단 건설 회장이 이리 당황할 리 없으니까.

맞은편에 앉아 있던 진건이 새벽의 곁으로 다가와 그녀를 달래는 모습을 신기한 눈으로 바라보고 있던 태영은 돌연 '태영 씨!' 하고 흐느끼던 새벽이 고개를 들어 자신을 바라보자 몸을 움찔거렸다.

"예, 예!"

"미안해요."

……어?

새벽은 갑작스러운 사과에 놀란 태영의 손목을 덥석 잡더니 닭똥 같은 눈물을 계속해서 흘려 대며 말했다.

"정말 미안해요. 내가…… 내가 못난 남편을 둔 탓이에요. 흐흑. 사과할게요. 우리 남편 대신 사과할게요."

"새벽…… 씨?"

진건이 '새벽아.' 라고 계속 그녀를 불러 대는 것을 무시하던 새벽은 손등으로 눈가를 슥슥 닦더니 결연한 표정을 짓고선 말했다.

"내가 도와줄게요!"

그녀의 외침에 태영을 비롯한 진건의 눈이 휘둥그레졌다.

"그래요, 내가 도와주면 되겠어요. 불쌍한 우리 도련님을 위해서라도, 그리고 도련님이 사랑하는 태영 씨를 위해서라도…… 내가 태영 씨를 도와줄게요. 태영 씨가 도련님을 찾을 때까지 물심양면으로 도울게요. 그러니까…… 흐흑, 흐으윽. 진건 씨 너무 나빠…… 너무 나쁘다고……."

감정에 복받쳤는지 태영을 붙잡고 외치던 새벽이 다시금 고개를 아래로 떨구었다. 태영은 가녀린 몸으로 울분을 주체하지 못하는 새벽을 내려다보며 이러지도, 저러지도 못했다.

'……!'

위로를 해야 하는 걸까, 이 상황은 조금 난처한데—라 생각하며 그녀의 등을 쓸려 할 때였다. 아래로 향해 있던 새벽의 옆얼굴을 발견한 태영은 저를 힐끔거리며 '걱정 마요.' 하고 작게 입을 움직이는 그녀를 목격했다.

「이 수법이 통하려나 모르겠지만 노력해 볼 테니 나만 믿어요, 태영 씨!」

몇 분 전, 회장실로 직행하는 엘리베이터에서 경직된 얼굴을 하고 있는 태영에게 끊임없이 속삭이던 여인이 이토록 든든할 줄이야. 그녀의 '도움'은 어쩌면 큰 힘이 될지도 모르겠다고 생각하던 태영은 새벽의 장단에 발을 맞추기로 하며 그녀의 등을 쉴 새 없이 쓸어내렸다.

"우새벽."

이 작은 체구에서 얼마나 많은 눈물이 쏟아지는 걸까.

비록 연기라지만 이러다 탈진하는 것은 아닌가 걱정이 될 만큼 울고 있는 새벽이 조금 걱정이 되려 할 때였다.

후우, 길게 한숨을 내쉬던 진건이 조금 전보다 강한 어조로 그녀를 불렀다. 제 손목을 붙잡고 있던 새벽의 손아귀 힘이 강하게 느껴져 멈칫하던 태영은 아래로 향해 있던 고개를 진건 쪽으로 돌렸다. 진건은 태영과 흐느끼는 새벽을 번갈아 바라보더니 고운 눈썹을 꿈틀거리며 낮게 욕지거리를 흘렸다.

"……제기랄."

두 여자에게서 물러난 진건은 다시금 맞은편 자리로 돌아와 앉더니 아직 고개를 들지 않은 새벽에게로 시선을 꽂았다.

"그쳐, 눈물. 연기인 거 다 아니까."

진건의 말에 새벽이 움찔거렸다. 태영 역시 살짝 긴장한 표정으로 진건을 바라봤다. 진건은 한 번 더 숨을 흘리더니 말을 이었다.

"억지로 울지 마. 그러다 탈진할 수도 있어."

"……흐흑, 흑……."

"그만. 백기 들었어. 완전히 항복할 테니, 그만 울고 고개 들어."

"……정말이죠? 당신 거짓말이면, 나 정말 화낼 거야."

진건의 말이 끝나기가 무섭게 새벽이 얼굴을 들었다. 눈물범벅이 되어 있는 그녀의 눈가는 마스카라가 번져 엉망진창이었다. 진건은 우스꽝스러운 그녀를 바라보며 피식 웃더니 고개를 절레절레 흔들며 말했다.

"그래, 졌어. 너 우는 거 더는 못 보겠어."

"도련님 어디 계신지 말해 주는 거예요?"

여전히 의심을 거두지 않은 새벽이 어느새 퉁퉁 부어 있는 눈을 가늘게 뜨며 물었다. 진건이 헛웃음을 삼키더니 중얼거렸다.

"……내가 언제 너한테 거짓말 하는 거 봤어? 말해 줄 테니, 이리 와."

피도 눈물도 없다는 유단 건설 그룹의 장진건 회장은 이 세상에서 딱 한 사람, 자신의 사랑스러운 아내에게만은 유독 약했다. 태영은 '잘됐어요, 태영 씨!' 하고 활짝 웃던 새벽이 벌떡 일어나 진건의 곁으로 가는 것을 지켜봤다.

"대체 눈물 연기는 언제 배운 거야? 평소엔 잘 울지도 않는 녀석이."

"가끔 써먹으려고 드라마 보다가 몇 번 연습했죠!"

"……다시는 이러지 마. 심장 떨어질 뻔했으니까."

"내 눈물이 그래도 진건 씨한테 먹히는구나?"

"네가 하는 모든 행동이 나한테 먹혀. 그러니까 다시는 그러지 마. 마음 아팠다고."

아…….

태영은 언제 실랑이를 벌였냐는 듯, 다정하기 그지없는 부부의 대화를 지켜보며 온몸에 닭살이 돋아나는 것을 느꼈다.

"남해입니다."

그리고 몇 분 뒤, 상황이 조금 정리가 되었을 때였다. 새벽의 퉁퉁 부은 눈을 쓰다듬어 주던 진건이 천천히 태영을 응시하며 불쑥 말을 던졌다. 새벽은 물론, 태영의 눈동자 역시 큼지막해졌다.

진건은 두 여자를 차분하게 응시하더니 말을 이었다.

"이건이, 남해 별장에 있습니다."

"남해 별장이라면 '우리' 의 남해 별장이요?"

"그럼 남해 별장이 또 있나."

진건은 '남해래요, 태영 씨!' 하고 맞은편의 태영에게 밝게 웃으며 얼른 일어나는 새벽을 응시했다.

"지금 당장 출발할까요? 우리 남해 별장이라면 제가 잘 알고……."

"동작 그만. 앉아, 우새벽."

"진건 씨!"

"은태영 씨도 기다려요."

진건은 새벽을 따라 덩달아 일어나려던 태영을 바라보며 차분하게 입술을 달싹였다.

"당신이 그 녀석한테 가기 전, 꼭 해 주고 싶은 말이 있습니다."

❖

「아무래도 안에 박힌 이물질이, 환자분의 손 신경을 건드린 것 같습니다. 신경은, 특히나 손의 신경은 워낙 예민한 부위인지라 저희 쪽에서도 최대한 노력하기는 했습니다만 손가락이 잘 펴지지 않는다든가, 움직여지지 않는다든가 하는 마비 증상을 동반할 겁니다. 신경이 다시 재생되기까지는 최소 2년이 걸릴 예정인데, 그것도 확신할 수는……

없습니다. 환자분께서 재활하겠다는 강력한 의지가 있어야 가능한 일입니다.」

눈을 뜨게 된 날, 그의 수술을 담당했던 주치의를 만났다. 이건은 '확신할 수 없다니! 그게 의사로서 할 소립니까?' 하고 화를 내는 진건을 진정시키느라 적잖은 시간을 소비해야 했다.

「재활해. 지금 당장은 움직이지 못해도 노력하면 금세 예전으로 돌아갈 수 있을 거야. 유 선생도 그랬잖아. 착실히 재활 치료받으면 신경 재생도 빨라질 거라고.」

「…….」

「장이건. 왜 대답이 없지?」

「……형님.」

「……?」

「퇴원하고 싶습니다.」

「뭐?」

「나가고 싶습니다, 이곳.」

병원은 갑갑했다. 멍하니 앉아 끊임없이 무언가를 생각하게 되어 더욱 숨이 막혔다. 자신이 한번 결심한 것을 쉽게 내려놓지 않는다는 걸 알고 있었던 진건은 결국 이건의 말을 들어주었다.

— 남해에서 머물 동안 널 도와줄 사람이 내려갈 거야.

그리고 오늘, 진건이 말했던 남해의 별장에 내려와 있었던 이건은 전화 한 통을 받았다.

"도와줄 사람?"

— 혼자는 불편할 거 아냐.

진건의 말은 정확했다. 하필 다친 부위가 오른손이고, 제 마음대로 손을 움직이지 못하는 상황에서 이 넓은 별장에 홀로 지내는 것은 다소 무리가 있었다. 출국 수속을 밟고 한국을 떠나기까지는 아직 일주일 정도의 시간이 남아 있었지만, 그동안 불편함이 없도록 자신을 배려해 주는 진건이 고마웠다. 그러다 문득 떠오르는 사람이 있었다.

"강 실장님입니까?"

아무리 생각해 보아도 자신을 보조하는 일에 회사의 인력을 쓸 수는 없는 노릇이다. 이건이 한때 유단에서 일했던 것은 사실이나, 그것은 무려 3년도 전의 일이니까.

회사의 고급 인력들을 사용할 예정이라면 말릴 생각이라 물었더니, '으응. 뭐…… 그렇지.' 라는 대답이 들려왔다.

'형님의 말투가 이상하군.'

진건의 반응에 살짝 의문이 일었지만 곧 별일 아닌 걸로 치부해 버렸다.

"형님."

— 응?

"혹시……."

— ……? 혹시?

"……아닙니다."

목구멍까지 차오른 말은 차마 내뱉지 못했다. 싱거운 녀석이라며 진건이 무어라 중얼거렸지만 대꾸하지는 않았다. 그렇게 통화가 종료됐고, 이건은 발코니로 나가 여름 바람을 느꼈다.

쏴아아. 철썩.

뜨거운 태양빛이 작열하고 있는 여름의 남해 바다가 눈부시게 일렁였다. 푸르기 그지없는 바다의 출렁임이 훤히 내려다보이는 이곳 별장은 어지럽게 요동치던 그의 마음을 조금은 가라앉히고 있었다. 이건은 한동안 발코니에 서서 파도가 흔들리는 모습을 가만히 지켜보았다.

「도망치려는 거니?」

왜 한국을 떠나고자 하는지에 대해 묻는 진건에게 대답하지 않았다.

도망.

그래, 어쩌면 그것에 가까울지도 모른다.

지쳤다.

지쳐 버렸다.

저를 둘러싼 것들이 주는 압박감이 이건을 너무도 지치게 만들었다. 이미 오래전부터 이러한 조짐이 있었건만, 미리 막지 못했다. 며칠 전 있었던 불의의 사고는 그를 대비하지 못한 대가였던 건지도.

오른손을 쓰지 못한다는 것은 좋은 핑계였다. 이 이유를 들며 이건은 모든 것을 내려놓을 생각이었다.

2년 전 여름, 서른둘의 자신이 그랬던 것처럼.

아니, 그때보다 더 훌훌 던져 놓을 생각이었다.

'……'

하지만 우습게도 이건은 온전히 자신을 내려놓지는 못했다.

발코니에서 다시 방 안으로 들어온 이건은 테이블 위에 놓여 있는 익숙한 물품들을 발견하고선 미간을 좁혔다. 좋은 냄새가 나는 하얀 화선지부터, 검은 묵과 여러 모양의 붓들이 잔뜩 들어 있는 붓 케이스가 시야로 들어왔기 때문이다.

젠장.

이건은 입술을 꽉 악물었다.

지필묵(紙筆墨)은 그의 인생에서 전환점이 있을 때마다 손에 쥐었던 물건들이다.

한익수 선생을 만났을 때 처음 움켜쥐었고, 태영을 다시 차지하기 위해 노력할 때 다시 쥐기도 했다.

그러나 지금 이건은 제게 마음의 평화를 안겨 주었던 소중한 물품들을 내려놓아야 한다.

'일주일…….'

출국까지의 이 일주일 동안, 저 지필묵과 헤어지는 연습을 해야겠지.

더 이상 오른손으로 그것을 쥘 수도 없고, 섬세한 작품을 만들어 내는 것은 무리가 있었다. 당연히 놓아야 했고, 보내 주어야 했다. 그럼에도 불구하고 두근두근, 가슴이 뛰는 이유는 아직 미련이 남아서겠지.

저 지필묵도, 그리고 그 지필묵과 함께 만들었던 소중한 추억들도.

「두 발은 어깨 너비 정도로 벌려.」

「이, 이렇게요?」

「응. 그렇게.」

올 여름의 시작점에서 그의 지필묵과 같이 시간을 공유했던 사람이 눈앞을 아른거렸다. 당시 잔뜩 긴장했던 짧은 머리카락의 여자에게서는 아찔한 향기가 풍겼다. 아마도 그녀는 몰랐겠지만.

그녀를 떠올리면 콕콕, 심장이 아려 와 이건은 침대에 앉아 눈을 내리감았다. 아직 회복되지 않은 오른쪽 손바닥이 미친 듯이 따끔거렸다.

'더 이상은…… 안 돼.'

그녀에게 상처를 줘서는 안 된다. 이미 한 번 그녀의 아버지를 잃게 만들었는데, 또다시 마음의 상처를 안겨 줘서는 안 되었다. 태영은 자신을 품겠다고 했지만 인간의 도리상 그럴 수 없는 노릇이다. 하여 이건은 자취를 감췄다. 그녀에게 알리지 않고, 진건의 도움을 받아 잠적했다.

상처를 주지 않기 위해. 그녀가 아파할 일을 만들지 않기 위해.

그녀가 찾기 힘든 곳으로 도망쳐, 영영 자신을 잊었으면 하고 바랐다.

'하지만 결국, 또다시 상처를 주게 된…… 건가.'

오래전, 그녀에게서 아버지를 빼앗은 사람은 자신이나 다름없다. 그로 인해 어머니까지 잃은 그녀의 마음이 얼마나 아팠을지 감히 가늠이 되지 않는다.

그 후로 수년이 흐른 지금, 자신은 그녀의 마음을 한 번 저버렸고 이제 와 겨우 붙잡았다 생각한 순간 또다시 손을 놓아 버렸다.

'멍청한 놈.'

스스로를 향해 할 수 있는 말은 이런 표현뿐이다.

바보. 멍청이. 겁쟁이. 도망자.

태양처럼 밝게 제게 손을 내밀던 그녀를 뿌리쳤다. 함께 헤쳐 나가자던 그녀의 말을 외면하고 돌아섰다. 숨어 버렸다. 아직 일어나지도 않은 일을 걱정하며, 지레 겁을 먹고 도망쳤다.

세상에 이렇게도 어리석은 사람이 또 있을까…….

딩동—

얼마나 흘렀을까.

이건은 상념을 깨우는 소리에 정신을 차렸다. 슬그머니 고개를 돌려보니 분명 햇살이 가득했던 창밖이 어느새 어두워져 있었다. 시간 가는 줄 모르고 눈을 감았던 모양이다.

강 실장님이겠군.

저를 보조해 줄 강 실장을 떠올리며 침실을 벗어난 이건은 현관 쪽으로 향했다.

현재 이건이 머물고 있는 남해의 별장은 진건의 표현대로 인적이 드문 곳이고, 주소를 알고 찾아오지 않는다면 올 수도 없는 곳인지라 굳이 인터폰을 들여다볼 필요는 없었다.

이건은 '네.' 하고 답하며 불편한 오른손이 아닌 왼손으로 대문의 문고리를 잡아 돌렸다.

"여러 가지로 폐를 끼쳐서 죄송합니다, 강 실……!"

매번 도움을 주는 강 실장에게 인사부터 하던 이건의 눈동자가 열린 문 앞에 서 있는 여자를 발견하자 거칠게 요동쳤다.

"아아, 강 실장님인 줄 아셨구나?"

그가 열어 준 문을 쾅 닫지 못하도록, 미리 발을 쓱 내민 여자가 생긋 웃으며 말했다.

"강 실장님이 너무너무 바쁘셔서 마침 한가한 제가 대신 왔어요."

그녀는 놀라 굳어 버린 이건을 보며 말을 이었다.

"곧 떠날 거라죠? 뭐 예상했어. 연락도 없이 갑자기 사라진 걸로 봤을 때, 당신이 그런 결정을 내릴 거라고 말이지. 장 회장님 말씀으로는 앞으로 일주일 정도의 여유 시간이 있다고 하던데."

이건은 순식간에 제 앞쪽으로 발을 뻗고선 자신을 빤히 올려다보는 갈색 눈동자의 여자에게서 눈을 떼지 못했다.

짧은 커트 머리의 여자는 올곧은 시선으로 이건을 응시하며 당당히 입술을 달싹였다.

"일주일."

태영은 이건의 앞에 멈추어 섰다.

"그럼 우리, 일주일 동안 같이 있어요."

눈앞이 캄캄해져 뭐라 대답하지 못했던 이건에게 태영은 소리를 내뱉었다.

"내게 당신의 일주일을 줘요. 나 당신한테 그 정도 요구할 자격은 있잖아. 안 그래?"

씩 웃는 태영의 눈동자가 태양처럼 반짝였다.

성북구 안암동에 자리 잡은 〈월간 묵향〉의 사무실.

요 며칠 골머리를 썩이는 일로 어두운 얼굴이었던 중혁은 출근하자마자 떡하니 데스크 위에 놓여 있는 봉투를 하나 발견하고선 곧바로 인상을 썼다.

"작은 은 기자!"

찬찬히 봉투 속 내용을 읽어 내려가던 중혁이 출근을 마친 후 오늘 업무를 분담하고 있던 기자들 쪽으로 벌컥 문을 열어젖힌 것은 몇 초 후의 일이었다. 막 가방을 내려놓던 재영이 '너 당장 안으로 들어와!' 하고 버럭 소리치는 중혁의 발언에 깊은 한숨을 내쉬었다.

"무슨 일 있어요?"

재영의 옆자리에 앉아 있던 수영이 고개를 갸웃거리며 묻자 그는 옅은 미소와 함께 고개를 가로저었다. 별일 아닐 거라며 의아해하는 다른 동료 기자들을 달랜 그는 씩씩거리며 편집장실 안의 중혁에게 다가갔다.

달칵.

"아침부터 그리 흥분하시면 건강에 안 좋습니다."

"이게 뭔지 납득 가게 설명해."

조용히 문을 닫은 뒤 다른 동료들이 업무를 시작하는 것을 확인한 재영은 어느새 의자에서 일어나 있는 중혁에게 말했다. 그러자 그를 노려보던 중혁이 들고 있던 봉투를 책상 위로 던지며 얼굴을 일그러트렸다. 재영이 말없이 봉투를 바라봤다.

"큰 은…… 태영이, 휴가라고 하지 않았니? 그런데 갑자기 휴직은 뭐지? 휴직이 어려우면 사직으로 해 달라고? 이 녀석들이 대체 회사를 어떻게 보는 거야! 그만두는 게 그리 쉬워? 너희는 이 일이 만만하다고 여기는 거냐?"

"……."

"뭐라고 말이라도 해, 이 자식아!"

갑작스러운 태영의 부재로 인해 중혁의 속은 타들어 갈 지경이건만, 곧 돌아올 거라던 재영의 말과는 달리 태영은 기어코 사직서를 제출했다. 재영에게 걱정할 필요가 없다고, 불과 어제 전해 들었던 중혁은 아침에 발견한 사직서가 도통 이해되지 않았다.

해명이라도 들어 볼 생각으로 동생인 재영을 불렀더니, 버럭 소리 지르는 자신의 말을 듣는 둥 마는 둥 하던 재영이 갑자기 편집장실 안의 소파에 털썩 주저앉는 것이 아닌가. 황당해하던 중혁은 다리를 꼰 채 귀까지 후비는 재영을 얼빠진 얼굴로 바라보았다.

"곧 돌아오겠죠, 뭐."

재영은 새끼손가락에 후우, 입김을 불어넣더니 아래로 내리깔았던 눈꺼풀을 들어 올리며 중혁을 응시했다.

"다 큰 성인인데 왜 그리 걱정해. 어린애도 아니고. 편집장님이 그 녀석 아빠라도 되나."

"뭐라고 인마?"

분명 며칠 전까지만 하더라도 태영을 데려오겠다며 길길이 날뛰던 재영이 생각하지 못했던 태도를 보이자 중혁은 조금 놀랐다. 이게 대체 어찌 된 일인가 싶어 입만 뻐끔거리고 있을 때, 재영은 목소리를 낮게 깔았다.

"시간이 걸릴 것 같습니다."

재영의 검은 눈동자가 잔잔히 흔들렸다.

"단단히 각오한 것 같아서 말릴 수도 없었어요."

“……!”

“젠장. 저도 모르겠습니다. 몰라요. 돌아온다고 하고 나갔으니, 곧 돌아오겠죠. 그러니 그 사직서, 보고도 못 본 척해 주십시오. 그동안 내가 은태영 대신 두 배로 일하고 있을게요. 그럼 되는 거 아닙니까?”

“너…….”

“왜 그런 아쉬운 표정이십니까? 저 못 믿어서 그러시는 거예요?”

“…….”

“저 한다면 하는 사람입니다. 그거 제일 잘 아시는 분이 왜 그런 표정이신지. 그리고 까고 말해서 은태영보다 제가 더 일 잘하잖습니까. 그래서 저 믿고 해외 건도 맡기시는 거 아닙니까?”

“하아.”

“한숨은. 편집장님. 아니, 중혁 형님. 제가 은태영 대신 열심히 일하고 있을 테니, 조금만 기다립시다. 네?”

“……하아아.”

“형님?”

제 말에 답하지 않고 그저 긴 숨만 흘리는 중혁을 졸래졸래 쫓으며 재영은 계속해서 입술을 달싹였다.

형님이라니.

그렇게 형님이라 부르라고 해도 아버지의 친구분이라며 줄곧 깍듯하게 대해 왔던 재영이 태도를 달리하자 중혁은 체념했다는 표정을 지으며 고개를 가로저었다.

손을 휘휘 내저으며 얼른 나가라는 중혁을 보고서도 생글생글 웃던 재영은 콧방귀도 뀌지 않으며 한동안 중혁의 근처에 철썩 달라붙어 있었다.

❖

— 미안하게…… 됐다.

수화기 너머로 들려온 목소리에 이건은 쓴웃음을 흘렸다. 어떻게 된 일이냐고 이건이 직접 묻기도 전에 뱉어 낸 말이었기 때문이다. 말을 하지 않는 이건과는 달리, 푹푹 숨을 내쉬던 진건은 변명에 가까운 말을 덧붙였다.

— 새벽이 녀석이 협박 아닌 협박을 하는 바람에 하는 수가 없었어.

형인 진건이 그의 아내에게 놀라울 정도로 약하다는 것은 익히 알고 있었지만, 이 정도일 줄이야. 과연 형이 죽고 못 사는 형수님이 대체 어떤 태도를 보였기에 저만 믿으라며 병실에서 호언장담

했던 진건이 백기를 들어 올린 건지 의문이 들 정도다.

이런 가능성을 아예 예상하지 않은 것은 아니었던지라 흐리게 웃던 이건은 물었다.

"그럼 강 실장님은……."

— 은태영 씨가 강 실장님의 일을 대신하게 될 거다.

"……."

— 본인이 그렇게 하기를 강력하게 원하더군.

태영이가?

머리가 지끈거렸다.

도통 무슨 꿍꿍인지.

갑자기 들이닥친 것으로도 충분히 곤란하거늘, 그의 출국을 돕겠다는 사람이 태영이라는 사실은 쉽게 받아들이기 힘들다. 이건은 '정 신경 쓰이면 어떻게든 은태영 씨를 내보낼 방법에 대해 알아볼게.'라 말하는 진건의 말에 입술을 달싹였다.

"괜찮습니다, 형님. 지금까지 도와주신 것만으로도 충분히 감사합니다."

— 이건아.

"이번 일은 제 선에서 해결하도록 하겠습니다."

— ……괜찮겠어?

괜찮아야지.

조심스레 묻는 진건에게 짧게 대답한 이건은 통화를 종료한 후 뒤를 돌아봤다.

“우와, 나 밤바다 오랜만인데!”

그러자 이건의 검은 눈동자 안으로 발코니에 서서 양팔을 크게 벌리며 바다 내음을 맡고 있는 태영의 뒷모습이 보였다.

이건이 태영에게 자신의 행적에 알리지 않은 것은 충분히 고의였다.

출국까지 얼마 남지 않은 일주일 동안 그녀와 한 번이라도 얼굴을 마주한다면 겨우 든 결심이 와르르 무너질 것이라 생각했었으니까. 그런 이유로 이건은 진건에게 제 위치에 대한 함구를 부탁하며 남해로 내려왔었다.

「강 실장님인 줄 아셨구나?」

하지만 그러한 이건의 결의는 출국까지 고작 일주일을 남겨 둔 시점에서, 균열이 가기 시작했다.

「내게 당신의 일주일을 줘요. 나 당신한테 그 정도 요구할 자격은 있잖아. 안 그래?」

맑게 웃으며 말하는 태영에게 이건은 단호하게 대처하지 못했다. 그녀가 언급한 '요구할 자격'이라는 표현이 괜스레 심장을 아리게 만들어서인지 더더욱.

결국 그가 열어 준 문 안으로 발을 내디딘 태영은 얼마 전, 이건이 임시로 머물고 있던 호텔에서처럼 태연하게 그의 세계로 다시금 들어왔다. 헛웃음을 흘려도 모자랄 판에 그녀의 스스럼없는 행동을 마주하고 두근두근 가슴이 뛰었던 것은 그 누구에게도 말하지 못할 비밀이다.

"태영아."

"돌아가라 말할 거라면 그만두는 게 좋을 거예요. 씨알도 안 먹힐 거거든, 지금은."

발코니 밖으로 보이는 검은 바다의 향연에 시선을 빼앗긴 태영에게 다가간 이건이 그녀를 부르자마자 그녀의 음성이 들려왔다. 목구멍까지 차오른 말을 내뱉지 못한 이건이 입을 다물었다. 태영은 정면을 향해 있던 시선을 옆으로 돌리며 그를 향해 눈을 휘었다.

"이번에 떠나면 영영 안 돌아올 거라며. 그러면 적어도 나한테 당신과의 일을 추억할 거리 정도는 남겨 줘야지. 그게 정당한 거 아니겠어요? 매번 나만 흔들리는 거, 정말 싫거든. 그러니 당신의 일주일은 내게 맡겨요. 그 후 당신이 떠나든 말든, 신경 안 쓸 테니까.”

“…….”

“으. 당신이 어디 있는지 듣자마자 급하게 내려오느라 온몸이 뻐근하네. 아무래도 나 씻어야겠어요. 욕실은 어디에 있죠? 저긴가?”

제 할 말만 내뱉고 욕실을 찾아 두리번거리는 태영은 못 본 사이 많이 뻔뻔해져 있었다.

❖

“……씨! 이건 씨! 장이건 씨!”

아.

“왜 이렇게 굼떠요? 벌써 9시라고요. 지금쯤 웬만한 회사원들은 일어날 시간이야!”

“태영……이?”

“네. 나 은태영이에요. 그러니 얼른 일어나! 어서!”

스르륵 눈을 뜨니 저를 빤히 내려다보고 있는 태영이 보였다.

햇살이 그녀의 얼굴로 내려오는 것을 보아 아침인 것은 분명한데, 어떻게 그녀가 제 앞에 있는 건지 의아해하던 이건은 자신을 억지로 일으킨 후 등짝을 세게 내리치는 태영의 손길에 윽, 신음을 흘렸다.

대체 이게 어떻게 된 일인가.

대한 캘린즈 병원에서 퇴원하자마자 남해로 내려왔었던 이건은 이제 막 움직이기 시작한 사고회로를 억지로 움직이려 노력했다. 그러다 어제, 해가 진 후 그녀가 남해 별장에 들이닥쳤고, 자신이 말릴 틈도 없이 별장에 눌러앉았다는 것을 기억해냈다.

'후우.'

그로 인해 밤새 제대로 눈을 붙일 수 없었다.

한국에서의 모든 미련을 이곳 별장에 남길 생각이었던 그의 계획이 완벽하게 틀어져 버렸기 때문이다. 그중에서도 미련의 결정체나 다름없는 태영이 하필 가장 가까운 곳에 있다는 사실은 잠 못 들게 만들었다. 한 지붕 아래 그녀와 있다는 것은 그에게 있어 고역이나 다름없었으니까.

이건은 '게으름 피우지 말고, 어서!' 하고 외치며 자꾸만 자신에게 일어나라 종용하는 태영을 무시하지 못했다. 하는 수 없이 침대에서 벗어난 이건은 저를 끌고 나오는 태영의 손길에 끌려 부엌까지 도착했다.

"……뭐?"

그리고 예의 부엌에서 이건은 황당한 숨을 터트렸다.

하암, 하품까지 하며 멈추어 선 이건을 올려다보던 태영이 프라이팬과 계란 두 알을 내밀며 싱긋 웃었기 때문이다. 어리둥절해하는 이건에게 태영은 말했다.

"뭐긴 뭐야? 지금 이건 씨 손에 든 것들을 이용해서, 나 아침밥 차려 달라는 거지."

"……!"

"얼른요. 나 어젯밤부터 아무것도 못 먹어서 배 엄청 고파. 꼬르륵 소리 난다고요."

얼떨결에 태영에게서 식사 준비 용품들을 받아 든 이건은 제 말만 한 후 식탁으로 가 착석하는 태영의 모습을 지켜보았다. 태영은 방긋방긋 웃으며 식탁 위에서 턱을 괸 채, 이건이 요리를 시작하기만 기다리고 있었다.

'……'

태영의 의도대로 움직여서는 안 된다.

속내를 숨기고 있는 그녀에게 끌려가다가는 겨우 잡은 결심이 무너질 것이 분명했으니까.

태영이 어떤 의도로 제게 일주일을 달라고 한 건지는 모르겠으나, 한국을 떠나기로 한 결정을 물릴 생각이 없었다. 그랬기에 밤새 태영을 경계하자며 스스로에게 되뇌고 또 되뇌지 않았는가.

두근.

그럼에도 불구하고 이건은 왼손에 들린 프라이팬과 그 속의 계란을 매정하게 내려놓지 못했다. 그는 물끄러미 그것들을 내려다보더니 쓰디쓴 입맛을 다셨다.

"참! 나 반숙 좋아해요!"

한참을 주저하다 태영의 의견을 들어주기로 결심한 이건이 발을 떼자, 태영은 있는 힘껏 외쳤다. 이건은 그 말에 몸을 움찔거리더니 곧 불편한 왼손으로 계란 프라이를 만들기 시작했다.

그리고 몇 분 뒤, 이건은 태영이 원하는 대로 반숙된 계란 프라이를 담은 접시를 내밀었다. 그녀와 함께 식사를 해결할 생각으로 포크를 집어 들던 그는 얼른 손을 들어 행동을 저지한 태영이 고개를 내젓자 미간을 찌푸렸다.

"어어, 안 돼요. 이건 내가 먹을 거야!"

"……!"

"이건 씨는 나 먹는 거 그냥 보고만 있어요. 당신 아침은 이거 먹고 난 뒤에 내가 차려 줄 테니까."

"은태영. 너……."

"쉬. 먹을 때는 개도 안 건드린댔어요. 이건 씨 그렇게 야박한 사람 아니잖아. 그렇죠?"

"……."

"그럼 잘 먹겠습니다!"

이건은 힘껏 외친 후 포크를 들어 올리는 태영이 그릇 위의 계란 프라이를 모두 비울 때까지 그저 바라보고 있어야 했다.

"참, 이건 씨. 나 이건 씨 비행기 표 예약하려 하는데 어디가 좋겠어요? 아시아로 갈 거예요? 그럼 일본이나 중국? 아니, 거긴 너무 가깝지? 아니면 동남아시아? 아메리카를 염두에 두고 있나? 유럽 중에서는 어디를 생각하고 있죠? 북유럽? 서유럽? 설마 동유럽?"

그녀가 제게 달라고 했던 일주일의 시간들 중 첫날.

태영은 놀랍게도 직접 그의 비행기 표를 끊어 주겠다며 노트북을 뒤적였다.

태연하게 소파에 앉아 비행기 표를 검색하는 그녀를 보자니 이상한 기분이 들어 이건은 머뭇거렸다. 태영은 그런 그를 보며 '미안해하지 마요.' 하고 웃더니, 말을 이었다.

"이왕 보내는 거, 당신이 원하는 곳으로 보내 주는 거라고요. 어때. 나 진짜 훌륭한 여자 친구지?"

"……."

"이리 와서 앉아 봐요. 어디가 마음에 들어? 비용은 신경 안 써도 되는 거죠? 그럼 내 마음대로 골라도 되는 건가? 흠, 아무것도 생각 안 하려면 역시 휴양지가 좋겠지. 어머, 몰디브도 나쁘지 않네!"

신이 난 것 같은 그녀의 모습이 이별을 눈앞에 둔 여인이라고는 도무지 느껴지지 않아, 이건은 끝내 몸을 돌렸다. '어디 가요!' 라 외치는 태영의 말이 들렸지만 이건은 그날 하루 동안은 제 침실에 틀어박혀 있었다.

무슨…… 생각인 거야.

그녀의 속을 읽지 못하겠다.

"이건 씨, 자요?"

그날 밤이었다.

처음부터 문을 열어 주어서는 안 되었다며 후회하고 또 후회하고 있던 이건의 귀에 똑똑, 문 두드리는 노크 소리가 들려왔다. 이건이 놀라 고개를 들자 닫혀 있던 문을 연 태영이 하얀 수건으로 머리를 말아 올리고선 얼굴을 빼꼼 내밀고 있었다. 본능적으로 태영을 경계하는 이건의 침실 안으로 그녀는 성큼성큼 들어왔다.

"멈춰, 은……."

"이건 씨. 나 머리 말려 줘요."

"……뭐?"

"머리만 말려 주면 얌전히 방으로 돌아가서 잘게요. 자, 여기."

애도 아니고.

어디서 났는지, 작은 헤어드라이기를 그의 손에 끝끝내 쥐여 준 태영이 제 앞에 털썩 앉자 잠시 멈칫했다.

고민은 시작됐다. 그녀의 뜻대로 움직여야 하나, 말아야 하나. 생각보다 결론은 빨리 났다. 만약 머리를 말려 주지 않는다면 침대에 드러누울 기세였던 그녀의 요구를 이건은 결국 받아들이기로 했다.

위이잉.

축축하게 젖은 그녀의 짧은 머리카락이 손가락 사이로 흘러내렸다. 그녀를 만난 뒤 두어 번 정도 이런 행위를 했던 것 같은데. 한 번은 자신이, 그리고 또 한 번은 그녀가. 불과 얼마 전의 일을 연상케 하는 행동이 가슴을 두근거리게 만든다. 이건은 쿵쿵 뛰고 있는 심장의 박동을 애써 무시하며 제 앞에 살포시 앉아 있는 태영의 뒷모습을 내려다봤다.

귀를 살짝 덮는 짧은 머리카락에 잔머리가 가득한 목덜미는 숨을 멎게 만들 만큼 강렬한 인상을 남겼다. 눈길을 주어서는 안 된다고, 계속 그녀를 담아서는 안 된다고 머리가 외치고 있었으나 시선을 옮기기가 쉽지 않았다.

"고마워요."

물기를 담고 있던 머리카락이 헤어드라이기의 뜨거운 바람으로 인해 완벽하게 마르자 태영은 웃으며 그를 향해 말했다. 그러고는 언제 그의 방으로 들어왔냐는 듯, 자리에서 일어나 시야에서 사라져 버렸다.

"……."

그녀가 떠난 후 몇 시간 동안, 이건은 잠들지 못했다.

"이건 씨, 나랑 산책 가요. 찾아보니까 이 근처에 바래길이라는 게 있대요."

그다음 날. 태영은 이건의 손을 덥석 잡으며 별장을 나서자고, 제안에 가까운 명령을 했다.

다가오는 출국 전까지 한가롭게 별장에 머무를 생각이었던 이건이 머뭇거리자 그녀는 빙긋 웃었다.

"당신, 나한테 추억거리 남겨 주기로 했었잖아요. 그러니 그 추억의 일환이라 생각해 줘요."

추억거리.

그 말을 듣자마자 왠지 울컥하는 마음이 들어 곧바로 대답하지 못했던 이건은 정신을 차려 보니 그녀와 남해 바래길이라는 곳을 걷고 있었다.

"당신이랑 이렇게 걸으니까 좋다."

사뿐사뿐. 경직된 얼굴로 바닷바람을 쐬고 있던 이건을 향해 태영은 미소와 함께 속삭였다. 그 말에 동조할 수 없었던 이건의 마음은 조금 더 무거워졌지만, 태영은 그의 대답을 기다리지 않았던 건지 앞서나가기 시작했다. 이건은 치고 나가는 그녀의 뒷모습을 따라 한동안 걸어야만 했다.

"오늘은 저번에 못 했던 거, 다시 가르쳐 줘요."

"못…… 했던 거?"

"네! 경주에 있을 때. 나한테 운필법 가르쳐 주려다 말았잖아요."

"……!"

그녀가 남해 별장으로 침입한 지 셋째 날, 그리고 그의 출국이 나흘 정도 남았던 날.

태영은 어디서 났는지 지필묵을 그의 앞에 내밀며 싱긋 웃었다. 당황해하는 그를 향해 태영은 '그냥 방법만 가르쳐 주면 돼요. 당신 손도 다쳤으니, 시범을 보일 필요는 없고.' 라 말하며 그의 앞에 마주 앉았다.

"참. 그리고 어떻게 하면 선생님들의 마음을 사로잡을 수 있을지에 대해서도 알려 줘요."

"……?"

"여태까지 나 이건 씨만 담당했었잖아. 그런데 이제 곧 이건 씨가 여길 떠날 거니까, 앞으로는 새로운 선생님을 담당하게 되겠죠. 그러니 새 선생님께 쉽게 적응할 수 있도록 이건 씨가 서예가의 입장에서 팁 같은 거 알려 줘요. 담당 편집자가 어떤 태도를 취해야 선생님들의 마음이 편해지고, 또 신뢰가 가는지, 뭐 그런 것들에 대해 말이에요."

필단에 짙은 먹을 흠뻑 적시던 태영은 이건을 보지도 않고 중얼거렸다.

'새로운…… 선생님.'

아무렇지도 않게 후임자에 대해 이야기를 하는 그녀를 보자니 이상하게 쓴 물이 올라왔다. 그날 하루 종일, 이건은 태영에게 붓을 쥐는 방법이라든가 혹은 일필휘지할 때의 자세, 그리고 서예가들이 보통 무슨 생각을 하며 지내는지에 대해 알려 주는 시간을 보냈다.

그렇게 하루하루가 흘렀다.

자신이 예매해 주겠다는 태영을 만류하며 직접 비행기 티켓을 끊은 이건의 출국 날은 어느덧 이틀 앞으로 다가왔다.

오늘 밤이 지나고, 내일 해가 지기 전 인천으로 올라가 출국 준비를 할 계획이었던 이건은 제게 걸려 온 전화를 받고 있었다. 출국 준비는 잘되고 있냐는 진건과의 전화였다.

— 속을 모르겠다니?

형과의 대화이다 보니 무심코 속내를 드러냈던 모양이다. 깜짝 놀란 진건의 말에 움찔하던 이건은 길게 호흡을 내쉬며 중얼거렸다.

"태영이가 무슨 생각을 하고 있는지…… 알지 못하겠어요."

— …….

"생각했던 말은 전혀 하지 않고 있어서."

그래서인지 오히려 더 미궁으로 빠져들어 가는 느낌이다. 이건은 가라앉은 눈으로 닫혀 있는 침실 문을 힐긋거렸다.

— 오히려 잘된 거 아닌가?

"……예?"

— 은태영 씨가 너를 붙잡지 않는다면, 자연스럽게 떠날 수 있을 텐데. 설마 이건이 넌, 은태영 씨가 너를 붙잡아 주길 원하고 있는 거야?

"……!"

하루하루 출국 날을 카운트하는 태영을 보며 가슴 위에 돌을 얹어 놓은 것처럼 무겁기만 했다. 차라리 떠나지 말라고 말한다면 매정하게 내칠 수 있었을 텐데, 오히려 잘 가라고 말하며 곁을 맴돌고 있는 그녀를 보자니 속이 더욱 울렁였다.

말로는 차마 표현하지 못하는 이 마음이 대체 무엇인지 스스로도 가늠할 수 없어 고뇌하고 있던 그를 향해 진건이 던진 말은 큰 파장을 불러일으켰다.

그 후 진건이 뭐라고 더 말을 했었지만, 귓등으로 흘려버리고 말았다.

“좋은 아침이에요.”

이건의 출국 전날이자 별장에서 지내는 마지막 날이 밝았다.

해가 지기 전, 남해 별장을 떠나기 위해 새벽부터 눈을 떠 준비를 하고 있던 이건은 노크 소리와 함께 웃으며 나타난 태영을 보고 살짝 긴장했다.

‘차 올 때까지는 아직 시간 있죠?’ 하고, 자연스럽게 그의 침실로 들어온 태영은 시간을 내 달라며 그를 끌고 나섰다.

“은……태영?”

새벽 소유의 남해 별장은 총 두 개의 건물로 이루어져 있었다. 하나는 보통의 별장과 같은 최신식 건물 형태의 본관, 그리고 다른 하나는 본관과는 전혀 다른 한옥 형태의 별관이었다.

진건의 허락으로 그간 별장에서 머무르는 동안 별관 근처에는 단 한 번도 가지 않았던 이건은 자신을 별관 툇마루까지 데려온 태영을 보고 눈을 크게 떴다.

자신이 원하는 지점까지 도착하자 미소 짓던 그녀는 그의 손을 스르륵 놓으며 기둥이 있는 툇마루 위에 앉았다.

"이건 씨."

태영은 짧은 바지 주머니에서 무언가를 꺼내더니 그의 왼손이 아닌 오른손에 그것들을 쥐여 주었다.

"발라 줘요."

……뭐?

"이제 내일부터는 안 볼 사이니까, 마지막 부탁."

잠시 당황하는 사이 이건의 오른손에는 붓이라고 하기에는 매우 가는 립 전용 붓과 도구들이 들려 있었다. 설마 이런 것까지 요구할 줄은 몰라, 말없이 도구를 내려다보던 이건을 향해 태영은 말했다.

"아무리 다친 손이라고 하지만 글씨를 쓰는 것도 아니고, 입술을 발라 주는 것 정도는 해 줄 수 있잖아요."

"……."

"어서요. 이번이 정말 마지막이에요."

태영은 '마지막' 이라는 단어를 유달리 강조하며 툇마루 기둥에 몸을 기댄 뒤 눈까지 내리감았다. 갈색 핫팬츠와 하얀 티셔츠만을 입고 있던 태영의 얼굴에서 눈을 뗄 수 없었다. 그녀의 손에 무작정 끌려나와 아직 먹색 생활 한복을 벗지 못했던 이건은 주저했다.

'마지막…… 부탁.'

앞으로 몇 시간 뒤.

이제 정말 몇 시간 뒤에는, 더는 그녀를 보지 못한다.

이건은 제 앞에서 눈꺼풀을 내리며 입술까지 다물고 있는 태영의 모습을 쳐다보더니 후우, 길게 숨을 내뱉었다. 가슴이 미친 듯이 들썩여 호흡이 가빠졌지만 이건은 내색하지 않았다.

그는 천천히 시선을 아래로 내려 손에 쥐고 있던 립 도구들을 툇마루 위에 올려 두었다. 그러고는 잘 쥐어지지 않는 붓을 오른손으로 겨우 잡고 그녀에게 다가갔다.

쿵쿵.

쿵쿵.

붉고, 탐스러운 그녀의 입술이 검은 눈동자 안으로 들어온다. 코끝을 자극할 만큼 고르게 내뱉고 있는 태영의 숨결 역시 느껴진다.

동요하지 않아야 한다.

흔들리지…… 않아야 해.

이제 앞으로 몇 시간 뒤면 그녀와의 모든 일을 정리해야 하는 입장인지라 더더욱.

이건은 이를 악물며 붓을 움켜쥐었다. 그녀의 '마지막 부탁'을 들어주면서도 최대한 그녀에게 신경을 쓰지 않으려 했다.

'젠장.'

물론 그런 그의 결의가 효과가 있었던 것은 아니었다.

브러시 끝에 빨간 립을 적신 이건의 가슴은 잠시도 가만히 있지 않는다. 기둥을 잡고선 눈을 감고 있는 태영에게 다가가던 그는 부르르 떨리는 손가락에 힘을 주었다.

천천히.

아주 느릿하게 브러시 끝이 태영의 입술에 닿자 저릿한 전율이 온몸을 휘감았다. 순간 놀라 멈추던 이건의 귀로 내내 고른 숨만 내뱉던 태영의 음성이 들려왔다.

"당신은 겁쟁이야."

……!

"당신은, 당신 혼자 이곳을 떠나면 당신을 둘러싼 모든 것들이 해결될 거라고 생각하죠. 그래서 나도 결심했어요. 당신이 떠나면, 당신보다 더 괜찮은 남자를 만나서 번갯불에 콩 구워 먹듯이 결혼할 거라고."

이건은 말을 잇고 있는 태영을 놀란 얼굴로 응시했다.

태영은 살짝 들린 고개를 아래로 내리지 않은 채, 눈을 감고 중얼거렸다.

"그 사람이랑 결혼을 해서 떡두꺼비 같은 아이도 낳고, 그 남자와 나를 닮은 아이를 키울 거야. 당신이 떠난 거 하나도 괴로워하지 않으면서, 당신을 완벽하게 잊고 행복하게 살 거라고요."

아무렇지 않게 말하는 태영을 보며 '잘됐네.' 라고 대답해 줘야 한다고 생각했지만, 어쩐지 입술이 움직여지지 않았다. 브러시를 쥐고 있던 손이 떨려 와 이건은 얼굴을 굳혔다. 태영은 미동 없는 그를 향해 계속해서 소리를 내뱉었다.

"그렇게 1년이 가고, 2년이 가고, 그리고 또 세월은 흐르겠죠. 남편과 함께하는 시간이 길어지고 아이가 자라는 모습을 지켜보다 문득, 떠올리게 될 거야. 당신이라는 사람을."

"……."

"당신이 부러워할 만큼 열심히 살았다고, 나는 생각하겠죠. 당신이 안타까워할 만큼 열심히 잊으려 했다고도 위안하게 되겠지. 그러다 돌연 의문이 일지도 몰라요. 대체 내가 뭘 하는 걸까. 당신을 잊었다고 생각했는데, 어째서 난 아직도 당신을 잊지 못하는 걸까. 여전히 당신을 잊지 못한 채, 당신 아닌 다른 사람의 아내가 된 걸까. 왜 나는 다른 사람에게 상처를 주고 있는 걸까…… 하고."

숨이 막혔다.

무의식적으로 미간을 좁힌 이건을 향해 스르륵 태영은 눈을 떴다. 그녀의 옅은 갈색 눈동자 사이로 요동치고 있는 제 눈동자가 보인다. 태영은 아무 말도 하지 못하고 있는 그를 향해 웃었다.

"이건 씨. 당신은 당신이 떠나는 게 유일한 해답일 거라 생각하고 있는 거겠죠. 그래, 당신 입장에서 보면 당신의 존재 자체가 내게 용납되지 않는다고 여길 수도 있어. 하지만 말이죠, 이건 씨. 당신은 그걸 알아야 해요. 당신이 '내 행복'을 위해서 나를 떠나면, 결국 나는 행복해지지 않을 거야. 불행하고, 또 불행하게 될 거라고요."

쿵쿵.

울컥, 무언가가 차올라 입술을 열 수가 없다.

태영은 멈추지 않았다.

"아마도 당신이 떠난 후의 나는, 끊임없이 생각하게 되겠죠. 그래, 나는 쿨한 여자니까 당신을 보내 준 거야. 그러니 하나도 아프지 않아-라고. 그렇지만 그때의 내 심장은 썩어 문드러져 있겠지. 어째서 당신이 내 곁에 없는 건지, 왜 나는 당신을 여전히 그리워하는지, 내가 무엇을 잘못했기에 결국 당신을 잡지도 못했던 건지…… 후회하게 될 거야."

태영은 허공에 멈춰 있던 이건의 오른 손목을 덥석 잡았다. 이건이 그녀를 정면으로 직시하자 그녀는 말했다.

"시간이 모든 것을 해결해 줄 거라고? 그거 다 개소리야."

"……."

"이건 씨. 당신은 그걸 알아야 해. 당신이 내게 남긴 흔적이 내게는 너무도 크기만 해서, 당신이 떠난 후 나는 평생 괴로워할 거라는 걸. 당신이 없는 빈자리가 너무 넓어서 평생 채워지지 않을 거라는 걸. 그래, 당신이 내게 남긴 상처가 너무 커서 나는 어쩌면 앞으로 그 누구도 신뢰하지 못할 수도 있겠지. 아아, 그러면 나는 그냥 다른 사람에게 피해를 안 끼치게 혼자 살면 되겠다. 그렇죠? 그럼 모든 게 해결되겠네."

"……태영아."

"여기서 지내는 며칠 동안, 당신도 봤겠지. 이건 씨. 난 밥도 제대로 만들 줄 모르고, 머리도 혼자 잘 못 말려. 서예 잡지사에서 일하면서 서예가 선생님들의 마음도 제대로 사로잡지 못하고, 혼자는 맘 편히 산책도 못 해. 하지만 말이에요, 이건 씨. 나는 당신이 내 곁에 있으면, 무엇이든 할 수 있어요. 당신이 내 곁에 있어 준다면, 나는 무슨 일이든 할 수 있는 은태영이 돼."

"……."

"나를 그렇게 만든 사람은 바로 당신이야. 흔들리지 않으려는 나를 붙잡은 사람도, 나를 유혹한 사람도, 나를 물들여 버린 사람도, 나를 집중하게 만든 사람도, 내가 이 세상에서 정말이지 사랑하는 사람도…… 바로 당신이야.”

두근두근.

“그래도 나를, 떠날 거예요?”

그녀의 붉은 입술 사이로 뜨거운 숨이 전해져 왔다. 태영의 것이 분명한 심장 소리가 귀를 먹먹하게 울린다. 이건은 마른침을 삼켰다. 그의 손목을 움켜쥐던 태영의 손에 힘이 들어갔다.

“정말로 그게 날 위한 최선책이라 여기는 거야? 그래서 겁쟁이처럼 모든 걸 포기하고, 날 위한다는 명목으로 내 곁을 떠나려는 거야?”

“나는…….”

오른손을 쓰지 못하는 나는.

네게 폐를 끼치기만 하는 나는.

너를 상처 입히기만 하는 나는.

너를 사랑하기만 하는 나는…….

‘네 곁에 있을 수 없어.’ 라는 말이 목구멍까지 차올랐다. 강한 열기가 느껴지는 태영의 시선에 입술을 악물던 이건은 결국 고개를 아래로 떨구었다. 태영은 그런 이건을 제 품으로 끌어당기며 소리쳤다.

"오른손을 쓰지 못하면, 왼손을 쓰면 돼!"

쿵.

심장이 바닥으로 떨어진다.

목청껏 외친 태영의 음성에 이건은 그녀를 올려다봤다. 태영은 두 눈에 힘을 주며, 강한 목소리로 한 자 한 자 말했다.

"당신 주변의 환경이 나를 괴롭게 만드는 것 같으면, 당신이 나를 행복하게 만들어 주면 돼. 당신은 겁쟁이가 아니야. 당신은 나를 위해 무엇이든 해 줄 수 있는 사람이라고."

"……!"

"이 세상에서 나를 유일하게 변화시켜 줄 수 있는 사람은 당신밖에 없어요, 장이건 씨."

파르르 떨리는 입술로 힘껏 말하던 태영은 그의 목을 와락 끌어안으며 속삭였다.

"그러니까 제발 나를 위해 떠난다는 말은 하지 마요. 그건 당신이, 당신 스스로를 납득시키기 위해 만든 구차한 변명일 뿐이니까. 나를, 정말 나를 생각하고 또 위한다면…… 내 곁에 남아요. 남으라고."

머릿속에 선명하게 각인시키듯 이건의 귓가에 말하고, 또 말하던 태영이 천천히 그에게서 몸을 뗐다. 그녀는 흔들리지 않는 올곧은 시선으로 이건을 쳐다보더니 빙긋 웃으며 말했다.

"이제 정말…… 마지막 질문이에요."

태영은 반응하지 않는 그를 향해 물었다.

"이대로 나를, 떠날 거예요?"

8. 우리의 Summer Road

"죄송합니다만 사모님. 아무래도 구입은…… 무리일 것 같습니다."

한참의 대기 끝에 들려온 거절 의사에 세영의 얼굴이 처참하게 일그러졌다. 응접실의 의자에 앉아 고상한 기다림을 즐기고 있던 세영이 들고 있던 찻잔을 내려놓으며 눈을 부라렸다.

"이봐요, 윤 사장. 이게 뭔지 몰라서 그러는 거예요?"

"사모님."

"요즘 서단에서 못 구해서 난리인 바로 그 서예가의 작품이라고요! 아직 세상에 제대로 공개도 하지 않은 따끈따끈한 신작이라니까요? 여기 이 낙관 좀 보세요. 누구의 작품인지 윤 사장이 가장 잘 아시잖아요!"

흥분한 세영은 화선지 하단의 낙관까지 가리키며 소리쳤다. 그러자 윤 사장이라는 남자가 길게 한숨을 내쉰다. 그는 이런 상황이 일어날 것이라 예상하기는 했으나, 막상 실제로 대면하니 난처하다는 표정을 짓고 있었다.

윤 사장은 씩씩거리며 화를 가라앉히지 못하는 세영을 향해 결국 입술을 달싹였다.

"사모님. 솔직히 말씀드려도 되겠습니까?"

"그게 무슨 소리죠?"

"……사모님도 아시다시피, 지금 사모님의 상황이 그리 좋지만은 않습니다. 사모님께서 유단가(家)로부터 불유쾌한 일을 겪으셨다는 이야기가 업계에 파다합니다."

"뭐, 뭐라고요?"

"저와 사모님 사이라서 드리는 말씀이지만, 아무래도 그 점이 사모님의 발목을 잡는 게 아닐까 싶네요."

"이, 이봐요."

"저희 고선 화랑은 리스크가 있는 물건들을 구매하지는 않습니다. 저희가 접하기로는 그 물건이 정식으로 사모님께 들어간 물건은 아니라고 하던데."

"……!"

세영은 움찔거렸다. 대체 어떻게 그것까지 알고 있는 거지?

자신이 가져온 무명 선생의 작품은 확실히 합법적인 경로로 취득한 것은 아니다. 그러나 키워 준 은혜가 있는데, 이 정도 보답은 바라도 되는 것이 아닌가. 한번 뻔뻔해지기로 마음먹은 이상 태도를 달리하지 않기로 작정했던 세영은 주눅 들지 않았다. 그런 세영을 지켜보던 윤 사장이 빙긋 웃으며 말을 이었다.

"물론 이곳까지 친히 행차해 주셔서 저희에게 작품을 보여 주신 사모님께 성의는 표해야 한다고 생각하고 있습니다. 그래서 약소하게나마 차비를 준비해 보았습니다. 여기……."

"차비라니 무슨……."

아.

세영은 윤 사장이 제 손에 억지로 쥐여 준 하얀 봉투를 내려다보더니 눈을 큼지막하게 떴다. 손안에서 느껴지는 봉투의 두께가 꽤 두툼하다.

약소하게 준비했다는 것치고는 실속이 있는데?

세영은 흡족한 미소를 지으려다 멈칫했다.

'젠장.'

마음 같아서는 고작 이런 푼돈을 받고자 여기까지 찾아온 것이 아니라고 외치고 싶었지만, 작금의 그녀는 십 원짜리 하나도 아쉬웠다. 세영은 생글생글 미소 짓는 윤 사장을 표독스러운 눈으로 응시하다 흥 콧방귀를 뀌었다.

“사모님! 문제가 해결되시면 언제든 찾아오십시오. 저희는 이곳에서 사모님을 기다리고 있겠습니다!”

돈을 받고 물러나는 세영의 뒤를 따라나선 윤 사장이 손까지 흔들며 그녀를 배웅했다. 미간을 찌푸리며 그의 외침을 흘려듣던 세영은 순간 멈출까 하다 앞으로 계속 발을 내디뎠다.

‘빌어먹을 인간들.’

벌써 여덟 번째.

아니, 화연 미술관에서 있었던 일까지 포함한다면 아홉 번째다.

불과 3년 전까지만 하더라도 익숙하지 않았던 거절이 이제는 익숙하다 못해 신물이 날 지경이다. 세영은 이를 부드득 갈며 주위를 두리번거렸다. 현재 사정상, 세영은 누군가에게 제 모습을 들키기 전 얼른 숙소로 돌아가야 했다.

“……!”

바쁘게 움직이려던 세영의 시선이 신문 가판대에 멈췄다. 〈피습당했던 유단 그룹 A씨, 퇴원!〉 이라 적혀 있는 신문 1면의 글귀가 보였다.

‘피습이라니!’

세영은 입술을 꽉 악물었다.

피습이라고 하기에는 어폐가 있지 않은가. 그것은 순전히 사고

(事故)였다.

화가 난 세영이 '그 여자'에게 달려들려 했던 것은 부정할 수 없지만, 갑자기 이건이 나타날 줄 어떻게 알았겠나.

'그건…… 사고였다고.'

「어머니께서 끊임없이 악행을 저지르시고도 넘어가기만 했던 그때와 지금은, 다릅니다.」

당황한 것은 자신도 마찬가지였고, 어쩔 줄 몰라 심장이 쿵쾅거리기까지 했다. 그러한 저를 진정시킬 생각을 않고 하나밖에 없는 아들이라는 녀석은 세영에게 잔인한 말을 쏟아 냈다.

악행이라니.

자신이 그와, 그리고 지혜를 위해 무엇을 희생했는지 똑똑히 지켜봤으면서 악행이라는 말을 쏟아 내다니.

'은혜라고는 모르는 자식.'

몇 달 동안 제 배를 앓아 낳은 아들이건만 언제나 대하기 어려운 아이였다. 세상 그 누구보다 사랑했지만 그가 저를 바라보는 눈빛으로 인해 상처를 받은 적도 한두 번이 아니다. 믿었던 자식에게 배반당하는 기분은 말로 이루 표현할 수 없을 정도니까.

이건은 3년 전에는 이복형을 위해 자신을 배신했고, 3년이 지난 지금은 그깟 '여자' 때문에 세영을 배신했다. 그런 아이에게서 입히고 먹이고 길러 준 값을 받겠다는 것이, 대체 무엇이 나쁘단 말인가.

뚝뚝, 이건의 팔을 타고 흘러내리던 선명한 핏방울들을 애써 머릿속에서 지워 낸 세영은 고개를 내저었다. 고작 그런 일에 신경 쓰는 것이 아니다. 세영은 멈추었던 발을 뻗었다. 요 며칠 동안 자금을 마련하기 위해 서울 내 웬만한 화랑들은 다 돌아보았지만 선뜻 물건을 구매하는 이들이 없었다. 이쯤 되면 이제는 지방으로 발길을 돌려야 하는 건 아닌가. 세영은 고뇌하며 한 걸음 한 걸음 걸어갔다.

"윽!"

상념에 잠겨 숙소로 돌아가던 세영은 갑자기 제 앞길을 막아선 웬 그림자로 인해 뚝 걸음을 멈추었다. 하마터면 부딪칠 뻔했잖아! 그녀는 신경질적인 눈으로 고개를 들어 상대에게 외치려 했다.

"제대로 보고 다……!"

하지만 세영의 말은 온전히 끝을 맺지 못했다. 그녀는 제 앞에서 있는 낯익은 얼굴의 사람들을 발견하고선 뒤로 주춤거렸다. 세영을 향해 정장 차림의 남자가 입을 열었다.

"선택하십시오, 사모님. 본인 발로 가시겠습니까, 아니면……

이분들과 가시겠습니까."

이를 꽉 악문 세영을 바라보던 남자가 제 주변의 경찰들을 힐긋거리더니 그녀의 답변을 요구했다.

❖

「그러니까 제발 나를 위해 떠난다는 말은 하지 마요. 그건 당신이, 당신 스스로를 납득시키기 위해 만든 구차한 변명일 뿐이니까.」

태영의 말은 틀린 것이 없었다.

그녀의 말대로다.

그는 외면하려 들었다. 태영을 위한다는 명목으로 도망치려 했다.

회피였다.

제가 곁에 머문다면 태영이 불행해질 거라는 멋대로의 결론을 내린 채, 그저 그녀를 떠나려 했었다. 구차한 변명이라는 말을 들어도 반박할 수가 없었다.

모두 사실이었으니까.

「이대로 나를, 떠날 거예요?」

캄캄하던 그의 세상에 활기를 불어넣어 주고, 닫혀 있던 그의 마음을 열어 준 유일한 사람은 물었다. 태양처럼 눈부신 그녀가 제게서 떨어져 나와 건넨 말은 이건의 숨을 막히게 만들었다.

지난 일주일 동안 마음만 먹는다면 떠날 수 있는 기회는 충분했다.

태영은 그가 무슨 짓을 하든 신경 쓰지 않겠다는 태도로 일관했고, 오히려 그의 출국을 돕기 위해 움직이지 않았던가. 오죽하면 남해로 오지 않은 강 실장을 대신하여 비행기 티켓까지 끊겠다며 이건을 당혹시키기까지 했었다.

붙잡지 않겠다는 태영의 행동에 섭섭한 마음이 든 적도 있다. 어째서 잡지 않는 걸까, 하고 뜬눈으로 밤을 새운 적도 있었다.

이건은 제게서 시선을 돌리지 않는 태영에게 입을 열었다.

「내가 곁에 머문다면 네가 불행해질 수도 있어.」

그러자 태영은 조금도 망설이지 않고 대답했다.

「당신이 없는 내 삶이 더 불행해.」

그녀의 말에 호흡이 가빠 왔다. 말없이 입술을 짓누르는 이건을 보며 태영이 손을 뻗었다. 태영의 기다란 손가락이 뺨을 스치자 저릿한 전율이 온몸을 휘감았다. 태영은 눈꺼풀을 파르르 떠는 이건에게 속삭였다.

「두려워 마요. 걱정하지 마. 나는 당신이랑 함께하고 싶어.」

「…….」

「내 곁에 남아 줘요. 날 떠나지 말고, 그 어떤 어려움이 우리 앞에 닥칠지라도 나와 같이 극복하는 거예요. 그럴 수…… 있죠?」

아무렇지 않게, 태연하게 말하는 것 같았지만 실은 태영의 목소리 역시 미세하게 흔들렸다. 이건은 가라앉은 눈으로 그녀를 응시했다. 그리고 생각에 잠겼다.

너를 두고 내가 떠날 수 있을까.

눈을 감고 상상을 해 보았다.

그녀가 없는 자신의 삶에 대해.

태영이 말했던 자신이 없는 그녀의 삶에 대해.

'견딜 수 없겠지.'

눈앞의 그녀를 두고 호기롭게 떠난다 할지라도 결국에는 상처를 입게 될 거다. 시간이 지나면 지날수록 쓸모없는 자신에 대해 비관적인 마음을 품고 태영을 그리워하겠지. 그녀의 말대로다.

그는, 이건은 태영 없이 더는 살 수 없다.

만일 남해에서 태영을 만나지 않았더라면 독한 마음으로 떠나는 데는 성공했을지도 모르겠다.

그렇지만…….

'떠날 수 없어.'

태영이 남해로 내려오지 않았던 일주일 전이었다면 또 모를까.

별장까지 찾아 함께 시간을 보내고, 다시 일주일이 흘러 버린 지금은 눈앞의 그녀를 외면할 수 없다.

이건은 고개를 아래로 떨구며 중얼거렸다.

「네 곁에…… 있고 싶어.」

끝내 놓아줄 수 없었던 사람은, 바로 자신이었다.

따사로운 햇살이 창틈으로 스며드는 이른 아침. 이건은 잠이 든 태영의 흐트러진 머리카락을 쓸고 있었다. 자신이 손가락을 움직일 때마다 태영의 눈썹이 고요히 꿈틀거리는 것이 보여 입꼬리가 올라간다.

아직 깨지 않았으면 좋겠는데.

격정적인 밤을 보내고 난 이후였던지라 태영의 휴식을 더욱 지켜 주고 싶다. 특히 지난 며칠 동안 마음고생을 했을 것이 분명했기에 더욱.

열려 있는 창문 사이로 스며드는 바닷바람 냄새가 서서히 침실 안을 채우는 것을 느끼며 그녀를 내려다보던 이건은 지이잉 울리는 핸드폰 진동 소리에 자리에서 일어났다.

대충 누가 전화를 걸어 온 건지 예측은 됐다. 특히 오늘은 그가 한국을 떠나기로 예정했었던 출국 날이었으니까. 어젯밤 인천으로 올라가야 했던 자신을 의아하게 여긴 누군가가 전화를 건 거겠지. 이건은 크게 숨을 들이마신 후 요란하게 울려 대는 핸드폰을 집어 들었다.

"네."

— 어디지?

아니나 다를까, 예상했던 목소리가 귓가로 흘러 들어오자 이건은 순간 하려고 했던 말을 꺼내지 못했다. 망설이던 이건을 향해 '아직 남해인가 보군.' 하고 중얼거린 한 사람은 쉽게 입을 열지 못하는 이건에게 물었다.

— 결심한 거냐?

어째서 아직도 남해인 건지, 왜 공항이 아닌 건지, 무슨 이유로 그런 결정을 한 건지 세세하게 묻지도 않는다.

그저 담담하게 이건을 이해해 주려고 할 뿐.

이건은 제 대답을 기다리는 진건에게 쓴웃음을 흘렸다. 그러고는 다시 힘을 주어 소리를 냈다.

"예."

— ……그럴 것 같았다. 너도 별수 없는 내 동생이야.

피식 실소를 터트리는 진건의 웃음소리가 귀를 가득 채운다. 이건은 아마도 저와 같은 표정을 짓고 있을 진건을 따라 입꼬리를 올렸다.

— 출국 문제는 내가 알아서 해결할 테니, 너무 걱정하지 마.

"형님께 폐를 끼쳤습니다. 감사합니다."

— 감사는. 네 행복이 곧 내 행복이니 괜찮아. 그것보다 오늘은 전해야 할 소식이 있어 연락했다.

소식?

이건이 고개를 갸웃거리자 잠시 주저하던 진건이 말을 이었다.

— 경찰서에서 연락이 왔다. 영우한테서도. 그 사람을 붙잡았다는군.

"……!"

심장이 내려앉는다.

이건은 아무 말도 하지 못했다. 진건은 계속해서 말했다.

— 경찰 쪽에서는 네가 직접 증언을 해 줬으면 한다고 전해 왔

어. 그래야 아무래도 처리가 빨라질 테니까. 피해 당사자의 증언 없이는, 그 사람의 주장대로 진행될 수 있으니까. 그래서 그러는데…… 올 수…… 있겠니?

입안을 맴돌던 말을 뱉어 내는 진건의 목소리가 왠지 모르게 조심스럽다. 어쩐지 제 눈치를 보는 것 같기도 하는 진건의 태도가 왜 이러는지, 이건은 대충 짐작할 수 있었다.

아마도 진건은 이번 기회를 놓친다면 그 뒤는 더욱 어려워질 것이라는 걸 예상하고 있는 거겠지. 하여 겨우 붙든 기회를 잡으려 하는데, 이건의 동의 없이는 움직이지 않겠다는 의지를 피력하고 있었다. 가끔 독선적인 면모를 보이는 진건이었지만, 저를 배려하는 것이라는 걸 잘 알고 있다. 이건은 쓴맛이 머무르는 입술을 열었다.

"제게 시간을 주십시오."

— 얼마면 되지?

"이틀이면 됩니다."

— ……알겠다.

길게 생각하지 않고 즉각적인 대답을 하는 이건에게 진건은 한숨 섞인 목소리를 흘렸다. 이건은 통화를 종료한 뒤 대기화면으로 돌아간 핸드폰을 가만히 내려다보았다.

어렵게 태영의 곁에 남기로 결심한 이상, 이 모든 악연을 끊어

내기 위해 이건이 반드시 선행해야 할 일이 남아 있었다.

❖

"……하!"

힘겹게 눈꺼풀을 들어 올린 태영의 눈에 천장이 들어왔다. 이곳이 어디인지는 어렵지 않게 떠올릴 수 있었다. 경상남도 남해에 위치한 유단 일가의 별장이다. 태영은 일주일 전, 이건을 잡겠다는 이유 하나만으로 모든 것을 내던진 채 내려왔고 결국 떠나려던 그의 마음을 돌려 했다.

「눈, 안 감아?」

「떠날까 봐.」

「……!」

「내가 이렇게 잠들면 당신, 내가 잠든 사이에 흔적도 없이 사라질까 봐. 그게 불안해서 못 자겠어.」

「태영아.」

「안 떠날 거지?」

「…….」

「이제 계속 내 곁에 있는 거죠?」

「…….」

「이건 씨.」

「응. 안 떠나.」

「……!」

「안 떠날게. 약속해. 계속. 앞으로 줄곧…… 네 곁에 있을게.」

몇 번이고 확답을 받고 나서야 겨우 눈을 붙였다. 그와 살을 섞고 한 이불을 덮으면서도 왠지 모르게 불안해져 자꾸만 품을 파고드는 태영을, 이건은 으스러지듯 껴안아 주었다. 꿈결 속에서 들려온 떠나지 않겠다는 그의 말이 가슴에 내려앉고, 선명하게 각인이 되었다. 태영은 온 힘을 다해 그를 붙잡는 데 성공했다.

'그래. 나는 성공했어.'

이건은 말했다.

곁에 남으라는 그녀를 향해, 기꺼이 그러겠노라고.

결코 거짓말을 할 사람은 아니었기에 믿었다.

하지만 두 눈을 뜬 지금은, 어째서 그가 보이지 않는 건지.

눈을 감고 있는 사이 꾼 꿈이 오싹하다. 식은땀을 줄줄 흘려 앞머리가 흠뻑 젖기까지 했다. 거칠어진 호흡이 입 밖으로 터져 나왔고, 온몸이 파르르 떨리는 전율이 일었다. 그 때문일까. 괜히 불안한 마음이 들어 태영의 동공이 거칠게 흔들렸다. 태영은 얼른 고개를 돌려 제게 온기를 전해 주던 남자의 흔적을 쫓았다. 그러자 그녀의 심장은 바닥으로 쿵 내리찧는다.

'어디에.'

그 사람은 대체 어디에……!

끝내 제 손을 놓은 이건이 자신을 떠나 버리는 꿈에서 벗어난 것은 다행이지만, 옆자리에 있어야 할 그가 보이지 않아 마음이 조급해졌다. 특히나 오늘은 이건의 출국 날이었던지라 더욱더 조바심이 인다.

주저하던 태영은 인상까지 쓰며 침대에서 벌떡 일어났다. 그리고 이건을 찾기 위해 바닥에 서다 바들바들 떨리는 다리로 인해 몸을 비틀거렸다.

「태영아.」

「흐으.」

「태영아…… 은태영.」

맞아, 그랬었지.

서둘러 이건을 찾아도 모자랄 판에 어째서 이렇게 한 걸음 한 걸음 내딛는 게 쉽지 않는 걸까. 의문이 일어 인상을 쓰고 있던 태영은 곧 얼굴을 붉혔다. 지난밤의 일이 선명하게 떠올랐기 때문이다.

어제 그렇게 그를 잡은 이후. 제 모든 것을 던져 겨우 붙잡은 이건의 품에 그녀는 안기고 또 안겼다. 머리부터 발끝까지. 그의 전부를 제 것으로 만들겠다며 꽉 물고 놓아주지 않았다.

잠시도 쉬지 않고 그와 입을 맞추고, 체온과 사랑을 나눴다.

'조금…… 격했나?'

잔뜩 흥분한 상태였던 자신이 거침없이 이건에게 달려들었던 일화가 떠올라 멈칫하던 태영은 자신이 입고 있었던 하얀 티셔츠를 침대 밑 바닥에서 발견했다. 티셔츠를 물끄러미 내려다보던 그녀는 피식 웃으며 침실 문고리를 잡기 위해 문 쪽으로 다가갔다.

끼익.

힘을 주자 쉽게 열리는 문 밖으로 차가운 한기가 느껴졌다. 뜨거운 여름의 온도를 낮추기 위한 에어컨 공기가 벌어진 틈으로 흘러 들어왔다. 막 잠에서 깨어나 민소매만 입고 있었던 상황이어서인지 닭살이 오소소 돋아난 팔을 슥슥 문지르던 태영은 서둘러 주위를 살폈다.

그녀가 이건을 발견한 곳은 거실 옆 욕실 쪽이었다.

'아.'

열려 있는 욕실 문 안으로 보인 이건은 오른손을 칭칭 감고 있던 붕대를 풀고 입술을 꽉 악무는 중이다.

주먹을 쥐었다가 놓기를 반복하는 그의 미간은 선명하게 좁아져 있다. 이마에 송골송골 맺힌 땀방울이 주르륵 흘러내리는 모습은 괜스레 속을 따끔거리게 만든다.

「그만두지 말아요.」

문득 어젯밤, 이건의 손을 꼭 붙잡고 그를 향해 뱉어 냈던 말이 떠올랐다.

「포기하지 말아. 좋아하는 일이잖아. 이제야 겨우 마음 편히 붓을 쥐게 됐는데 손을 다쳤다는 이유로 그렇게 좋아하던 일을 쉽게 놓을 순 없잖아. 이건 씨한테 서예는 그런 거잖아.」

「……태영아.」

「당신은 할 수 있어요. 손이 하나밖에 없는 것도 아니고. 당장 작품을 잡으라고 닦달할 생각도 없으니까, 천천히 하면 돼.」

「…….」

「오른손을 재활하는 동안 왼손으로 운필 연습을 하는 거예요. 만약 당신 혼자 하기 힘들면 내가 도와줄게. 나 꽤 부리기 좋은 조수거든요. 예전엔 가끔이지만 아버지 서실 들락거려서인지 서예에 필요한 도구들은 아주 빠삭해요. 물론 그 정도 되니까 서예 잡지사에서 일하는 거겠지? 그래요! 이왕 이렇게 된 거, 양손잡이 서예가가 되면 되겠…… 어어? 왜 웃어. 내가 농담하는 것처럼 보여요? 나 진심으로 말하는 건데? 그러니까…….」

"일어났어?"

곰곰이 전날 밤의 일을 되짚어 보던 태영은 다정한 목소리에 정신을 차렸다. 커다란 거울 앞에서 오른손을 움직이던 이건이 어느새 그녀의 코앞까지 도달해 있었다. 태영은 옅은 미소를 지으며 고개를 끄덕였다.

"몸은. 움직일 만해?"

저를 아래위로 훑으며 염려 섞인 말을 쏟아 내는 이건에게 태영은 흥 콧방귀를 뀌었다.

"당연하죠. 내가 얼마나 튼튼한데. 지금 당장 당신을 덮쳐도 끄떡없다고요, 나."

가슴까지 탁탁 두드리며 걱정 말라는 표정을 지어 보이자 이건의 눈꼬리가 부드럽게 휘어졌다. 그는 작게 속삭였다.

"그 말을 당장이라도 받고 싶긴 한데, 오늘은 바쁘게 움직여야 할 것 같아서. 참아야 할 것 같네."

"바쁘게 움직이다뇨?"

그의 예정된 출국일이었던 오늘, 인천으로 가지 않은 이상 아무 일도 일어나지 않을 것이 아니었나?

도통 이해할 수 없는 이건의 말을 들은 태영은 고개를 갸웃거렸다. 그러자 자신의 왼손으로 태영의 오른쪽 손목을 덥석 잡아 버린 이건이 그녀를 강하게 끌며 말했다.

"지금부터 움직여야 해. 그래야 약속 시간에 맞출 수 있거든."

약속 시간?

❖

'어? 여……기는.'

운전을 하지 못하는 이건 대신 진건이 보내 준 차에 올랐던 태영과 이건 일행은 오전 일찍 남해를 출발해 오후를 훌쩍 넘겨서야 목적지에 도착했다.

「이봐요, 장이건 씨. 대체 어디 가는 건지 정말 말 안 해 줄 거예요?」

「응.」

「이건 씨.」

「가면. 가면 알아.」

「하?」

「도착할 때까지 눈 좀 붙여. 피곤하잖아. 안 그래?」

일주일 내내 굳어 있던 이건의 얼굴에 이리도 다정한 미소가 서리니 솔직히 눈이 어지러웠다. 빙긋 웃는 그의 모습을 보는 것이 대체 얼마 만인지.

목적지를 알아내려 해도 웃기만 할 뿐 입을 꾹 다물어 버리는 이건이었기에 태영은 그만 백기를 들어 올렸다. 뭐 어떻게든 되겠지.

별장을 나서 고속도로 위를 쌩쌩 달리는 차 안에서 캐묻기를 포기한 태영은 어느 시점을 지나자 이건이 했던 말대로 그의 어깨에 기대 꾸벅꾸벅 졸기 시작했다.

그로부터 몇 시간.

하나도 피곤하지 않다며, 제 몸 하나는 튼튼하다고 팔까지 들어 보이던 태영은 자신을 깨우는 이건의 음성에 스르륵 눈꺼풀을 들어 올렸다. 열심히 달리던 차는 어느새 멈추어 있었고, 차 안에는 운전기사도 보이지 않았다. 하암, 길게 하품을 하며 이건을 올려다보자 그가 태영의 볼에 입을 맞추며 속삭였다.

'내리자.' 라고.

내내 쉬지 않고 달렸던 차가 움직이지 않는 걸 보니 드디어 목적지에 도착했나 싶었다. 태영은 태연하게 이건이 자신을 위해 쳐 둔 암막 커튼을 펼치다 두 눈을 동그랗게 떴다. 창밖으로 보이는 광경이 지나치게 낯설었다.

"뭐 해. 안 내릴 거야?"

태영보다 먼저 차에서 내린 그가 아직도 좌석에 앉아 있는 태영을 에스코트하기 위해 문을 열었다. 돌처럼 굳어 버린 채 뒷좌석에서 움직이지 않던 태영은 슬며시 고개를 들어 이건을 올려다봤다.

"반드시 가야 한다고 했던 곳이…… 여기였어요?"

경상남도 남해와는 약 5시간 정도 걸리는 경기도의 한 납골당.

특히나 이곳이 태영에게 익숙한 까닭은 그녀의 인생에 있어 소중하기 그지없는 두 사람이 긴 안식을 취하고 있는 곳이기 때문이다.

이건을 올려다보는 제 눈길이 떨리진 않았을까.

동요했다는 걸 알지 못했으면 좋겠는데.

'다른 사람을 만나러 온 걸 수도 있잖아.'

그래.

충분히 그럴 수 있었다.

제 기억에 의하자면 이건의 할아버지께서도 몇 년 전 타계하지 않았던가.

말없이 웃으며 왼손을 내미는 그의 손 위로 제 손을 얹었던 태영은 앞서가는 이건의 옆얼굴을 힐긋거렸다.

남해에서 휴식을 더 즐기지 않고 서둘러 이곳까지 온 것을 보면 무슨 큰 이유가 있는 것 같기는 한데, 이건이 어떤 생각을 하는지 모르겠다. 태영은 두근거리는 심장을 애써 모른 체하며 이건의 뒤를 조용히 따랐다.

"……!"

그러나 아무리 걷고 또 걸어도, 이건이 자신을 데리고 향하는 곳은 태영이 너무도 잘 알고 있는 곳이었다. 제 인생에서 크고 작은 일이 있을 때마다 혼자, 아니면 재영과 함께 찾아오던 곳이었기에 더욱더 익숙한 길이었다.

맴맴거리는 매미 소리가 우거진 나무들 사이로 들려왔고, 이제 막 산등성을 타고 넘어가는 해로 인해 하늘은 붉었다. 아직은 끝나지 않은 여름 한가운데서, 이건은 '다 왔네.' 하고 태영이 수많이 들락거리던 곳 앞에 서서 고개를 돌렸다.

너무 놀라 아무 말을 잇지 못하는 태영을 향해 이건은 붉은 입술을 달싹였다.

"와야만 했어."

후드득 눈물방울을 떨어뜨리고 있는 태영을 바라보다, 천천히 납골당 속의 사진으로 시선을 옮긴 그가 나지막하게 중얼거린다.

"선생님을 뵙고 너를 내게 달라고…… 직접 말씀드리고 싶었거든."

❖

「포기를 해야만 하는 상황이 닥치더라도 그 위기를 극복할 수 있도록 너를 지지하는 사람들이 생겼으면 좋겠구나.」

비록 만남은 짧았으나 그의 인생에서 가장 중요한 사람으로 남았던 스승은 말씀하셨다. 당시 그 누구에게도 살가운 말 한 마디 듣지 못했던 이건에게 있어 스승이 건넨 말씀은 오랫동안 가슴에 각인되었다.

이건은 힘이 들 때면 스승의 말씀을 떠올렸다.

되새기고, 다시 마음에 담는 일을 반복했다. 스승은 그의 유일한 지침이었고, 물리적으로 떨어져 있을지언정 함께 있는 것만 같았다.

지금 당장은 직접 찾아뵙지는 못하겠지만 언젠가…….

언젠가는 그분 앞에 당당하게 서서 나의 위기는 당신으로 인해 극복했노라, 말씀드리고 싶었다.

「그때까진 내가 너의 가족이 되어 주겠다, 이건아.」

'가족' 이라는 단어는 이건에게 있어 생소하다 못해 불편한 단어였다. 형제자매가 많은 것은 아니었으나 피를 나눈 그들 간에 정(情)이란 존재하지 않았다. 아버지라는 사람은 그에게 무관심했으며, 어머니는 그를 이용하기 위해 혈안이 되어 있었다.

가족(家族).

저도 의식하지 못하는 사이 무거운 짐이 되어 버린 그 단어가 힘겨웠다.

그래서일까. 어쩌면 흘리듯 꺼낸 말이었을지 모를 한익수 선생의 말이 고맙고, 또 고마웠다.

이렇듯 커다란 스승의 하해와 같은 은혜에 보답하는 길은 오직 스승께서 말씀하셨던 대로 자신을 지지하고 포옹해 주는, 그리고 진정한 가족이 되어 주는 사람을 그의 앞에 데려와 소개해 주는 길이라 여겼다.

'저 왔습니다, 선생님.'

그날 이후 13년 만.

이건은 오랫동안 찾아뵈려 했으나 그러지 못했던 스승을 마주했다.

저를 반겨 주던 그 다정한 목소리는 들을 수 없었지만, 그토록 뵙고 싶었던 분을 마주하니 가슴에서 무언가가 울컥 차올랐다.

'포기를…… 하려고 했습니다. 선생님께서 해 주신 말씀이 있었음에도 불구하고, 또다시 말입니다. 어리석은 일이었죠. 바보 같은 일이었습니다. 반성하고 있어요. 제가 얼마나 나약했는지, 새삼…… 느꼈습니다.'

이건은 길게 숨을 내쉬었다. 굳게 다문 입술 사이로는 그 어떤 음성도 흘러나오지 않았지만 이건은 계속해서 말하고 있었다.

'하지만 선생님. 저는 현재, 여기 서 있습니다. 이곳 선생님의 앞에 말입니다. 모든 걸 포기하고 체념하려던 저를…… 한없이 깊은 늪에 빠지려던 저를, 끌어 올려 주고 지지해 주겠다는 사람을…… 만나게 되었거든요.'

이건의 입가에 잔잔한 미소가 서렸다.

'제가 그런 사람을 만날 때까지 저의 가족이 되어 주신다고 했었지요? 선생님. 저는 선생님의 그 말씀 덕분에 오랫동안 행복했습니다. 선생님이 가족이 되어 주신 덕분에 지금까지 버틸 수 있었습니다. 그래서 이제는…….'

이건은 후우, 숨을 들이마시더니 감았던 눈을 떴다. 그러고는 속에만 담고 있었던 말을 꺼냈다.

"선생님의 진정한 가족이 되고 싶습니다."

"……네?"

내내 입을 다문 채 한익수 선생에게 말하던 이건이 돌연 소리를 흘리자, 그의 곁에 서서 묵념하고 있던 태영이 두 눈을 동그랗게 뜨며 이건을 쳐다봤다. 이건은 부드럽게 웃으며 손을 뻗었다. 태영이 제 부모님 앞에서 손을 잡는 이건의 행동에 놀라 움찔거렸다. 이건은 그런 그녀의 반응을 모른 체하며 다시 정면을 응시했다.

"태영이를 사랑하고 있습니다."

이건이 꺼내는 말 한 마디 한 마디에 태영의 손끝이 떨리는 게 느껴졌다. 이건은 멈추지 않았다.

"태영이를, 이 여자를, 당신께서 가장 소중하게 여겼던 따님을…… 행복하게 만들어 주고 싶습니다. 세상 그 누구보다도."

"……."

"그러니 걱정 마십시오. 저 장이건, 선생님 앞에서 맹세하겠습니다. 태영이, 다시는 상처 입히지 않겠습니다. 불안하게 만들지도 않을 거고, 태양처럼 밝게 빛날 수 있도록 사랑하겠습니다."

"……."

"태영이를…… 사랑하는 따님을 제게 보내 주셔서, 감사합니다."

고요한 납골당 안.

존재하는 이라고는 저와 태영뿐이건만 이건은 눈앞의 사진을 향해 머리를 숙였다.

그런 그의 인사를 받은 사진 속 부부가 짓고 있는 미소가 평소보다 환했다면, 착각일까.

"아까 말이에요."

"응?"

"아버지한테 다짐하기 전에 한동안 가만히 서 있었잖아. 그때 대체 무슨 이야기를 그렇게 한 거예요?"

추모관 안에서 적지 않은 시간을 보낸 두 사람은 완벽하게 해가 넘어가고 나서야 밖을 나섰다. 아무 말도 하지 않고 그저 제 손을 잡은 채 걷고 있는 이건을 자꾸만 힐긋거리던 태영은 결국 궁금증을 참지 못했던 모양이다. 이건은 눈을 가늘게 뜨며 묻는 태영을 내려다보더니 말없이 웃었다.

"설마 우리 아버지한테 내 욕을 한 건 아니죠?"

"뭐?"

"그렇잖아. 생각보다 끈질겨서 떨어뜨리기 곤란했다고. 어떻게 이런 딸을 낳았냐고 따진 건 아니겠죠?"

팔짱을 끼며 그를 향해 묻는 태영의 얼굴이 짓궂다.

태영의 부모님이시자, 이건의 스승 내외이신 두 분을 모셔 둔 납골당에 도착한 이건은 한동안 아무 말 없이 눈을 내리감고 있었다. 그런 이건의 행동이 스승과 대화를 나누는 행위라는 것을 눈치챈 태영은 그가 스르륵 눈꺼풀을 올릴 때까지 그저 조용히 기다려 주었었다.

"어때요? 아버지께서 허락하신 것 같아요?"

추모관에서 주차장으로 내려가는 길이 멀다.

어느새 컴컴해진 오후의 여름 하늘 아래를 함께 걸으며 손을 잡고 있던 태영이 물었다. 이건은 그 질문에 곰곰이 생각하다 대답했다.

"일단은…… 허락해 주실 수밖에 없지 않을까?"

"응?"

"고집불통인 은태영이 내 곁에서 안 떨어지겠다는데. 선생님께서 어떻게 말리시겠어."

어깨를 으쓱이는 이건의 발언에 '뭐라고요?' 하고 되물으려던 태영은 이내 곧 수긍했다.

"아, 하긴. 난 한번 하기로 마음먹은 일은 절대로 중간에 포기하지 않으니까. 아버지도 어쩔 수 없으시겠죠. 그러니 각오하는 게 좋겠어요, 장이건 씨."

"각오?"

"응. 나 당신 곁에 철썩 들러붙어서 안 떨어질 거거든."

"네가 매미야? 안 떨어지게?"

"어머? 무슨 말을 그렇게 섭섭하게…… 헉!"

당연히 이건이 대답했을 것이라 생각하며 입술을 삐죽거리던 태영의 눈이 휘둥그레졌다. 제 앞의 이건은 입을 꾹 다문 채 미소만 짓고 있었기 때문이다.

홱 고개를 돌린 태영은 제 뒤편의 나무 기둥에 삐딱하게 서 있는 낯익은 얼굴을 발견했다. 심통 난 얼굴을 하고 있는 재영이었다.

"어, 어떻게……."

"두 분 뵙고 오시는 길입니까?"

너무 놀라 휘청거리는 태영은 안중에도 없다는 듯, 바로 선 재영이 이건에게 물었다.

"재영 씨."

"아버지께 하시겠다는 말씀은 다 쏟아 내신 거겠죠?"

옅은 미소를 흘리는 이건에게 재영은 날카로운 눈빛을 거두지 않았다. 이건이 이내 그렇다며 고개를 주억이자 재영은 흥 콧방귀를 뀌며 중얼거렸다.

"그럼 이제 제 차례네요."

재영이 이건과 태영을 마주 봤다.

❖

'슬슬 올 때가 됐는데.'

진건은 손목에 찬 시계를 내려다보고 있었다.

"회장님!"

차분하게 가라앉은 진건의 얼굴을 힐끔거리며 주변을 두리번대던 그의 비서, 영우의 목소리가 한껏 높아진 것은 멀리서 두 남자가 서 있는 곳으로 다가오는 택시 한 대를 발견하고 나서였다. 좁아지던 진건의 미간이 펴졌다.

"죄송합니다. 제가 조금 늦었습니다."

멈춰 선 차에서 내린 익숙한 얼굴의 사내를 향해 진건은 손을 저었다.

"아니야. 적당하게 왔어. 그럼…… 들어갈까?"

상대는 대답하지 않았지만 진건을 비롯한 영우는 몸을 돌렸다.

"어어, 장 동생!"

앞서가는 진건을 위시하여 두 명의 남자가 뒤를 따랐다. 하루에도 수많은 직종의 사람들이 들락거리는 서초경찰서 내는 붐볐다. 비교적 인적이 드문 계단 쪽으로 걸어가던 그들을 향해 누군가가 다가온 것은 진건 일행이 3층 계단을 오르고 있던 시점이었다.

낯익은 얼굴에 우뚝 걸음을 멈춰 선 진건은 '오랜만이야!' 하고 외치며 손을 흔드는 그를 향해 미소 지었다.

"윤 경정님. 얼마 전 경정으로 승진하셨다는 이야기는 들었습니다. 인사드리지 못해 죄송합니다."

"하하, 죄송은! 바쁜 걸 다 아는데. 그나저나 덕분이야. 장 동생이 예전에 나 많이 도와줬잖아. 그래서 이제 빛을 본 거지. 해서 말인데 조만간 내가 밥 한 끼를…… 아, 하대하면 곤란하십니까, 장 회장님?"

"하던 대로 하십시오. 그게 편합니다."

"그래도 되려나? 하하하!"

눈앞의 남자와는 유단의 총수에 오르기 전부터 인연이 있었다. 낯간지러운 호칭을 사용하려는 윤 경정에게 말하던 진건은 호탕하게 웃는 그를 따라 미소 지었다.

"뒤에 계신 분은 왠지 낯이 익군."

호탕하게 웃던 윤 경정이 진건의 뒤편에 서 있는 이건을 발견했다. 진건은 이건을 흘긋거리며 대답했다.

"제 동생입니다."

"바로 그……?"

"예."

"반가워요. 형사과를 맡고 있는 윤우진."

손을 내미는 윤 경정의 손을 가만히 바라보던 이건이 '장이건입니다.'라 대답하며 손을 맞잡자 큰 웃음이 복도를 울렸다.

"그럼 기다리던 주인공도 왔으니, 본격적으로 시작해 볼까?"

힘껏 손을 부여잡던 윤 경정이 순식간에 표정을 바꾸며 입술을 달싹였다. 넉살 좋아 보이던 사람이 돌변한 모습에 잠시 놀라던 이건은 '이건아.' 하고 저를 부르는 진건의 음성에 그를 쳐다봤다.

"준비됐니?"

진건은 염려가 가득한 얼굴로 이건을 응시하고 있었다.

준비.

'준비라.'

그의 가슴에 잔잔한 파동이 일었다.

「다녀와요.」

길게 숨을 들이마시었다 다시 크게 내뱉으며 호흡을 골랐다.

「난 여기서 당신을 기다리고 있을게요.」

매번 온 힘으로 저를 붙잡아 주었던 그녀가 이번에는 그를 기다린다고 했다.

이건이 모든 일을 마무리 짓고 돌아올 때까지.

바로 그 자리에서.

"예."

이건은 제 입술이 열리기를 기다리고 있는 진건에게 답했다.

이건이 꺼낸 답변은 막혔던 혈을 뚫어 주는 기폭제나 다름없었다. 진건에게 답하는 이건의 모습을 지켜보던 윤 경정이 진건에게 미묘한 눈빛을 보내더니 이건에게 따라오라는 말을 건넸기 때문이다. 이건은 윤 경정을 따르라는 진건의 말에 주저 없이 걸음을 옮겼다.

이내 두 남자가 도착한 곳은 취조실이라는 팻말이 붙어 있는 한 방의 앞이었다. 주위를 둘러보며 흠흠 헛기침을 흘리던 윤 경정은 이건에게 입을 열었다.

"일단 다른 형사들이 도착할 동안 약간의 시간을 줄 수 있을 것 같아요. 이왕이면 본인 입으로 범죄를 인정하게 만드는 게 가장 좋겠지만, 생각보다 강경하시더라고."

쯧, 혀를 차는 윤 경정에게 이건은 물었다.

"몇 분 정도 되겠습니까?"

"글쎄. 많이는 못 주고. 한 5분?"

"그 정도면 충분합니다."

"그래요?"

"감사합니다."

"뭘. 이건 씨 형님의 간곡한 부탁을 무시할 수 없어서 말이야. 저 문 열고 들어가면 있어."

"……."

이건은 제 어깨를 톡톡 두드린 후 뒤로 살짝 물러나는 윤 경정에게 한 번 더 머리를 꾸벅인 후 굳게 닫혀 있는 문을 응시했다. 문 안쪽에서는 아무런 소리가 들려오지 않았기에 더욱 긴장하게 된다. 하지만 그럼에도 불구하고, 이제는 도망칠 수 없겠지. 붕대로 칭칭 감겨 있는 오른손에 힘이 들어가 손끝이 아리다. 이건은 천천히 왼손을 뻗었다.

"……아니야. 내가 아니라고! 나를 이렇게 대해도 될 것 같아? 가만 안 둬. 너희 전부, 가만 안 둘 거야. 이 치욕은 잊지 않겠어. 절대로 잊지 않을 거라고!"

끼익 열리는 문틈 사이로 구시렁거리는 소리가 들려왔다. 그 목소리의 주인이 자신이 너무도 잘 알고 있는 이라는 것은 어렵지 않게 자각했다. 이건은 문이 닫히기 직전 수고하라며 눈빛을 보내던 윤 경정의 시선을 무시하며 완벽하게 취조실의 문을 닫았다.

"내가 누군데. 뭐? 절도? 내가 무슨 절도를 했다고 그래. 웃겨. 그건 절도가 아니라 내가 당연히 취해야 할 권리…… 이건아! 윽!"

누군가 취조실 안으로 들어왔다는 것도 알아차리지 못했는지, 수갑을 찬 채 중얼거리던 여자는 천천히 인기척을 내는 발소리에 홱 고개를 들었다. 그러다 자신을 내려다보고 있는 이건을 발견하고선 벌떡 일어나려 했다. 하지만 애석하게도 세영은 다시 착석을 할 수밖에 없었다.

세영은 경찰서에 도착한 이후 내내 눈에 보이는 물건들을 모두 집어 던지며 공무집행을 방해했고, 보다 못한 경찰서장이 그녀에게 특별 감시를 위한 순경을 붙였던 것이다.

예의 순경이 그녀의 어깨를 짓눌러 강제로 의자에 앉히자 '이 개자식들!' 하고 이를 가는 세영의 눈빛은 표독스러웠다.

이건은 그런 경찰들을 죽일 듯 노려보던 세영이 저를 발견하고 눈에 띄게 환한 표정을 짓자 얼굴을 굳혔다.

"……."

심장이 조여 왔다.

잔잔한 물결처럼 일렁이던 가슴이 목을 텁텁하게 만들 만큼 거칠어졌다.

산발이 된 머리에, 치켜뜬 눈.

한때 자신의 고상함과 젊음이 무기라 외치며 온갖 비싼 장신구를 몸에 두르고 다녔던 과거와는 달리, 꾀죄죄한 모습을 한 채 취조실 의자에 앉아 있는 그녀는 이건의 기억 속과는 차이가 있었다.

은연중에 가슴을 강하게 압박하는 그녀의 모습에 이를 악물 수밖에 없다.

이건의 등장에 반가워 어쩔 줄 모르던 그녀는 굳어 버린 그를 향해 외쳤다.

"왜 이제 온 거니?"

그녀의 목소리가 높아졌다.

"얼른 이것 좀 풀어다오! 응? 아파 죽겠어. 이 미친 인간들이 벌써 며칠째 별의별 이유를 다 들어서 나를 여기 가두고 있단다. 아마 진건이 그 자식이 무슨 수를 쓴 것이 분명해! 그러지 않고서야 아무 이유 없이 나를 가둘 수 없지 않겠어?"

"……."

"이건아! 장이건! 빨리 날 이곳에서 내보내 줘. 너도 알다시피 내가 여기 있을 위인은 아니지 않니? 유치장이나 구치소는 지긋지긋해! 내가 어떻게 나왔는데. 다시 그곳에 들어갈 수는 없잖아. 안 그래?"

"……."

"이건아? ……아들? 왜 그렇게 멀뚱히 서 있는 거니? 그러지 말고, 얼른 날 여기서 보내 달……."

"제 작품을 팔려 하셨다고 들었습니다."

계속해서 저를 닦달하는 그녀의 말을 한 귀로 흘려 넘기던 이건의 눈빛이 변했다. 흔들리던 눈동자를 고요하게 가라앉힌 이건은 느릿하게 그녀의 맞은편에 엉덩이를 붙였다. 이건의 행동을 예의 주시하던 그녀가 얼굴을 구겼다.

"그게 뭐?"

"……."

"설마, 내가 네 작품을 좀 팔려고 했다고 지금 화를 내는 거니?"

"어머니."

"내가 널 어떻게 키웠는데, 나한테 그런 말을 할 수 있는 거야? 너 하나 잘되는 거 보려고 내가 그 집에서 어떤 취급을 받으며 견뎠는지 잊었어? 그런데 내가 네 작품을 팔려고 발버둥 친 게 그리 잘못된 거니? 그런 거야?"

흥분한 세영의 얼굴이 새빨갛게 물들었다.

그녀는 분노로 점철된 얼굴로 이건을 노려보는 중이었다. 그녀가 한 마디, 한 마디를 내뱉을 때마다 커다란 비수가 가슴에 꽂히는 기분이었지만 이건은 내색하지 않으려 했다. 그는 담담하게 말했다.

"사과를 해 주셨으면 합니다."

"사과? 내가 사과를? 하? 대체 무엇에 대해? 내가 너를 낳은 것에? 아니면, 키워 준 것에? 그것도 아니면, 네가 나를 봉양하지 않으려 했기 때문에 네 작품을 팔려 시도했던 것에?!"

"태영이."

목청껏 외치던 세영이 이건의 대답에 눈을 크게 떴다. 이건은 냉랭한 눈으로 그녀를 응시했다.

"어머니께서 그 사람에게 위해를 가하셨잖습니까."

"장이건."

"하마터면 크게 다칠 뻔했습니다. 제가 나타나지 않았다면 무슨 일이 일어났을지 감히 생각하기도 싫습니다. 선생님을 잃었는데, 그분의 소중한 따님에까지 위해를 끼칠 뻔했습니다. 그 생각만 하면 아직도 잠을 이룰 수 없어요."

"하…… 하하."

허탈한 웃음을 터트리는 세영의 얼굴이 백지장이 됐다. 이건은 입술을 꽉 짓누르더니 말을 이었다.

"어머니께서…… 사과를 해 주셨으면 합니다. 물론 그 사람에게 직접이요."

"……."

"그럼 이번 일만큼은 마지막으로 눈 감아……."

"싫어!"

고막을 찢어 버릴 만큼 커다란 소리가 세영에게서 들려왔다. 이건은 다음 말을 내뱉지 않고 세영을 응시했다.

세영은 부드득, 이를 갈며 이건을 쳐다봤다. 그녀의 눈동자엔 분노가 가득했다.

"너란 녀석은 정말이지 정신을 못 차리는구나. 옛날도 그랬지만 지금도 마찬가지야. 그 지긋지긋한 가족이 대체 네게 무슨 짓을 저지른 건지! 그렇게 보내는 게 아니었어. 복수를 한다는 그 꼬맹이에게, 지독한 대가를 치르게 했어야 하는 건데."

"어머니!"

"그 아이만 다칠 뻔했는 줄 아니? 나도. 나도 다쳤단다! 여길 보렴, 이건아. 아들아. 나도 다쳤어!"

"……."

"너를 낳아 준 나는, 네게 하나밖에 없는 엄마인 내가 이리 다쳤단다! 다른 아들 같으면 어머니를 다치게 한 사람을 가만두지 않는다. 그런데 너는…… 대체 너는 왜 이러는 거니! 어째서 그렇게 한심한 짓거리를 이어 가는 거야! 나는 네 가족이야. 네 유일한 가족이라고. 네가 의지해야 할 사람은, 그 빌어먹을 아이가 아니라 바로……."

"단 한 번이라도 어머니께서 저를 아들로 봐 주셨습니까!"

"……뭐?"

그렁그렁 눈물방울까지 맺어 가며 소리치던 세영의 말은 속에 든 말을 겨우 내뱉은 이건의 외침에 의해 뚝 끊어졌다. 제 앞에서 언성을 높인 적 없던 이건의 모습에 충격을 받았는지 세영이 말을 멎고 그를 응시했다.

이건은 어금니를 세게 악물며 고개를 아래로 내렸다. 쿵쿵쿵쿵.

쉽게 진정할 수 없는 흥분이 전신을 휘감았다. 그러다 겨우 길게 숨을 내뱉은 이건은 세영을 바라보기 위해 얼굴을 들었다. 이건의 검은 눈동자에 입술을 파르르 떨고 있는 세영이 보였다. 이건은 날이 선 분위기를 낮은 목소리로 깨트렸다.

"어머니께서는…… 저를 유단가에 입성할 수단으로밖에 생각하지 않으셨잖습니까."

"이, 이건아?"

"오래전, 어머니께서 제게 하셨던 말씀이 생각납니다. 곧 먼 출장을 갔던 아버지를 만날 예정이니 준비를 단단히 하라고. 절대로 아버지께 밉보여서는 안 된다고. 만약 아버지의 눈에 들어 큰집으로 들어가게 되면, 그동안 받지 못했던 아버지의 사랑을 받게 될 거라고. 지금보다 훨씬 풍족한 환경에서 지내게 된다면 내가 너와, 그리고 지혜와 함께 지내는 시간도 늘어날 거라고. 그럼 우리가 지금보다 훨씬 행복해질 거라고."

"……!"

"하지만 유단가에 입성한 이후, 어머니는 다시 말씀하셨죠."

「경쟁은 지금부터야, 이건아. 이제부터 너는 수단과 방법을 가리지 않고, 유단을 차지해야 해. 알겠니? 진건이 형보다 잘나야 한다. 빛나는 건 진건이가 아니라, 네가 되어야 해. 네가 후계가 될 수 있다는 걸

모두에게 보여 주어야 한다. 알았지?」

자신이 잘하면 모두가 행복해질 수 있다기에 어머니께서 시키는 대로 했다.

일곱 살이 될 때까지 만나지 못했던 형을 만나도 생글생글 웃었고, 저를 싸늘하게 바라보는 아버지에게도 미소를 지어 보였다. 그렇게 하면 저와 여동생, 그리고 새로 알게 된 두 살 터울의 형님까지, 전부 화목하게 지낼 수 있다기에 더욱더.

그러나 유단가에 입성한 이후 이건은 냉정한 현실에 대해 알게 됐다.

그는 경쟁을 시작해야 했다. 우수한 형보다 더 뛰어난 동생이 되어야 한다는 어머니의 말씀을 매일같이 들으며 형님과의 각을 세워야 했다.

"입성하기 전에는 그곳에 들어갈 수단으로, 그리고 입성한 후에는 유단을 움켜쥘 수단으로. 제가 단 한 번이라도…… 어머니의 진정한 '아들'인 적이 있기는 했습니까?"

그간 인정하고 싶지 않았던 현실을 입 밖으로 내는 것은 쉽지 않았다. 예전 같았으면 버티기 힘들었겠지. 그대로 도망쳤을 거다. 외면했겠지. 여태까지의 그는 그렇게 견뎌 왔으니까.

「난 당신을 떠나지 않아.」

그러나 이번 여름은, 다르다.

서른넷.

그가 새로이 맞이한 여름은 울타리에 갇혀 지내던 과거와는 사뭇 다르다.

기댈 수 있는 누군가를 만났고, 의지하고 싶은 누군가가 곁에 있다.

그래서 말할 수 있다.

이건은 굳은 얼굴로 뱉어 내는 제 말에 충격을 받은 듯한 세영을 향해 흐리게 웃었다.

"저는 단지…… 사과를 해 주셨으면 하고 바랐을 뿐입니다. 제게 소중한 사람에게 위해를 가한 어머니의 행동을 용서하고 싶지 않았지만, 그 사람이 제가 누군가를 원망하는 걸 원하지 않았기 때문에…… 그저 사과를 해 주셨으면 하고 원했어요. 하지만 지금 어머니의 모습을 보니, 그 말을 들을 수 있을 것 같지는 않겠군요."

"이……건아?"

세영은 후우 숨을 내뱉은 이건이 자리에서 일어나는 모습을 멀뚱히 지켜봤다. 이건은 덜덜 온몸을 떨고 있는 세영을 냉랭하게 응시하더니 흐리게 웃었다.

"오늘 이후, 다시는 어머니를 찾지 않을 겁니다."

"……!"

"원망도 하지 않겠어요. 그저…… 제게 어머니가 없다고 생각하겠습니다."

"이, 이건아!"

"그동안 감사했습니다."

이건은 당황하는 세영에게 머리를 숙였다. 그의 고개가 아래에서 천천히 위로 들릴 때까지, 침을 꼴깍 삼키며 어쩔 줄 몰라 하던 세영은 인사가 끝나기가 무섭게 몸을 돌려 버리는 이건을 보며 소리쳤다.

"거, 거기 서! 거기서, 이건아! 아직 내 말이 안 끝났어! 넌 내게 단순한 도구였던 게 아니야! 그렇게 생각하면 곤란하다! 나는, 나는 그저…… 이건아!"

벼랑 끝에 몰렸다는 것을 인지한 세영이 서둘러 입술을 달싹였다. 자신이 무슨 소리를 하는지 제대로 알고 있는 건지, 횡설수설하던 그녀의 말이 입구 쪽으로 향하는 그의 등을 두드렸지만 이건은 외치지 않았다. 행여나 흔들릴까 싶어 마지막엔 걸음이 빨라졌다. 이건은 결국 힘껏 취조실의 문을 닫고선 이를 악물었다.

"……!"

하아, 하아. 거친 숨을 내뱉으며 문 안에서 들려오는 세영의 외침을 무시하던 이건은 갑자기 드리운 검은 그림자에 고개를 들었다. 그런 이건의 시야 안으로 말없이 그를 위로하듯 서 있는 진건이 보였다.

이건은 쓰게 웃었다.

❖

"미리 말씀드리지만 저, 완전히 허락한 거 아닙니다."

태영이 보고 있는 앞에서 재영은 무뚝뚝한 음성을 흘렸다. 어찌나 싸늘한 말투인지 그 말이 저를 향하지 않는다는 걸 알면서도 머쓱해질 만큼. '은재영!' 하고, 태영이 그를 불렀지만 재영은 거침없었다.

"지켜보는 겁니다. 지켜보는 거."

"……."

"당신…… 아니, 선생님의 어머니가 정말 죽일 만큼 싫고, 증오스럽지만 선생님 자체를 싫어하는 건 아니니까요."

"재영 씨."

"게다가 저희 아버지께서…… 제가 생각했던 것보다 선생님을 아끼셨다는 걸 알아 버렸으니 어쩔 수 없지 않겠습니까."

"……."

"아버지가 그리 좋아했던 애제자를 매정하게 내친다면 그분의 자식이라 할 수 없으니……. 본인이 상처를 입으면서도 지켜 주려 했던 애제자가 행복해지는 모습을 그분께도 보여 드려야 하니까. 그리고…… 태영이가, 누나가 선생님을 많이 좋아하니까, 어쩔 수 없이."

"……."

"그래서 지켜보는 겁니다. 만약 선생님이 우리 태영이 울리면 바로 태영이 데리고 잠적할 겁니다. 그때는 쉽게 안 보내요. 한 번 겪어 보셔서 아시겠지만 저 마음먹으면 뭐든 합니다. 농담 아니에요."

눈을 부라리며 이건에게 살벌한 경고를 내뱉는 재영의 표정은 결의를 다진 말투와는 달리 사뭇 부드러워져 있었다. 대체 이게 어떻게 된 일인지 영문을 알 수 없어 멀뚱히 두 남자를 바라보던 태영과는 달리, 이건은 옅게 웃으며 재영에게 입꼬리를 올리고 있었다.

태영은 '젠장. 하여간 난 선생님한테 너무 약하단 말이지.' 라 투덜대는 재영이 이건과 악수를 나누는 모습을 황당하게 바라보아야 했다.

"먼저 연락을 했어."

"이건 씨가 재영이한테요?"

"사실 한 대 맞을 각오도 하고 걸었던 전화였는데…… 재영 씨가 많이 봐주더군."

"……."

"선생님께서, 그리고 사모님께서 여기 계시다는 걸 알려 준 사람도 재영 씨야."

"아."

"제 허락보다 두 분의 허락이 더 중요하다고 하셨지."

끝끝내 태영을 울리지 않겠다는 다짐을 받아 낸 재영은 곧장 서울로 올라갔다. 그를 배웅한 태영은 아무 말도 하지 않는 이건에게 어찌 된 영문이냐 물었고, 그녀를 내려다보던 이건은 부드러운 목소리로 답을 해 주었다.

그러자 바쁘게 움직여야 한다는 이건의 말이 어떤 의미인지 알아차릴 수 있었다.

'재영이 자식…….'

그렇게 저를 막으려 애쓰던 녀석이 결국 백기를 들었다는 사실이 고맙기도 하고 미안하기도 해서 태영은 고개를 들 수 없었다.

"재영 씨한테…… 아니, 처남한테 했던 말대로, 널 울리지 않을 거야."

"……!"

"지켜 줄게. 행복하게 해 줄게. 사랑할게. 그러니까 태영아."

"……응."

"내 곁에 있어 줘."

EPILOGUE

「내 곁에 있어 줘.」

맴.

매앰—

'덥다.'

일주일 전, 이건이 했던 말을 되뇌며 태영은 툇마루에 드러누워 있었다.

반팔 하나에 짧은 반바지만 입고 있었건만 어찌 된 영문인지 땀은 멎을 생각을 않는다.

지독한 열기를 뿜어내던 한여름을 지나 벌써 초가을이 다가오고 있는데도, 아직 여름은 끝나지 않고 있었다.

'힘겹기는 했지만…… 그래도 나쁘지 않은 여름이었지.'

매번 땀만 뻘뻘 흘려 대던 과거와는 달리, 누군가의 뒤를 쫓기만 했던 여름과는 달리, 크나큰 상처만 입었던 여름과는 달리…… 나쁘지 않다 못해, 마음을 가득 채우는 여름이었다.

「기다려.」

마지막으로 해결할 일을 남겨 둔 이건은 진건이 아직 정리하지 않은 경주의 집에 태영을 데려다준 후 속삭였다. 그의 붉은 입술이 닿았다 떨어지는 이마의 온기가 전신으로 퍼져 가는 것을 느끼던 태영은 말없이 고개를 끄덕였었다.

'기다릴게요.'

끝이 보이지 않는 긴 터널을 헤매며 빙빙 맴돌기만 했던 당신이,

나라는 이정표를 찾아 끝내 내게로 돌아올 그 순간까지.

'여기서…… 기다릴 거야.'

당신이 가장 사랑하는 장소인 이곳에서.

당신이 가장 사랑하는 사람인 내가, 당신을 기다리고 있을 거야.

그리고 결국 내 앞에 도착한 당신을 향해 나는 말하겠지.

"사랑해."

완벽하지 않은 당신을 사랑한다고.

공허하기만 했던 당신의 공간을 채울 수 있는 기회를 줘서 고맙다고.

내가 있어 조금 더 나은 당신이 될 수 있을 거라 말해 준 당신에게, 사랑한다고.

정말 많이, 사랑한다고.

딸랑딸랑.

처마 밑에 걸려있는 풍경이 따뜻한 여름 바람에 흔들렸다.

'아.'

내내 감고 있던 눈꺼풀을 스르륵 들어 올린 태영은 어느새 드리우진 그림자에 피식 웃음을 흘렸다.

소리도 없이 그녀의 시야를 가득 채워 버린 남자는 아름답기 그지없는 얼굴로 태영을 내려다보고 있었다.

잘 왔어요, 라는 흔한 말은 굳이 필요하지 않았다.

제게 기다려달라는 말을 할 때와는 달리, 한결 가벼워 보이는 그의 얼굴을 빤히 올려다보던 태영은 입을 열었다.

"이건 씨."

"응."

"내가 당신을 얼마나 사랑하는지 알아요?"

너무도 뻔한 질문에 그는, 이건은 대답했다.

"알아."

"얼마나 사랑하게요?"

"아주 많이 사랑하겠지."

"흐음."

"왜?"

"아니. 나는 당신을 정말 엄청 많이 사랑하는데, 당신은 어떤지 궁금해서."

이건의 검은 눈동자가 고요하게 일렁인다. 태영은 웃으며 한 번 더 물었다.

"장이건 씨는 날 얼마나 사랑해요?"

"……."

"이건 씨?"

"여름."

여름?

"그게 무슨 소…… 앗!"

짓궂은 미소를 지으며 대답을 종용하는 태영을 물끄러미 내려다보던 이건은 알아들을 수 없는 말을 내뱉었다. 이건의 답변에 미간을 꿈틀거리던 태영은 갑자기 팔을 뻗어 자신을 번쩍 드는 그의 행동에 크게 외쳤다.

“오른손! 조심해요! 다치면 어쩌려고 그래.”

아직 완쾌하지도 않았건만, 함부로 오른손을 쓰는 그를 향해 외치던 태영은 촉, 입술을 제 볼에 댔다 떨어지는 이건을 보고 눈을 끔뻑거렸다. 이건은 당황하다 못해 얼굴을 화르륵 붉히는 그녀를 향해 듣기 좋은 목소리로 속삭였다.

“금세 찾아왔다가 금세 떠나는 것 같지만, 결국 여름은 다시 찾아오기 마련이야.”

“…….”

“태영아. 나는 반복되는 여름만큼, 반복될 여름만큼, 사라지지 않을 여름만큼 너를 사랑해.”

“…….”

“그러니까 쉽게 말하면…….”

눈을 멀뚱멀뚱거리며 저를 올려다보는 태영에게 미소 지으며 설명을 해 주려던 이건의 입술이 그녀가 뻗은 검지로 인해 움직임을 멈추었다.

태영은 놀라 움찔하는 이건의 목을 와락 끌어안으며 쿡쿡 웃었다. 그러고는 말을 내뱉는 대신 침실 쪽을 콕콕 가리키며 눈빛을 보냈다. 그런 그녀의 행동을 가만히 지켜보던 이건이 피식 실소를 터트리더니 홱 몸을 돌렸다.

"꺅!"

태영을 안아 든 이건의 발은 툇마루를 지나 본채의 침실 쪽으로 거침없이 움직였다.

우리의 여름은 아직, 끝나지 않았다.

외전 1. 너로 가득 찬

"세계 일주요?"

태영이 이건에게서 생각지도 못한 말을 들은 것은 그가 경주 집으로 돌아온 후 일주일가량이 흘렀을 때였다. 새벽부터 일어나 그녀를 위해 아침을 차려 준 이건은 한상 가득한 밥과 반찬을 보며 생글생글 웃고 있던 태영에게 아무렇지도 않게 말을 꺼냈다.

아직 아물지 못한 상처로 인해 여전히 불편한 오른손을 만지작거리자 태영이 흠칫 놀라 입을 다무는 게 보였다.

'신경 쓰고 있군.'

그의 행동 하나하나에 신경을 곤두세우는 태영의 모습에 이건은 쓴웃음을 삼켰다.

「흐음. 생각 이상으로 경과가 좋군요. 일전에 말했던 대로 재활을 열심히 한다면, 예전만큼은 아니더라도 어느 정도 회복할 수 있을 겁니다.」

이건의 어머니, 옥 여사와의 불미스러운 마찰로 인해 오른손을 제대로 사용하지 못할 수도 있다는 진단을 받았을 때는 하늘이 무너지는 줄 알았다.

자신의 컴컴한 세계를 밝혀 줄 몇 안 되는 빛이 사라진다는 사실에 절망하여 모든 것을 놓으려고 생각한 적도 있었다. 모든 것은 빌어먹을 붓으로 인해 일어난 일이니, 차라리 이것을 놓게 된다면 조금은 편해질 수 있지 않을까, 라는 생각도 했다.

하여 뒤도 돌아보지 않았다.

거리낌 없이 내려놓고 미련조차 가지지 않으려 했다.

「포기하지 말아.」

그러나 그러한 이건의 결심은 저를 똑바로 응시하며 뱉어 낸 태영의 말에 와르르 무너졌다.

포기하지 마.

과연 포기하지 않아도…… 되는 걸까?

감히, 내가?

붓을 들고 그 끝에 먹을 묻혀 선지 위로 운필하는 행위는 장이건이라는 사람이 살아 있음을 증명하는 것과도 같았다.

단 한 번도 표현하지 않았으나 그 일을 정말 좋아했다.

이건이 태영을 제외하고는 유일하게 집착한 일이기도 했으며, 억지로 도려낸다면 언젠가는 분명 후회했을 테지.

하여 절필을 선언한 뒤로 아닌 척, 덤덤한 척, 무신경한 척, 태연한 척하려 했으나 쉽지 않았다.

「좋아하는 일이잖아. 이제야 겨우 마음 편히 붓을 쥐게 됐는데 손을 다쳤다는 이유로 그렇게 좋아하던 일을 쉽게 놓을 순 없잖아. 이건 씨한테 서예는 그런 거잖아.」

어쩌면 이건은 바랐던 건지도.

소중한 것을 주저 없이 내려놓으려는 자신에게, 누군가 포기하지 말라고 말해 주기를. 그 일은 그에게서 뗄 수 없는 일이니 끝까지 밀고 나가라고. 멈추지 말라고 설득해 주기를…… 간절히.

이건에게는 이유가 필요했다.

직접적인 일은 아니지만, 결과적으로 태영의 아버지이자 자신의 스승을 죽음으로 몰고 간 것이 이건의 운필이었으니까.

모든 것을 내려놓지 않아도 되는 변명거리가 필요했다.

「포기, 안 할게.」

예나 지금이나, 어김없이 흔들리던 자신을 붙잡아 준 사람은 다름 아닌 태영이었다.

환하게 빛나 너무도 눈이 부신 그녀.

장이건이라는 남자가 살아가는 이유, 은태영.

「포기 안 할게. 은태영 때문이라도, 포기 안 해. 은태영을 위해서라도…… 다시 잡아.」

태영의 말은 무너지려던 그를 다시 설 수 있게 했고, 이건은 결심했다.

그녀도, 붓도…… 포기하지 않기로.

“세계 일주를 할까 해.”

물론 그러한 상황에서 꺼낸 자신의 무덤덤한 말이 태영을 놀라게 한 것은 당연한 듯하다. 이건은 들고 있던 수저까지 내려놓으며 눈까지 크게 뜨고 있는 태영에게 부드러운 미소를 지었다.

“응. 어차피 지금 당장은…… 아무것도 못 할 테니 안식년을 가지는 것도 나쁘지 않지.”

재활을 결심했지만 이미 신경의 손상도가 컸으므로 단기간 회복은 불가능했다.

물론 왼손을 사용하면 된다지만, 오른손잡이인 이건으로서는 쉽지만은 않은 일이었다. 하여 상처가 회복될 때까지 시간적 여유를 가지며 재활 치료를 병행할 예정이었다. 이건이 태영에게 꺼낸 여행에 대한 이야기는 치료와 더불어 지친 마음을 달랠 휴식을 담고 있었다.

“끙.”

태영은 가만히 제 대답을 기다리는 이건을 멀뚱히 바라보며 눈썹을 꿈틀거리더니 곧 묘한 소리를 냈다. 인상을 쓰는 그녀는 세상 모든 고뇌와 근심을 다 짊어진 사람처럼 보였다. 이건은 피식 흘러나오려는 실소를 꾹 참으며 태영의 말이 이어지기를 기다렸다.

한참 신음을 흘리던 태영은 옆얼굴을 긁적이더니 중얼거렸다.

"세계 일주라……. 그러니까 지구 한 바퀴를 돌겠다, 이거죠?"

"담당 선생님의 허락이 떨어진다면."

"그럼 1년은 족히 걸리겠네."

"아마도 그렇겠지."

"……."

"……."

"흐음."

"무슨 생각 해, 은태영?"

태영의 심상찮은 반응이 신경 쓰였던 이건은 결국 직설적인 질문을 내뱉었다. 그러자 후우 길게 숨을 몰아쉰 태영이 '좋아, 결심했어요!' 하고 두 주먹을 불끈 쥐며 그를 응시했다.

태영은 하얀 이를 드러내며 말했다.

"나도 같이 가요."

짙은 미소를 그리는 태영의 말에 이건의 눈이 동그래졌다.

"은태영도?"

태영은 오히려 되묻는 이건에게 눈을 가늘게 뜨며 얼굴을 들이

밀었다.

"그럼 날 내버려 두고 갈 생각이었어요?"

"그게……."

저야 자택 근무를 주로 하는 사람이라 괜찮지만 은태영은 아니지 않은가. 괜한 걱정이 들어 말을 얼버무리자 흥 콧방귀를 뀌던 태영이 팔짱을 꼈다. 슬쩍 태영의 얼굴을 살핀 이건은 걱정을 가득 담아 중얼거렸다.

"남 편집장님께서…… 허락하실까?"

"하고말고!"

이건은 한 치의 망설임도 없이 고개를 끄덕이는 태영의 모습에 당황했다. 태영은 그런 이건을 바라보며 씩 웃었다.

"분명 할 거예요. 아니. 할 수밖에 없을걸?"

❖

쏴아아.

주룩주룩 내리는 빗줄기가 도무지 끊이질 않는다.

분명 태양이 빛을 밝혀야 할 시간임에도 불구하고 먹구름이 가득한 어두컴컴한 창밖의 분위기는 그들이 머물고 있는 지역이 우기(雨期)에 접어들었음을 증명했다. 습관적으로 틀어 놓은 TV 화면의 뉴스에서는 정갈하게 차려입은 아나운서가 오늘의 날씨에 대해 설명하고 있었다.

'큰일이군.'

온종일 비가 내릴 것 같다고 말하는 그들의 음성을 가만히 듣고 있던 이건은 침대 쪽을 흘긋거렸다. 지난밤 내내 그의 품에 안겼던 그녀는 아직까지 일어나지 않은 상태.

돌돌 말린 이불 뒤집어쓴 상태인 그녀를 바라보던 이건은 쓰게 웃었다. 이건이 어제저녁 식사 도중 교외로 드라이브를 하러 가자는 태영의 제안을 받아들인 것은 요 며칠 내내 호텔 근처를 벗어난 적이 없어 답답해하는 그녀의 마음을 알아차렸던 까닭이다.

물론 빗속 드라이브도 운치는 있겠지만, 태영은 화창한 날씨를 더 좋아했다. 그녀가 예의 제안을 꺼낸 이유도 오늘 날씨는 맑을 것이라는 일기예보를 봤기 때문인데 말이지.

'곤란하게 됐네.'

후우, 짧게 숨을 내쉰 이건은 도통 꿈쩍도 않는 태영 쪽으로 다가갔다.

"으음……."

슬며시 다가온 이건의 인기척에 태영이 스르륵 눈을 뜨며 소리를 흘렸다. 이건은 빙긋 웃으며 파르르 떨리는 그녀의 눈두덩 위로 입술을 가져다 댔다.

"깼어?"

"응."

"조금 더 자도 되는데."

"하루 종일 온대요?"

뉴스를 본 것인지, 태영이 하암 하품을 하며 물었다. 이건은 어색한 미소와 함께 말없이 고개를 끄덕였다.

"오늘은 나가고 싶었는데……."

"그럼 나갈까?"

"아뇨. 그러다 감기 걸리면 어떡해."

"……."

"빗속 드라이브 나갔다가 고생한 적이 어디 한두 번인가."

쯧, 혀를 차며 들어 올린 오른손 검지를 그의 눈앞에 좌우로 까딱이는 태영은 단호했다.

그러고 보니 지난 1년 사이, 비오는 날 운치를 느끼겠다며 산책을 나갔다가 태영과 이건이 번갈아 감기에 걸린 적이 있었다. 그 덕분에 말도 잘 통하지 않는 타지에서 얼마나 진을 뺐던가.

1년을 예상한 두 사람의 세계 일주는 미국을 시작으로 유럽, 아프리카, 오세아니아 대륙, 동남아시아를 거쳤다. 그리고 한국으로 귀국 전 마지막으로 선택한 곳은 놀랍게도 대만이었다.

「대만? 왜 굳이? 그러지 말고 다른 곳을 가는 건 어때요? 이미 갔던 곳은 굳이 들르기 좀 그렇잖아.」

새로운 세상과 접하며, 보다 많은 경험을 할 수 있었던 이번 여행의 동선을 짠 사람은 다름 아닌 태영이었다.

이건의 예상과는 달리 '당연히 은 기자를 데려가셔야죠! 1년? 2년도 기다릴 수 있습니다!' 라 외치며 흔쾌히 태영의 휴직을 허락해 준 남중혁 편집장 덕분에 콧노래까지 부르며 세계 지도를 보던 그녀는 그들의 최종 여행지로 대만을 가고 싶다는 이건을 설득하려 했다.

「이건 씨?」

「가야 할 이유가 있어서 그래.」

「꼭?」

「응. 꼭.」

태영이 원하는 대로 고개를 끄덕이기만 하던 이건은 예의 문제에서는 물러설 생각을 않았다. 결국 항복한 태영은 옅은 미소를 그리며 제 옆에 앉는 이건에게 툴툴거렸다.

"그러니 우기는 피하자니까."

쏴아아.

비는 멈추지 않고 내리고 있었다. 두 눈으로 요란하게 쏟아지는 창밖의 빗줄기를 힐긋거리던 태영은 말없이 제 옆에 앉아 있던 이건의 허벅지 위로 머리를 대며 그를 올려다봤다.

"이건 씨."

이건의 검은 눈동자가 느릿하게 태영에게 꽂혔다. 허공에서 마주친 그의 눈을 똑바로 응시하며 태영은 속삭였다.

"비도 추적추적 오는데…… 어때요?"

태영의 가늘고 기다란 손가락이 곧, 이건의 복부 쪽으로 움직였다.

"흡!"

배꼽에서부터 시작된 혀 놀림이 점점 아래로 내려와 사타구니에 닿았다.

그때까지만 하더라도 꾹 신음을 참고 있던 태영의 인내는 그의 입술이 잔뜩 흥분해 있는 여성의 입구 쪽으로 다가서자 뚝 끊어졌다. 이건은 짧은 터치에 몸을 들썩이는 태영의 반응을 인지하고선 슬쩍 고개를 들었다.

하아, 하아.

후끈한 열기를 내뱉는 태영의 얼굴은 붉게 상기된 상태. 그녀의 기다란 속눈썹이 파르르 떨리는 모습이 시야로 들어왔다. 이건은 잠시 멈추었던 움직임에 다시 집중하기로 했다.

"읏, 흐으……!"

거침없이 움직이던 그의 뜨거운 혀가 검은 숲에 닿자 태영의 신음이 한결 짙어졌다.

"하아, 흣, 으읍!"

중심을 향해 나아가던 이건의 혀끝은 그녀의 감추어진 은밀한 돌기에 닿았다. 태영이 부르르 몸을 떨며 허리를 비틀자, 이건은 오므라든 그녀의 다리를 좌우로 벌렸다. 잔뜩 흥분한 상태의 여성이 자신을 반긴다는 것을 확인한 이건은 몸을 아래로 숙였다.

"하윽!"

이건의 행동 하나하나에 곤두서 있던 태영의 신경이 예민해진 것은 몇 초 뒤. 태영은 야릇한 교성을 흘렸다. 그리고 그와 동시에 그녀의 여성 입구 쪽에는 달콤한 꿀물이 넘쳐흐른다. 이건은 자극을 받아 솟아 있던 돌기를 혀끝으로 부드럽게 애무한 뒤, 벌름거리는 안쪽을 깊게 휘저었다.

"으흣, 흡! 하아, 이건 씨, 읏!"

쉴 새 없이 흘러내리는 애액을 힘껏 빨아 당기며 태영을 유혹하고 또 유혹했다. 그의 자극에 계속해서 허리를 튕기던 태영은 점점 더 달아올랐다. 이건은 제 이름을 부르는 태영의 음성을 들으며 그녀의 여성을 풀어 주었다.

보다 수월하게 자신을 받아들일 수 있도록, 한참이나 아래쪽을 배회하던 이건의 입술은 태영의 음성이 절정으로 치달았을 때가 되어서야 떨어져 나왔다. 그는 거친 숨을 터트리고 있는 태영의 아랫배를 커다란 손으로 부드럽게 쓸어 만진 후, 축축해진 그녀의 안쪽을 파고들기 시작했다.

"……!"

한껏 젖어 있던 그녀의 여성은 이건의 기다란 검지가 입구 쪽으로 다가서자 주저 없이 와락 머금었다. 단단히 물고 놓지 않으려는 것처럼, 강한 조임으로 그의 움직임을 방해하던 그녀의 여성으로 인해 잠시 당황한 것은 사실이었으나 이건은 곧 능숙하게 그녀의 안을 휘저었다.

"흡!"

하나에서 둘, 둘에서 셋.

처음에는 빽빽하기 그지없던 그녀의 안이 출입을 반복하며 태영의 안 곳곳을 건드리는 이건으로 인해 한결 부드러워지기 시작한다. 이건은 자신의 손가락 개수 증가에 따라 더욱더 많은 구슬땀을 흘리는 태영을 발견했다.

"태영아."

"흐으."

"들어갈까."

"……하아."

그녀의 이마에서 흘러내리는 땀방울과 자신의 턱 끝에서 아래로 떨어지는 땀방울의 빈도가 늘어났다. 두 사람이 뱉어 내는 열기가 버틸 수 없을 만큼 한계에 다다랐음을 깨달았을 때, 이건이 그녀에게 말을 걸었다.

"은태영."

"응. 해 줘."

"……."

"해 줘요, 이건 씨……!"

처음에는 이를 꽉 악물기만 하던 태영이 꾹 내리감았던 눈꺼풀을 들어 올리며 대답했다. 강렬한 자극으로 인해 반쯤 풀어져 있던 태영의 눈이 그에게 닿았다. 태영의 떨리는 눈동자가 자신을 원한다는 것을 확신한 이건은 천천히 허리를 들어 올렸다.

"하아!"

단단하게 선 이건의 남성이 태영의 여성을 파고들었다.

한껏 풀어진 상태이긴 했으나, 이질적인 무언가가 몸 안으로 들어오자 태영이 깊은 숨을 내뱉었다. 살짝 찌푸려진 태영의 미간이 이건의 남성이 그녀의 안으로 들어왔음을 인지하게 만들었다.

"태영아."

출입과 동시에 강하게 조여드는 그녀로 인해 아직 완벽하게 안으로 들어서지 못한 이건이 태영의 이름을 부르며 흐트러진 앞머리를 쓸었다. 그 작은 몸짓에 '흐으.' 하고 숨을 내뱉던 태영은 곧 이어 강하게 밀려오는 그를 받아들였다.

"하!"

내벽에 닿을 만큼 그녀의 안을 가득 채워 버린 이건의 남성이 그녀의 인내를 무너트렸다.

"흐윽, 읏, 읍!"

아래위로, 빠르다가도 다시 속도를 재정비하는 이건의 움직임이 태영의 신음을 유도한다. 출입을 반복하는 그의 남성이 점점 더 팽창해지자, 태영의 허리가 튕기는 횟수가 증가했다. 조금 더 가득 채워 달라는 듯한 그녀의 손이 그의 등에서 어깨로, 그리고 목을 감쌌다.

"이건 씨…… 흣, 이건, 씨!"

진한 쉿소리를 내는 태영으로 인해 마지막까지 붙잡고 있던 이성의 끈이 뚝 끊어졌다. 이건은 자신을 옭아매는 그녀의 안을 깊게, 더욱 깊게 파고들며 태영과 하나가 되어 갔다.

❖

"머리, 많이 길었네."

지난여름, 목덜미가 훤히 보일 정도로 짧았던 태영의 머리카락은 어느덧 어깨를 훌쩍 넘길 만큼 길어졌다.

이건은 침대 위에서 제 앞에 앉아 한자로 된 신문을 읽으려 애쓰고 있는 태영을 바라보며 낮게 중얼거렸다. 살짝 고개를 숙이고 있던 그녀의 머리카락을 손끝으로 만지작거리자 태영이 신문을 향하던 눈을 뒤로 돌리더니 고개를 갸웃거렸다.

"그런가? 슬슬 자를 때가 됐나 보네."

무심한 척, 아무렇지 않게 대꾸하던 태영의 얼굴에 옅은 미소가 감돌았다. 이건은 제게 싱긋 웃어 준 후 다시 신문 쪽으로 시선을 옮기는 태영의 뒷모습을 응시했다.

「은태 그 녀석이 대체 왜 머리카락을 기르고 있는지 알았습니다. 선생님께서 복귀하실 때까지 아무 일도 없길 바라는 마음이라더군요. 거참, 하여간 그 녀석 걱정도 팔자라니까. 우리 선생님이 어떤 분인데!」

세계 일주를 시작한 이후 매주 정기적으로 연락을 주고받고 있던 영상 통화에서 쯧쯧 혀를 차며 말한 재영의 음성이 귀를 맴돈다.

「할 수 있어요. 다시 시작할 수 있어. 포기하지 않기로 했으니 당신이 다시 붓을 들 때까지 내가 협력할게요. 무명 선생님의 든든한 보좌를 내가 해 주겠다, 이거예요!」

태영은 지난 1년 동안 찾아왔던 몇 번의 위기마다 그를 일으켜 주었다. 그녀가 있었기에 지금의 자신이 있었고 포기하지 않을 수 있었다.

제게는 절대 말하지 말라 했다며 태영이 신신당부했다는 말까지 덧붙이던 재영의 목소리를 떠올리며 흐리게 미소 짓던 이건은 손가락 사이로 흘러내리는 태영의 머리카락을 내려다보며 입술을 열었다.

"태영아."

"응."

"머리카락."

"응."

"내가 잘라 줄까?"

"어?"

신문에서 눈을 뗄 생각을 하지 않던 태영의 얼굴이 홱 돌아갔다. 이건은 두 눈을 크게 뜬 채 자신을 바라보고 있는 태영에게 말했다.

"나 커트 정도는 잘해."

"어…… 그건 알긴 아는데요. 음, 저기……."

이건은 제 말이 끝나기가 무섭게 흠칫 놀라며 몸을 제게서 떨어트리는 태영을 발견했다. 태영이 머리카락을 기르는 이유를 자신이 모를 것이라 확신했던 건지, 머리를 감싸는 모습이 귀여워 웃음이 터질 뻔했다.

"태영아."

"안 돼요. 머리카락만은. 이유는 말할 수는 없지만, 아직은 자를 수 없어요."

"태영아."

"이건 씨가 이해해 줘요. 이건 저뿐 아니라 이건 씨한테도……."

"돌아가자."

"……네?"

자신을 부르는 이건의 말에도 고개를 휘휘 젓기만 하던 태영의 눈이 휘둥그레졌다. 이건은 그런 그녀에게 손을 뻗으며 말을 이어

나갔다.

"휴식은 이만하면 충분해."

"하지만 아직……."

"저번 주에 네가 도자기 마을에 간다고 나갔던 날, 혼자 남아 들어 봤어."

"……!"

자신이 들었다는 '그것'이 무엇을 의미하는지는 설명하지 않아도 되었다. 태영의 눈동자가 그의 말을 듣자마자 거세게 요동쳤다. 이건은 손가락으로 붓을 드는 시늉을 하며 중얼거렸다.

"문제없더라. 그 뒤로 선생님이랑도 통화했어. 신경 문제보다는 이제 내 마음의 문제라고 한 지 오래라고, 할 수 있을 것 같으면 시작해 보는 것도 좋겠다고 하셨지."

"……!"

"이제 할 수 있을 것 같아."

이건은 빙긋 웃었다.

"돌아가면 하고 싶은 게 많아."

"……."

"일단 작업실의 쌓인 먼지부터 청소해야겠지. 강 실장님께서 여전히 애써 주신다고 하지만, 이번엔 내 손으로 직접 정리하고 싶어. 새롭게 시작하는 거니까. 하나부터 열까지."

"이건 씨……."

"다시 작품을 완성하기까지 얼마나 걸릴 진 모르겠군. 하루가 걸릴 수도 있겠지만, 몇 년이 걸릴 수도 있겠지. 하지만 태영아."

이건이 말없이 입을 꾹 다물고 있는 태영의 어깨 위로 손을 얹었다. 그러고는 대답 없이 눈물을 글썽이고 있는 태영을 끌어안으며 속삭였다.

"이번에는…… 너를 위해 운필을 할게. 너만을 생각해서 온전히 너로 가득 찬 작품을 내고 싶어."

"……."

"그러니 한국으로 돌아가서, 기다려 줘."

"……."

"그리고 언젠가 그 작품이 완성되는 날, 대답해 줄 수 있을까?"

이건이 뱉어 내는 목소리가 태영의 귓가에 살포시 내려앉았다.

"난 내 남은 생이 너와 함께였으면 좋겠는데 말이지."

그는 제 안에서 소리 없이 울고 있는 태영을 향해 남은 말을 꺼냈다.

"사랑해, 은태영."

나의 사랑.

나의 태양.

나의 영원한 은태영.

“내 곁에 있어 줘서 고마워.”

외전 2. The Interview

"태영아. 은태영."

눈을 뜬 직후 서둘러 준비를 하고, 막 현관을 향해 움직이려던 태영의 걸음이 멈췄다. 잘못한 것도 아니건만 괜히 가슴이 뜨끔거린 까닭은 아마도 자고 있던 이건을 내버려 둔 채 집을 나서려 했기 때문이겠지. 태영은 문턱에 비스듬히 기대어 저를 바라보고 있는 그를 향해 헤헤, 하얀 이를 드러내며 미소를 짓고선 등 뒤로 손을 감춘 채 입술을 열었다.

"깼어요? 언제?"

아무렇지 않은 척 태연하게 묻는 태영을 물끄러미 응시하던 이건이 대답했다.

"네가 옷 갈아입을 때."

"뭐야. 벌써 일어나 있었네. 그럼 계속 자는 척한 거예요?"

이건의 대답에 입을 쭉 내밀며 묻자 그가 옅은 눈웃음을 그렸다.

이건의 검은 눈동자는 태영의 얼굴에서 서서히 아래로 내려와 그녀의 등 뒤로 감추어진 손 쪽으로 향했다. 엉겁결에 숨기느라 제 손에 들려 있던 서류 봉투가 삐져나와 있다는 것을 아직 눈치채지 못했던 태영은 이건의 목소리에 귀를 기울였다.

"서울 가는 거야?"

"그게……."

변명할 틈 따위 주지 않는 이건의 단도직입적인 질문에 순간적으로 말문이 막혀 버렸다.

'확실히 서울에 가는 건 맞지만…….'

태영과 이건, 두 사람이 기나긴 여행을 마치고 한국으로 돌아온 지는 어언 두 달째.

인천 국제공항에서 내리자마자 곧장 경주 집으로 향했기에 그동안 월간 묵향의 사무실도 찾아가지 못했다. 물론 며칠 뒤 저를 기다려 준 남 편집장과 다른 동료들에게 인사 전화와 메일을 돌리기는 했었으나, 그녀의 정식 복귀는 장무명 선생의 복귀에 달려 있다 해도 과언은 아니었으니까.

그러던 일주일 전.

「끝난…… 거예요?」

서늘한 바람이 부는 여름, 느긋하게 툇마루에 누워 잡지를 읽고 있던 태영은 드르륵, 들리는 문소리에 자리에서 벌떡 일어나 입술을 달싹였다. 경주 집에 도착한 이후 한동안 작업실에 틀어박혀 나올 생각을 않던 이건이 거무죽죽한 수염을 단 채 그녀에게 흐린 미소를 짓고 있었다. 큼직하게 눈을 뜬 태영은 그의 앞으로 달려갔고, 빛나는 그녀의 시선에 부드럽게 웃던 그가 대답했다.

「틀만 잡았어, 틀만. 아직 몇 번은 더 연습해야 생각하던 게 나올 것 같아.」

「살짝 봐도 돼요?」

「안 돼.」

「선생님! 이건 씨!」

「실망할지도 몰라.」

「실망은 무슨. 그런 건 안 해요! 비켜 봐요.」

작업실로 향하는 길을 막고 선 이건을 살짝 밀친 태영은 먹향이 가득한 내부로 들어섰다.

「아…….」

이윽고 시야로 들어온 장면은 그간의 모든 고생을 눈 녹듯 씻겨 줄 만큼 감동적이었다.

태영은 아주 잠깐 동안, 움직이지 못했다.

두근두근.

아마도 연습용으로 사용된 듯한 수많은 화선지가 바닥을 뒹굴고 있었다. 예의 화선지에는 이건이 운필을 했던 선들이 표현되어 있었는데, 그의 책상 쪽으로 다가갈수록 거칠게 느껴지던 선이 점차 자리를 잡는 느낌이었다.

두근두근!

아래에서 위로, 느릿하게 시선이 옮겨 갈수록 심장이 멋대로 반응했다. 그의 책상 위에 놓인 하나의 화선지를 발견했을 때는 울컥하는 감정으로 인해 입술을 꽉 깨물어야 했다. 그만큼 벅찬 감정을 언제 또 느낄 수 있을는지. 태영은 저도 모르게 고이는 눈물방울을 닦아 내지 못했다.

「아직 멀었어.」

그때, 어느새 태영의 곁으로 다가온 이건이 작게 속삭였다. 태영은 말없이 손을 뻗어 그의 떨리는 오른손을 감쌌다. 잘 견뎠다고, 고생했다고 입 밖으로 그에게 말하지 않아도…… 충분했다.

그렇게 우여곡절을 뛰어넘고 다시 시작하게 된 이건의 작품 활동이, 어젯밤 막 끝이 났다.

지금으로부터 일주일 전 처음 틀을 잡고, 다시 일주일 동안 쉴 새 없이 붓을 써 내려간 그의 몸에는 먹향이 가득 맴돌았다. 드디어 완성을 했다며, 제게 처음으로 완성된 작품을 보여 주던 그의 모습이 아직도 눈앞에 생생하다.

'몰래 다녀오려 했었는데.'

1년 전보다 훨씬 성장한 그의 운필을 보자마자 설레었던 마음을, 저만큼이나 기다리고 있는 이들에게 보여 주고 싶었다. 하여 사본을 들고 몰래 나서려고 했었던 건데 말이지. 하필이면 당사자인 이건에게 외출을 들키고야 말았다. 태영은 제 손에 들린 서류 봉투를 지그시 응시하는 이건에게 무슨 말을 해야 할지 감이 잡히지 않았다. 그저 어쩔 줄 몰라 하며 난처해할 뿐.

"식구들한테 안부 전해 줘."

그 순간, 이건이 아무렇지도 않게 말을 내뱉었다.

'응?'

태영의 손에 들린 서류 봉투 속에 이건이 어젯밤 갓 완성한 작품의 사본이 들어 있다는 것은 명백한 상황. 어떻게 설명해야 할지 머리를 굴리고 있던 태영은 태연하게 웃으며 말하는 이건을 보며 멈칫했다.

"끝이에요?"

"끝?"

'아직은 안 돼.' 라든가 혹은 '공개한다고 한 적 없어.' 라는 등의 말을 예상하고 있던 태영은 눈을 가늘게 떴다. 이건은 능청스러운 표정을 지으며 이내 아아, 하고 낮게 탄성을 터트렸다.

"근래 처남 얼굴 말고는 못 봤잖아. 안부 묻는 게 당연하지. 남편집장님도 반년 전까지만 하더라도 가끔 메일 보내시더니, 요즘은 통 뜸하고 말이야. 편집장님, 잘 계시나 모르겠군."

"그게 아니라!"

"그럼?"

윽.

태연하게 말을 늘어놓는 그에게 버럭 외치려던 태영은 이내 휘휘 고개를 저었다.

'모르는 척해 주려는 모양인가 보네.'

태영은 후우, 숨을 고른 후 중얼거렸다.

"……하긴. 요즘 당신, 재영이랑 대체 무슨 꿍꿍이를 벌이고 있는지 도통 모르겠어. 그 '인터뷰' 도 나는 제외하고 말이죠."

'인터뷰' 라는 단어에 이건이 멋쩍게 웃었지만, 태영은 아직까지도 뚱한 마음을 감출 수 없었다. 그것도 그럴 것이, 당연히 이건의 복귀 인터뷰 정도는 자신이 맡을 것이라 생각하고 있었기에 더더욱.

「그게 무슨 소리야? 네가 선생님 복귀 인터뷰를 맡는다고?」

언제가 될지 모르겠지만, 한국 도착 직후 이건의 복귀는 기정사실화되어 있었다. 시기의 문제일 뿐, 모두가 그의 새 작품을 기다리고 있었고 이건 역시 그를 염두에 두고 있었으니까.

무명 선생의 복귀 인터뷰는 월간 묵향에서 나올 것이라는 전망이 대세를 이루고 있는 가운데, 당연히 '기자' 인 자신이 그의 인터뷰를 진행할 거라 생각했던 태영은 일주일 전 대뜸 경주 집으로 찾아온 재영의 말에 황당한 숨을 터트릴 수밖에 없었다.

이제 막 다시 붓을 들며 마무리 작업에 박차를 가하고 있던 이건이 자신을 불렀다며, 복귀 인터뷰를 언급한 재영의 말을 믿을 수 없어 이건에게 따졌더니 말없이 그녀를 쳐다보던 그가 태영에게 말했었다.

「작품 공개 시기에 맞춰서 인터뷰 역시 공개됐으면 해서.」

「그러면 내가 하는 게 오히려 낫잖아요. 나는 당신 옆에 계속 있는데, 왜 재영이가…….」

「안 돼.」

「네?」

「은태영은…… 미리 그 인터뷰를 보면 안 돼.」

「그게 무슨 소리예요?」

「은태영은 나중에 봤으면 좋겠어.」

「이건 씨!」

「출간되면 알게 될 거야.」

아무리 물어도 같은 대답만 반복하는 이건에게서 속 시원한 답변을 들을 수가 없었다. 결국 백기를 들어 올린 태영은 이건과 재영이 숨기고 있는 예의 인터뷰가 무엇인지 알기 위해 인쇄소에 가는 날을 손에 꼽을 만큼 기다렸다. 그리고 이건의 작품이 완성된 어젯밤 우연히 중혁으로부터 오늘 인쇄소에 점검차 사람을 보낼 것이라는 이야기를 들었을 때, 때가 왔음을 직감했는데 말이지.

"그럼 잘 다녀와."

의심스러운 눈으로 자신을 쳐다보는 태영에게 손을 살짝 흔들어 준 이건은 살짝 하품하며 다시 몸을 돌렸다. 그런 이건의 모습을 가만히 바라보던 태영은 홱 몸을 돌려 집을 나섰다.

❖

"PART 1은 끝났지?"

"아뇨, 아직 교정을 다 못 해서요!"

"얼른 하고 파일 넘겨. 윤 기자?"

"PART 2는 다 끝났습니다!"

서울로 올라가는 내내 들뜬 마음으로 좌석에 앉아 있었던 태영은 서울 땅을 밟자마자 월간 묵향의 사무실이 있는 안암동으로 향했다. 이건의 작품을 보여 줄 생각에, 그리고 오랜만에 만나는 동료들에게 안부를 전할 생각에 들떴던 것은 확실했다. 사무실의 문이 보이자 가슴이 크게 일렁여 숨까지 골랐던 그녀는 벌컥, 문을 열며 '나 왔어요!' 라고 큰 소리로 외쳤었다.

그러나 출간을 코앞에 둔 사무실의 분위기는 그녀의 외침 따위는 아랑곳하지 않을 만큼 정신이 없었다.

전쟁터.

총만 들지 않았지, 끊임없이 걸려 오는 전화를 받으며 눈앞에 놓인 모니터를 응시한 채 키보드를 두드리는 그들의 모습이란.

'타이밍을 잘못 잡았나.'

1년의 휴직 기간이 있었음에도 불구하고 여전히 비어 있는 자신의 자리에 털썩 앉은 태영은 정신없는 사무실 안을 물끄러미 응시하다 머리를 긁적였다.

"큰 은 기자님! 거기 기자님 책상 위에 있는 그 서류 좀 주실래요?"

응?

"어? 이, 이거?"

"네, 그거요! 고마워요."

"……."

태영이 없는 사이 그녀의 책상을 선반 용도로 쓴 것인지, 아직 작업하지 않은 것이 분명해 보이는 원고들이 수북이 놓여 있었다. 옆자리에 앉아 모니터를 들여다보던 동료 기자, 혜진이 여전히 눈은 모니터에 둔 채 손만 불쑥 내밀자 태영은 얼떨결에 원고를 건넸다.

그러다 순간 어째서 혜진이 재영의 자리에 있는지 의아해하던 그녀는 곧 납득했다.

'맞다. 재영이 자식, 승진했다고 했지…….'

태영의 휴직 이전에는 같은 직급이었던 재영이 그녀가 자리를 비운 동안 팀장까지 진급했다는 이야기는 반년 전에 접했다.

그래서 혜진 씨가 옆자리로 옮긴 거구나, 수긍하던 태영은 정신

없이 돌아가는 사무실을 한 번 더 둘러보다 흠칫 놀랐다.

"어, 언제 오셨어요?"

빙그르르, 앉아 있던 의자를 돌리며 사무실의 분위기와 정반대의 분위기를 연출하던 태영은 뒤로 고개를 젖히다 자리에서 벌떡 일어났다. 언제 온 건지, 〈월간 묵향〉의 편집장이자 실질적인 보스, 남중혁 편집장이 그녀를 내려다보고 있었다.

중혁은 저를 마주하고 차렷 자세로 선 태영을 향해 눈을 가늘게 뜨더니 굳게 다문 입술을 움직였다.

"왔으면 보고를 해야지."

"했는데, 엄청 바빠 보이셔서……."

"한창 바쁠 시기이긴 하지."

"출간이 언제랬죠?"

"다음 주 금요일."

"배포까지 포함하면 진짜 얼마 안 남았네."

"한 사람 한 사람 손이 절실한 시기지."

"흐응. 그렇…… 뭡니까."

무심코 고개를 끄덕이려던 태영의 눈이 가늘어졌다. 중혁이 씩 웃으며 제게 손을 내밀고 있었던 것이다. 의아해하는 태영에게 중혁은 말했다.

"선생님 작품, 가져왔지?"

빨리도 요구하시네.

"여기요."

태영은 기다렸다는 듯 가방 속에서 서류 봉투를 꺼내 중혁에게 건넸다. 떨리는 손길로 봉투 속의 작품을 확인하던 중혁은 태영을 힐긋거리며 물었다.

"선생님은 허락하셨고?"

"당연하죠. 어차피 복귀 작품 첫 공개는 우리랑 하기로 예전부터 약속되어 있었잖아요."

"그거야 그렇지만……."

"뭐, 약속을 잊어도 제가 강제로 가져오면 되는 거고."

"이봐, 큰 은 기자. 그랬다가 도둑으로 몰릴지도 몰라."

"마음 도둑이면 몰라, 설마 그 남자가 절 그렇게 몰고 가겠어요?"

흥 콧방귀까지 뀌며 어깨까지 으쓱이는 태영의 말에 못 말린다는 듯 피식 웃던 중혁은 다시 말했다.

"프린터물 말고 파일도 가져왔지?"

"제가 그 정도의 준비성도 없을까 봐요? 여기 다 있죠."

들고 있던 USB를 중혁에게 건네자 그가 안도했다는 듯 짧게 한숨을 내쉬었다. 편집장실로 들어가려던 중혁은 갑자기 생각난 것이 있는지, 태영을 응시했다.

"참, 은 기자 너 할 일 없지?"

"예?"

"좋아. 그럼 이 일은 은 기자한테 맡기면 되겠네."

"일이요? 편집장님, 저 방금 복귀했는데……."

"마감 기간이잖아. 일손이 부족하다니까?"

"끙."

"큰일은 아니고, 그냥 교정 작업만 좀 도와줘. 작은 은 기자 녀석 지금 인쇄소에서 검수하느라 정신없어. 은 기자 메일로 교정해야 할 원고 보내 놨으니, 오타 교정만 하고 돌려보내도록 해."

"알겠어요. 그 정도야 뭐……."

본디 마감 기간이라 한다면, 온 직원들이 힘을 합쳐도 가끔은 인력이 부족하기 마련이다. 특히나 인쇄 직전의 원고를 확인하는 것은 가장 중요한 일이었기에 더더욱 심혈을 기울여야 한다. 그것을 도와주는 교정 작업 정도야 어렵지 않다 여기며 고개를 끄덕인 태영은 제 대답을 확인한 중혁이 USB를 들고 편집장실로 들어가자 뒤늦게 무언가를 깨달았다.

'저 인간, 처음부터 나한테 넘길 생각이었잖아.'

이미 메일로 원고를 보내 놨다는 이야기를 들었을 때, 미리 알아챘어야 했거늘.

태영은 아무렇지도 않게 속아 넘어간 자신에 실소를 터트리며 제자리에 다시 앉았다. 중혁이 했던 말대로 이미 그녀의 메일함에는 메일이 하나 도착해 있었다. '은 기자, 부탁해.' 라는 제목의 메일이었다.

"'The Interview(가제)' 라……."

다음 달 원고에서 인터뷰라고 한다면 '그 사람' 것밖에 없는데?

메일 속의 첨부 파일을 확인하던 태영의 손가락 움직임이 빨라졌다. 느긋하게 한글 파일을 응시하려던 태영의 허리는 어느새 꼿꼿하게 펴진 상태. 태영은 저도 모르게 모니터 화면에 집중하며 두 눈에 힘을 줬다.

【월간 묵향 제 XXX호, 창립 21주년 특별 인터뷰 – 돌아온 그 남자, 무명 선생 편

취재 및 카메라: 은재영 수석 기자

길고 긴 암흑을 건너 다시 태양이 비치는 세계로 돌아오는 서단의 이단아가 있다.

모든 이들을 기함시킨 풍운(風雲)을 몰고 등장했던 첫 등장.

모든 이들을 경악하게 만든 파란(波瀾)을 몰고 왔던 두 번째 등장.

그리고 많은 역경을 딛고 다시 서단으로 발을 내딛고자 하는 오늘에 이어지기까지…….

꽃길과는 거리가 먼 길을 걸었던 무명 선생과 〈월간 묵향〉이 만났다.

오늘 우리는 그가 어떻게 작품 활동을 시작했는지, 또 자취를 감추었던 동안은 무엇을 하고 살았는지, 기나긴 침묵을 깨고 다시 서단에 모습을 드러내고자 하는 이유가 무엇인지에 대한 허심탄회한 대화를 나누며 서단 관계자와 베일에 가려져 있던 그를 궁금해하는 독자들의 궁금증을 해소하고자 한다.

편의상 무명 선생을 '무(無)', 본 기자를 '은'으로 표기한다.】

'하긴. 저번 인터뷰는 없었던 게 되었지…….'

1년 전, 창립 20주년을 기념하여 진행했던 태영과 이건의 인터뷰가 담긴 잡지는 출간 직전 일어난 불미스러운 사건으로 인해 어쩔 수 없이 폐기하게 되었다.

곧이어 열렸던 이건의 기자 회견은 생각지도 못했던 옥 여사의 등장으로 인해 소란스럽던 상황에 더한 불을 지르게 되었고, 그에 대한 숱한 루머만 창궐한 채 이건은 자취를 감추었다. 아마도 시끄러운 상황을 피하기 위해 무명 선생이 모습을 감춘 거라는 이야기가 많았지만, 정확히는 주로 사용하는 오른손의 치유를 위해서였다.

태영은 다시 생각하니 머리가 지끈거리는 1년 전의 일을 애써 기억에서 떨쳐 내며 마우스 스크롤을 내렸다.

【은: 선생의 열렬한 팬이자 〈월간 묵향〉의 기자로서, 선생의 독점 인터뷰를 담당할 수 있게 된 것을 기쁘게 생각한다. 잡지사의 인터뷰는 이번이 처음인가?

무(無): 반갑다. 그리고 애석하게도 처음은 아니다. 일전에 〈월간 묵향〉의 다른 기자분과 함께 인터뷰를 진행했었다. 하지만 이어지는 상황으로 인해 그러지 못했고, 그러다 보니 이번이 〈월간 묵향〉의 독자들과, 그리고 나를 모르는 사람들에게 나를 알리는 첫 자리이나 마찬가지인 셈이 됐다.

은: 이어지는 상황이라면 1년 전 있었던 그 기자 회견 등을 일컫는 것인가?

무(無): 그런 셈이다.

은: 그에 대한 이야기는 차차 하도록 하자. 그것보다, 손은 좀 어떤가? 듣자 하니 선생이 지난 1년 동안 모습을 다시 감추었던 결정적인 이유가, 작품을 위해 사용하는 손에 치명적인 상처를 입어서였다던데…….

무(無): 걱정해 줘서 고맙다. 얼마 전까지만 하더라도 재기가 가능할까 싶을 정도로 절망적이었는데, 이제는 붓을 들고 내 생각대로 움직일 수 있으니 괜찮아진 것 같다.

은: 절망적이었다니? 그 정도로 큰 상처를 입었던 것인가? 어쩌다가?

무(無): 부끄럽지만, 개인적인 관리 소홀이었다. 다행히 지금은 괜찮아졌고, 거의 회복했다 해도 과언은 아니다.】

'관리 소홀이라니…….'

담담하기 그지없는 이건의 대답을 보자니 괜히 쓴웃음이 흘러나왔다.

그날 있었던 일은 결코 개인적인 관리 소홀이라 칭할 만한 일은 아니었다. 그렇다고 예의 사건에 대해 자세히 설명할 수도 없었기에 태영은 다시 모니터 쪽으로 시선을 옮겼다. 이건과 재영이 진행한 인터뷰의 주된 내용은 1년 전 태영이 그에게 묻고 들었던 인터뷰와 흡사했다.

인터뷰 초반에 언급했던 것처럼 서단에 파란을 일으켰던 그가 왜 정체도 밝히지 않고 사라졌던 건지, 그리고 다시 등장했던 이유가 무엇인지, 시끌벅적했던 기자 회견을 끝으로 또 한 번 자취를 감춘 그가 다시 서단으로 돌아오려는 이유가 무엇인지에 대한 이야기가 담겨 있었다.

태영의 동생으로서가 아닌 〈월간 묵향〉의 '기자'인 재영은 1년 전 태영이 묻고자 했던 것보다 한층 객관적인 시선으로 이건에게 질문을 던지고 있었는데, 못 본 사이 한층 성장한 그의 질문 스킬에 대해 내심 탄복하던 태영은 절정에 다다른 인터뷰를 훑으려다 행동을 멈추었다.

【은: ……(중략)……. 그럼 이제 가장 묻고 싶었던 질문을 하나 던지고자 한다.

무(無): 그렇게 진지한 표정을 짓고 말하니, 꽤 긴장이 되는데.

은: 미리 겁을 먹을 건 없다. 편하게 말해 주면 좋겠다.

무(無): 얼마든지.

은: 한 번 자취를 감추었다, 다시 나타나고, 그리고 또 한 번 자취를 감추었다 다시 서단(書團)에 모습을 드러내기까지는 쉽지 않은 결정이었을 것 같다. 거기다 본인이 누구의 아들인지, 어떤 가문의 일원인지 밝혀진 상황에서는 더더욱. 그럼에도 불구하고 다시 서단으로 돌아와 작품 활동을 하고자 하는 이유가 있었을 텐데?】

'그런 게 어디 있어. 그냥 가장 좋아하는 것을 포기하고 싶지 않았을 테니까, 당연히…….'

【무(無): 아무래도 기자님은 속일 수 없겠다. 그렇다. 사실 복귀를 마음먹기까지 꽤 힘들었는데, 그걸 가능케 한 이유가 존재하기는 한다. 단순히 붓을 드는 것을 좋아해서라는 이유는 아니다.】

'……뭐?'

서예는 이건이 가장 좋아하는 것이었고, 손에서 놓을 수 없는 것들 중 하나였다. 하여 그를 위해서, 그리고 자신을 위해서 그가 서단으로 복귀할 수 있도록 도왔던 것인데…….

재영이 쓸데없는 질문을 한다 생각하며 코웃음 치던 태영의 눈이 휘둥그레졌다.

인터뷰는 이어지고 있었다.

【무(無): 처음 손을 다쳤을 땐, 이대로 모든 것을 내려놓는 것도 나쁘지 않다고 생각했다. 당시의 나로서는 할 만큼 했다는 생각도 들었으며, 여론의 분위기가 그리 좋은 편은 아니었으니까. 누군가의 아들로 비치어지기보다는 붓을 든 서예가로 보이고 싶었던 나에게는 달갑지는 않았다.

하지만 그럼에도 다시 서단으로 돌아오고 싶다는 생각을 하게 된 건, 그래서 열심히 재활해야 한다는 의지가 생겨난 건…… 내

곁에 남아 준 '누군가' 때문이었다.】

쿵.

숨이 막혔다. 스크롤을 내리기 위해 꽉 붙들고 있던 무선 마우스가 파르르 떨렸다.

【은: '누군가' 라니? 대충 짐작은 가지만, 그래도 확인을 위해 누구인지 물어도 될까.

무(無): 어렵지 않다. 나의 사랑, 나의 뮤즈, 그리고 나의 영원한 태양이다. 내가 이 세상에서 가장 사랑하는 여자. 그녀는 내가 무너지려 할 때마다 다시 일으켜 주었고, 내가 살아갈 수 있는 이유가 되어 주었다. 그녀가 있었기에 다시 붓을 들 생각을 하게 됐으며, 앞으로 내게 얼마간의 시간이 주어질지 모르겠지만 내 모든 시간 동안 그녀를 위한 작품을 만들 생각이다.

은: 말 그대로 정말 '뮤즈' 그 자체인 듯싶은데.

……(중략)…….

선생님이 하고 싶은 이야기가 더 있는데, 이다음 내용이 궁금하지, 은태영?】

'……!'

떨리는 마음으로 글을 읽어 가던 태영은 저도 모르게 벌떡 일어났다.

"큰 은 기자님, 괜찮아요?"

교정 작업을 이어 가던 태영이 돌연 의자에서 일어서자 의아해하던 혜진이 말을 걸었지만, 태영의 귀에는 그 목소리가 들리지 않았다. 그녀는 쿵쾅쿵쾅 떨리는 마음으로 여전히 모니터를 응시하고 있었다.

【선생님께서 네게 하고 싶은 말이 있으시다는군. 궁금하면, 스크롤을 아래로 내려 봐.】

한창 바쁜 마감 기간임에도 불구하고 인터뷰를 제대로 끝맺지 않고 제게 도발적인 멘트를 던진 재영의 글귀가 시야로 들어왔다.

'하고 싶은…… 말?'

대체 무슨 말을 하려길래.

미친 듯이 뛰는 심장의 박동을 뒤로하고 태영은 다시 자리에 앉아 마우스를 부여잡았다.

그 마우스를 부여잡기까지는 왠지 모르게 마음의 준비가 필요해서, 적잖은 시간이 걸렸지만 스크롤바를 내리는 데는 몇 초가 걸리지 않았다.

그리고 아래로 내린 스크롤 끝에는 굵은 글씨로, 이건이 남긴 것이 분명한 말이 적혀 있었다.

【태영아. 나와 결혼해 줄래?】

외전 3. 우연한 밤

"……망했다."

오랜 친구인 태영의 결혼식이 열렸던 다음 날, 예슬은 낯익은 침대 위에서 눈을 떴다.

여름임에도 불구하고 변화 따위 주지 않는 칙칙한 그레이색 이불을 본 순간, 이 이불의 주인이 누구인지 어렵지 않게 떠올릴 수 있었다.

처음 눈꺼풀을 들어 올렸을 때는 한동안 말을 잇지 못하던 그녀는 눈을 뜬 지 10분 정도가 흐르자 겨우 입 밖으로 목소리를 낼 수 있었다. 그리고 그녀가 뱉어 낸 말은 앞으로 닥쳐 올 일에 대한 염려와 걱정을 가득 담고 있었다.

망했다.

진짜 망했다.

그냥 망한 정도가 아니라, 완전히 망했다.

“하아아.”

예슬은 결국 입 밖으로 긴 숨을 토해 내며 눈을 질끈 내리감았다.

“숨소리 한번 크네.”

그런 예슬의 반응을 지켜본 것이 분명한 굵은 목소리는 바로 그 순간 들려왔다. 예슬은 그 말을 듣자마자 고개를 홱 돌렸다. 그러자 저와 비슷한 몰골, 즉 상의가 탈의된 상태로 침대 위에 나른하게 누워 있는 남자가 시야로 들어온다.

그녀가 알고 있는 누군가를 많이 닮았고, 가끔은 설렌 적도 있었던 검은 눈동자의 남자는 아까부터 예슬의 행동을 예의주시하고 있었다. 그는 두 눈을 뜬 예슬이 대체 어디까지 가는지 두고 보겠다는 생각이었는지, 옆으로 누워 베개에 팔까지 괴고 있는 상태였다.

예슬은 ‘하!’ 하고 숨을 토해 내더니 입술을 움직였다.

“너 믿어지니?”

“뭐가.”

“지금 이 상황!”

어쩌다 이런 상황까지 와 버렸을까.

예슬은 드문드문은커녕, 아주 생생하게 떠오르는 지난밤의 일을 떠올렸다.

시작은 샴페인을 든 예슬이 잘 차려입은 남자에게 다가가 생긋 미소를 지었을 때부터였다.

「야, 시스콤. 어떡하냐? 너희 누나, 오늘 너무 예쁘다. 시집보내기 아쉬워. 안 그래?」

안예슬이 가장 아끼는 친구이자 사랑하는 친구, 그리고 의지하는 친구이기도 한 태영이 그토록 좋아했던 사람과 결혼식을 치렀다. 가끔은 언니 같기도, 또 가끔은 엄마 같기도 한 태영이 순백의 드레스를 입고 활짝 웃고 있는 모습은 정말로 보기 힘든 장면이었기에 신부 들러리로 참석한 예슬 역시 꽤 들떴었다.

특히나 태영의 남편 될 사람을 태영이 얼마나 오래전부터 좋아했었는지 알고 있었기에, 각종 고초를 겪고 두 사람이 결혼까지 이르는 모습을 보자니 제가 다 기분이 좋아졌다.

그래서였을까.

예슬은 태영과 함께 입장을 한 뒤 굳은 얼굴로 앉아 있는 태영의 동생에게 톡톡, 어깨를 두드리며 작게 속삭였었다.

「……후.」

본인은 아닌 척하지만, 못 말리는 시스터 콤플렉스를 지닌 태영의 쌍둥이 남동생이 얼마나 제 누나를 끔찍이 생각하는지 누구보다 잘 알고 있었던 예슬은 입술을 꾹 닫은 채 자신을 바라보는 그에게 고개를 절레절레 저었다.

「그래, 네 맘 알아, 인마. 하지만 은태영은 잘 살 거야. 그러니까 그렇게 우울해하지 말고…… 자, 한 잔 해!」

「…….」

「어서!」

"그 한 잔이 시작이었네."

곰곰이 기억을 더듬어 올라가던 예슬은 한숨을 푹 내쉬며 고개를 아래로 떨구었다. 재영이 그녀의 중얼거림에 피식 웃는 소리가 들린다. 예슬은 눈썹을 꿈틀거리며 다시 재영을 바라보더니 그를 향해 외쳤다.

"이건 은재영 네 탓도 있어!"

"응?"

"지금까지 한 번도 안 넘어오다, 이제야 넘어오면 어떡해!"

"……뭐?"

"제기랄! 난 이제 큰일 났어. 태영이한테 이번 일 들키면 정말 큰일인데……. 우리는, 아니, 난 완전 죽은 목숨이라고!"

무심코 솔직한 심정이 흘러나왔지만 예슬은 아직 눈치채지 못했다. 재영만이 두 눈을 휘둥그레 뜬 채 그녀를 바라보기만 할 뿐. 예슬은 온몸을 부르르 떨며 악귀(惡鬼)와도 같은 표정을 짓던 화난 태영을 떠올렸다.

"망했어. 은태영한테 걸리면 끝장이야!"

"……그 정도는 아니야."

"아니기는! 너, 태영이 손이 얼마나 큰 줄 아니?"

예슬의 베스트 프렌드, 은태영은 손이 컸다.

"걔 소싯적에 배구했잖아! 그 큰 손에 놀라서 나가떨어진 남자들이 얼마나 많은지 알잖아!"

"……알지."

재영이 수긍하듯 고개를 주억였다. 예슬은 탄력을 받았다.

"거기다 키까지 커. 은태영이 진짜 화났을 때 눈 부리부리하게 뜨고 내려다보면…… 심장이 얼마나 철렁거린다고!"

"……."

"어디 그뿐이야? 태영이 그 자식, 화나면 뒤도 안 돌아보고 돌아서. 하아."

"안예슬, 진정해."

"진정? 내가 진정하게 생겼니? 하아아. 정말 어떡해……. 예전에 태영이가 나보고 절대 자기 동생만큼은 건드리지 말랬다고!"

"……."

"걔는 빈말도 잘 안 하는 녀석이라는 거 네가 제일 잘 알잖아. 그런데 어떻게 진정을…… 읍!"

미친 듯이 침을 튀겨 가며 말을 하던 예슬의 입술이 무언가 컴컴한 것으로 덮였다.

'어?'

예슬은 갑자기 입술 위를 뒤덮어 버리는 따뜻한 촉감에 두 눈을 동그랗게 떴다.

처음에는 이것이 '무엇' 인지에 대한 의문이, 곧이어 이것이 '누구' 의 것인지에 대한 의문이 일었다.

두근두근.

심장이 요동치는 까닭은 어느새 자리에서 일어나 그녀의 얼굴을 붙잡고, 뜨거운 혀를 밀어 넣고 있는 남자의 능숙함 때문일까. 멍하게 눈을 깜빡이던 예슬은 이내 그의 목에 팔을 휘감으며 열렬히 응하기 시작했다.

"하아."

조금 전 입 밖으로 뱉어 낸 한숨과는 한결 다른 숨결이 터져 나온다. 예슬은 금세 붉어진 얼굴로 침대에 앉았다. 그러고는 말없이 자신을 응시하고 있는 남자, 재영에게 물었다.

"재영아."

"응."

"한 번 더 해도 돼?"

❖

태영이 재영과 예슬에 대한 소식을 접하게 된 것은 이건과 함께 했던 한 달간의 신혼여행을 끝내고 돌아온 직후였다.

웬일인지 저를 함께 보자 제안한 두 남녀에게 여행지에서 산 선물들을 바리바리 싸 들고 약속 장소로 향했던 태영은 이상하게 제 눈치를 보는 그들에게 웃으며 할 말이 있으면 얼른 말을 하라고 닦달했다. 그러자 서로의 눈치를 보던 두 사람은 후우, 크게 숨을 들이마시더니 입을 여는 것이 아닌가?

"저기 태영아. 내 말 듣고 너무 화내지 마."

"뭐? 뜬금없이 무슨 소리야? 내가 화를 왜 내?"

"……."

"왜 그래, 안예슬? ……은재영?"

"우리, 만나."

"어?"

"……나랑 재영이, 만나고 있어. 친구가 아니라 그…… 이, 이런 의미로."

말을 마치기가 무섭게 수줍게 볼을 붉히며 재영의 손을 슬그머니 잡는 예슬의 모습은 확실히 충격적이었다. 그리고 그런 예슬의 행동을 보고 말없이 고개를 끄덕이는 재영이라니.

"내 이것들을 그냥!"

다시 돌이켜 봐도 가슴이 부글거린다. 씩씩거리며 집으로 돌아온 태영은 저를 반기러 앞으로 나온 이건을 보자마자 몇 시간 전 있었던 일을 말해 주었다. 그러고도 분이 풀리지 않는지 이를 부드득 갈며 눈을 부라리는 중이다.

자신의 허벅지 위에 머리를 뉘고 있던 태영이 돌연 벌떡 일어나 주먹을 불끈 쥐자 이건은 피식 웃더니 닫혀 있던 입술을 움직였다.

"두 사람이 만난다는 일이 그렇게 화가 나?"

"당연하죠!"

태영은 주저 없이 답했다. 그러자 흐응, 하고 묘한 숨소리를 흘리던 이건이 물었다.

"어떤 점에서?"

……어?

이건의 옆에 앉은 채 얼굴을 찌푸리고 있던 태영의 눈이 휘둥그레졌다. 이건은 그런 그녀를 가만히 지켜보더니 어깨를 으쓱였다.

"오히려 축하해 줘야 하는 거 아닌가? 처남이랑 예슬 씨면 태영이 너랑 가장 가까운 사람들이잖아. 그 두 사람이 좋은 감정으로 만나고 있다는 건 좋은 일 같은데."

"그, 그건 그렇지만…… 으으, 하지만 이상하잖아요!"

"이상해?"

태영은 외쳤다.

"네! 재영이랑 예슬이라니. 참나. 예전 일을 생각하면 절대로 있을 수 없는 일이라고요! 그것보다 예슬이 고것이 날 이렇게 속일 줄이야……. 이건 씬 모를 거예요. 나랑 예슬이가 재영이한테 이상한 여자가 안 꼬이도록 얼마나 노력을 했었는데!"

"……뭐?"

황당해하는 이건에게 태영은 고개를 절레절레 저으며 설명해 주었다.

"어휴. 말도 마세요. 재영이 그 녀석이 겉은 멀쩡해 보여도 여자 보는 눈이 영 없어서 얼마나 고생을 했었다고요. 대학을 막 졸업했을 때는 사기도 당할 뻔했다니까요?"

"……."

"재영이한테 접근하는 여자애들을 예슬이가 1차로 거르고, 내가 2차로 거른 게 한두 번이 아닌데 말이죠. 이야, 안예슬. 나 모르는 사이에 재영이한테 흑심을 품고 있었던 거야? 그래서 재영이 얘기만 나오면 그렇게 귀를 쫑긋 세우고…… 왜 그런 눈으로 봐요?"

입술을 삐죽거리며 울분을 토해 내던 태영은 동그랗게 뜬 눈을 천천히 줄이더니, 이젠 아예 눈을 가늘게 뜬 채 저를 바라보고 있는 이건의 모습에 움찔했다. 이건은 의아해하는 태영을 향해 잠시 미묘한 표정을 짓다, 답했다.

"그냥."

"그냥?"

"왠지 기분이 나쁘네."

"예? 왜요?"

태영은 낮게 중얼거리는 이건의 말에 멈칫했다. 이건은 '글쎄.' 하고 작게 대답한 후 몸을 돌렸다. 태영은 이건의 커다란 등을 말없이 응시하다 등 뒤로 식은땀이 주르륵 흐르는 것을 느꼈다. 그녀는 잠시 머뭇거리더니 이내 이건을 향해 천천히 손을 뻗었다.

"왜."

"저, 저기……."

"뭐 할 말 있어?"

지나칠 정도로 딱딱한 말투. 태영은 왠지 날이 선 듯한 이건의 대답에 침을 꼴깍 삼켰다.

아무래도 화가 난 것 같은데.

주저하던 그녀는 호호, 어색하게 웃으며 이건을 뒤에서 껴안았다.

"더워."

"이건 씨, 화났어요?"

"……."

"선생님, 화내지 마요."

"……."

"무, 물론 예전에 나하고 예슬이가 조금 브라콤처럼 행동한 건 맞지만……."

"'처럼'이 아니라 '브라더콤플렉스' 그 자체였던 것 같군."

"하하하."

"처남만 그런 성향이 있는 줄 알았는데 태영이 너도 그럴 줄은……."

"우, 우린 싸, 쌍둥이잖아요! 하하하. 이것저것 닮는 거죠."

"흐음."

질투를 하는 것 같기도 한 이건의 얼굴을 힐긋거리던 태영은 그의 목을 더욱 세게 끌어안으며 변명했다.

"재영이 짝으로 예, 예슬이가 싫다는 건 아니에요! 그냥 나 몰래 두 사람이 사귀고 있었다는 게 살짝 충격이라서…… 그래서 그러는 거예요. 나, 나도 두 사람이 정말 잘 어울린다고 생각해요! 예전에 두 사람 이어 주려다가 몇 번이나 실패했었는데, 언제 이렇게 됐나 싶어서 살짝 배신감을 느꼈던 거라고요! 그러니까……!"

횡설수설 말을 이어 가던 태영은 홱 몸을 돌리는 이건의 숨결에 다음 말을 잇지 못했다. 고개를 돌린 이건의 입술이 태영의 입술을 뒤덮은 것은 차후의 일. 태영은 말 대신 그의 숨을 들이마시며 눈을 동그랗게 떴다.

기다란 혀끝이 벌어진 입안으로 밀려 들어와 안을 휘저었다. 찌릿한 전율이 온몸을 훑고 지나가, 태영은 속눈썹을 파르르 떨었다. 등 뒤에 있던 태영을 자연스럽게 제 가슴 쪽으로 안아 든 이건은 그녀의 티셔츠 안으로 손을 집어넣으며 태영의 아랫배를 살며시 어루만졌다.

"으흣!"

갑작스럽게 침범한 이건을 받아들이며 미간을 찌푸리던 태영이 입 밖으로 야릇한 소리를 냈다. 이건은 아래에서 위로, 천천히 손가락을 지분거리며 태영을 자극했다. 그의 섬세한 손가락이 폭 파인 배꼽을 배회하다 오똑 솟은 돌기에 닿자, 태영이 몸을 비튼다.

하아, 태영은 살짝 거칠어진 숨을 내쉬며 그를 향해 쓰러지듯 중얼거렸다.

"이건 씨 당신…… 재영이한테 부탁받았죠?"

"뭐가?"

"뻔해. 내가 지들 허락 안 할 것 같으니까, 당신한테 부탁한 거겠지. 어떻게든 날 좀 설득해 달라고."

"……들켰나?"

이건이 유려하게 웃자, 태영은 입술을 삐죽였다.

"척하면 척이죠. 이건 씨, 질투 안 하잖아. 티 났…… 흣!"

흥 콧방귀를 뀌려던 태영의 말은 갑자기 티셔츠를 들어 올리는 이건의 행동에 멈추었다. 속옷을 입지 않은 태영의 나신이 그의 앞에 오롯이 드러났다. 태영이 떨리는 눈으로 그의 앞에 앉아 있자 이건은 그녀의 목덜미에 입술을 가져다 대며 중얼거렸다.

"확실히 처남이 그런 부탁을 한 건 사실이지만…… 지금 이 상황에 질투가 아예 안 나는 건 아니군."

"네?"

그게 무슨……!

고개를 갸웃거리려던 태영은 앉아 있던 저를 이젠 아예 들어 올리는 이건의 행동에 짧은 비명을 질렀다. 이건은 '뭐 하는 거예요?' 하고 묻는 태영을 어깨에 들쳐 멘 후 어디론가 움직이며 대꾸했다.

"이렇게 내가 계속 너를 만지고 있는데, 은태영 너는 처남 얘기만 하니까 살짝 화가 나려 해서."

"……!"

"처남 생각도, 예슬 씨 생각도 못 하도록 지금부터 은태영을 철저히 괴롭혀 주도록 하지."

표정 하나 변하지 않은 이건의 말이, 얼마 전 결혼식을 치른 신혼부부의 보금자리를 울렸다. 상의가 탈의 된 채, 이건의 어깨에 매달려 있던 태영은 순간 멍한 표정을 짓다 까르르 웃음을 터트렸다.

"어디 한번 기대해 볼게요."

"그 도발, 후회하지 말도록 해."

조금도 물러서지 않는 태영을 안은 채 안방으로 향하던 이건의 발걸음은 점점 빨라졌다.

외전 4. 끝과 시작, 그리고

"어떡해. 완전히 늦었어. 이건 씨, 우리 정말 늦었다고요!"

청량한 바람이 불고 있는 제주도의 여름.

드넓은 해안 도로를 달려 목적지까지 도착하기까지 매 초마다 흘러가는 손목시계만을 주시하고 있던 태영은 택시가 멈춰 서자마자 차 문을 열었다.

기다란 다리까지 동동 구르며 울상을 짓는 그녀의 모습은 평소와는 매우 거리가 있었다.

지난 2주 동안 이어진 편집과 마감으로 인해 잔뜩 흐트러져 있던 머리카락은 보기 좋게 정돈되어 있었고, 입고 있는 옷 또한 평상시의 트레이닝복 상태가 아닌 하늘빛 정장 차림이다. 만일 〈월간 묵향〉의 동료 기자 혜진이 태영의 모습을 보았더라면, '큰 은 기자님, 오늘 좋은 일이라도 있어요?' 라고 물을 정도.

태영은 다급해하는 자신과는 달리 느긋하게 택시에서의 계산을 마치고 있는 이건만을 응시하며 미간을 좁혔다.

"이건 씨!"

아무리 닦달을 해도 빠르게 움직일 생각을 않는 이건의 모습에 태영은 결국 소리를 버럭 질렀다. 이건은 멀어지는 택시에게 고개를 까딱인 후, 씩씩거리고 있는 태영을 바라보며 빙긋 웃었다.

"괜찮아. 아직 안 늦었어."

"안 늦기는! 12시 시작인데 지금이 몇 신 줄 아세요?"

"몇 신데?"

"11시 55분이요!"

"아."

"가족이라고는 당신밖에 없는데, 1시간 전은 아니더라도 30분 전에는 와서 인사도 나누고 손님도 맞았어야죠. 어휴, 정말! 아주버님께서 얼마나……!"

한숨을 푹푹 내쉬며 이건을 몰아붙이던 태영은 제 꾸중에도 불구하고 생글생글 웃기만 하는 남자를 향해 얼굴을 찌푸렸다.

뭘 잘했다고 계속 웃어.

그녀가 떠들든 말든 계속해서 미소만 짓고 있는 그의 모습에 더욱 화가 나서 이번에야말로 따끔하게 일침을 놔야겠다고 생각하고 있을 때, 태영은 기다란 팔이 제 허리를 향해 다가오는 것을 발견했다.

"이, 이건 씨."

"그래서. 오늘 늦은 건 전부 내 잘못이다?"

윽.

"은태영 잘못은…… 하나도 없다?"

순식간에 태영의 허리를 감싸 쥔 이건은 그녀를 와락 끌어당기며 짙은 미소를 지었다. 코끝에서 숨결이 느껴지는 가까운 거리. 원하지 않아도 그의 숨소리에 신경을 쓰게 되어 버린 태영의 사고회로는 그만 뚝 멈추어 버렸다.

'아, 안 돼!'

여기서 또 당할 수는 없지.

순간 그윽한 눈빛을 보내는 이건에게 홀라당 넘어갈 뻔했으나 태영은 가까스로 정신을 차렸다. 그녀는 어떻게든 그의 품에서 벗어나기 위해 발버둥을 치다 귀를 붉히며 투덜거렸다.

"다, 당연하죠. 여기서 제 잘못은 아무것도……."

"아무것도 없긴. 아침부터 예뻤던 게 은태영 잘못이지."

"……네?"

태영은 귀를 의심했다. 이건은 그런 태영이 어떤 표정을 짓든 아랑곳 않고 말을 이어갔다.

“별수 없잖아. 은태영이 매일같이 예쁘고 사랑스러우니, 내가 놓아줄 수가 있나.”

“……!”

“물론 그것까지 고려해 가면서 준비를 했어야 했던 건 맞지만, 태영이 너도 알잖아. 지난 세 달 동안 우리 두 사람, 전시회다 마감이다 해서 제대로 된 시간을 못 가진 거. 그러다 이왕 제주도까지 왔으니, 그런 분위기가 되는 건 당연한 거 아니겠어?”

“그, 그건…….”

분명 말도 안 되는 논리를 늘어놓고 있었지만, 이건이 말을 하니 이상하게 설득력이 있었다. 그 때문에 태영은 제게 되묻는 이건에게 제대로 대꾸하지 못했다. 이건은 그런 태영을 더욱 힘껏 끌어당기며 그녀의 귓가에 속삭였다.

“아마 형님이랑 형수님도 이해해 주실 거야. 게다가 불타는 신혼이기도 하고. 그러니 조금 늦었다고 너무 걱정하지 않아도 돼.”

하지만 우린…….

“내가 알고 있기로 두 사람은 결혼한 지 3년이 지났는데.”

응?

“아직도 불꽃이 튀고 있나 보군.”

태영이 이건의 논리에 완벽하게 함락되기 직전, 등 뒤에서 들려

온 소리는 나무와 매미처럼 붙어 있던 두 사람을 떨어뜨리기에 충분했다.

'……어라?'

그들 앞에 선 남자가 이상할 정도로 낯이 익었다.

'그런데…… 누구지?'

사람 하나는 잘 기억한다는 태영이 쉽게 잊지 못할 정도로 잘생긴 외모를 지닌 남자였다. 이런 얼굴을 지닌 사람을 잊기는 쉽지 않은데, 웬일인지 그가 누구인지 떠오르지 않아 난처할 지경이다.

당황한 태영이 선뜻 그에게 아는 척을 하지 못하고 있을 때, 그녀 옆에 있던 이건이 나섰다.

"오셨습니까."

태영은 남자에게 인사를 건네는 이건을 힐긋거렸다. 이건 씨가 아는 사람인가? 저 역시 인사를 하기 위해 그에게 남자의 정체에 대해 물어보려 했지만, 이건의 눈은 오로지 남자에게 집중되어 있었다. 남자는 부드러운 미소를 흘리며 사람들이 들어가고 있는 건물을 응시했다.

"진건인 안에 있지?"

"아마도요. 저희도 막 도착해서. 그런데…… 같이 오시지 않으셨습니까?"

"후우. 안 그래도 같이 오긴 했는데 차에서 내리자마자 널 보고 가져올 게 있다고……."

누구? 누가 같이 와?

남자의 정체가 가면 갈수록 궁금해져 미칠 지경이다. 허심탄회하게 누구인지 물어볼 수도 없고, 궁금증만 쌓여 가고 있을 때 이건과 남자가 의미심장한 대화를 나누었다. 귀를 쫑긋거리고 있던 태영은 도통 알아들을 수 없는 말을 주고받고 있는 두 남자들에게 끼어들기 위해 입을 열려 했다.

"저기, 이건……."

"진주 아빠 씨!"

그때였다.

"저 왔어요!"

어디선가 경쾌한 구두 소리가 들리더니 세 남녀가 서 있는 곳으로 누군가 달려오기 시작했다. 향긋한 꽃향기까지 풍기며 그들이 있는 쪽으로 오고 있는 여자를 보고 태영은 두 눈을 휘둥그레 뜨다 못해 기함했고, 이건은 빙그레 미소를 지으며 고개를 까딱였다. 그리고 남자는 혹시 그녀가 다칠까 걱정하며 '그렇게 뛰다가는 큰일 나요!' 라는 말을 늘어놓으며 여자를 향해 손을 뻗었다.

마, 맙소사.

이 사람들, 누군지 알 것 같아.

태영은 짧은 거리를 뛰어온 뒤 그들 앞에 멈추어 서서는 하아,

하아 숨을 고르며 배시시 웃고 있는 여자를 검지로 가리켰다.

"오윤서! ……랑 그 남편!"

❖

"저희 형님께 윤서 씨 이야기를 들은 적이 있기는 한데…… 저희 남편이 권 변호사님이랑 알고 지낸 사이인 줄은 꿈에도 몰랐어요."

태영이 깜빡 속았다는 듯 온몸을 부르르 떨며 중얼거렸다. 그러자 바로 옆에 앉아 있던 여자가 그녀의 마음을 이해한다는 듯 손까지 부여잡으며 대꾸했다.

"어디 그냥 아는 사이인가요. 제가 듣기로는 같이 자라기도 했었고, 또 변호사가 된 이후에는 전담 변호사가 되어 변호를 해 왔다더라고요."

"어머!"

"그런데 우리 진주 아빠 씨는 진건 씨 동생 이건 씨가 무명 선생님이라는 것도 말해 주지 않았다니까요? 제가 얼마나 팬인데요!"

"윤서 씨도 저희 남편에 대해 아세요?"

"알다마다요! 근래 제가 가장 좋아하는 예술가가 바로 무명 선생님이라고요. 참, 제가 새벽 씨 졸라서 전시회 티켓도 얻어 낸 거

들으셨어요?"

"어? 그럼 세 달 전 열렸던 전시회 티켓을 받아 가신 분이……."

"네, 저예요! 바로 저라고요!"

"윤서 씨가 우리 선생님을 좋아한다니 정말 기쁘네요."

"아, 그렇지. 제가 조금 전에 들었는데, 무명 선생님의 전담 기자가 태영 씨라면서요? 그럼 혹시 이 글도 태영 씨가 쓴 건가요?"

"어어? 윤서 씨가 그 기사를 어떻게 들고 계세요?"

"어머, 맞구나! 제가 이 기사 보고 무명 선생님한테 관심을 가지기 시작했거든요!"

이 연회장에서 오늘의 주인공 말고 가장 눈길을 끄는 이가 있다고 한다면, 단연코 태영의 손을 잡고 있는 여인일 것이다. 적어도 대한민국 내에서는 그녀를 모르는 이가 없었으니 당연한 일이다. 그녀와 손을 잡고 있는 태영도 현재 눈앞의 여자와 대화를 나눈다는 것을 믿기 힘들어하는 모습이었으니까. 그녀는 얼마 전, 대한민국 최고의 대학 복학에 성공하여 한때 중단했던 법조인의 꿈을 다시 이어 나가려는 것으로 화제를 모은 대한민국 최고의 배우, 오윤서였다.

"……물 만난 물고기 같군."

오늘은 이건의 형이자, 유단 그룹의 총수인 진건과 새벽 부부의 세 번째 아들, 이준의 돌찬지가 열리는 날.

제주도의 한 별장에서 가까운 가족과 지인들을 초대하여 축하의 자리를 마련한 형님 내외를 축하하기 위해 경주에서 제주도까지 날아 온 이건은 제 옆자리에 앉아 한숨을 푹 내쉬고 있는 정록의 목소리에 풉, 웃음을 터뜨렸다.

"그렇게 환하게 웃지 마. 부러워 죽겠으니까."

"예?"

"됐다. 말을 말아야지. 후우."

과묵하기로는 저나 형님 못지않은 형님 친구, 정록이 눈까지 가늘게 뜨며 저를 노려보고 있자 어쩐지 등 뒤로 식은땀이 주르륵 흘러내린다. 이건은 태영과 함께 자신의 작품에 대해 열띤 토론을 벌이고 있는 윤서를 힐긋거리다 다시 정록을 응시했다. 정록은 평소의 그답지 않게 '붓글씨 따위가 뭐가 좋다고.' 라며 마음에도 없는 말을 늘어놓고 있었다.

저보다 1년 앞서 결혼을 한 정록의 연애사에 대해서는 진건과 새벽에게서 들은 것 이상으로, 알고 있었다. 전부 언론을 상대로 일을 하는 그의 아내 오윤서 덕분이었다. 아무리 매체에 무관심한 이건이라지만 대한민국 대표 배우인 그녀를 모르지는 않았으니까.

'못 말리겠군.'

어릴 적부터 함께 커 온 정록과 깊은 신뢰를 나누게 된 것은 아이러니하게도 근래의 일이지만, 그래도 그간 지켜봐 온 모습이 있었다. 하나 지금 제 눈에 보이는 정록은 그동안 알고 지내 온 정록과는 거리가 있다. 물론 진건으로부터 정록이 결혼 이후 완벽한 팔불출이 되었다는 이야기를 듣긴 했으나, 이 정도일 줄이야.

이건은 연신 콧방귀를 뀌고 있는 정록을 힐끔거리며 속으로 쿡쿡 웃었다.

"이야기 들었어."

앞쪽에서는 셋째 아들의 돌을 맞이한 남녀가 지인들에게 축하를 받고 있었고, 옆쪽에서는 자신을 두고 열띤 팬심을 보이고 있는 두 여자들의 대화가 진행되는 중이다. 비교적 자유로운 분위기 속에서 진행되는 돌잔치이기는 하나, 어디에 신경을 써야 할지 몰라 난처해하고 있을 때 조금 전보다는 훨씬 평정을 되찾은 정록이 말을 건넸다. 이건의 검은 눈이 정록을 향했다.

"돌아……가셨다지."

씁쓸함이 감도는 정록의 발언에 이건의 동공이 살짝 흔들렸으나 곧 제자리를 찾았다. 주어는 생략했지만 누구를 가리키는 말인지는 충분히 짐작할 수 있었다. 이건은 눈을 내리감았다.

끝까지, 그 누구에게도 미안하다 말하지 않았던 여자는 차디찬 옥중에서 정확히 세 달 전 생을 마감했다. 이건이 한창 전시회 준비로 인해 바쁠 시기였다.

"심장마비였다고 하던데."

"그렇다고 하더군요."

"……찾아가지 않았어?"

제 3자에 대한 이야기를 나누는 것처럼 덤덤하게 말하는 이건의 모습에 정록은 꽤 놀란 표정을 지었다. 이건은 말없이 미소를 지었다.

찾아간다……라.

찾아가지 않았다. 찾아가지 못했다. 찾아갈 생각 따위도 없었고, 그럴 마음도 들지 않았다. 불과 몇 년 전이었다면 이렇게 마음의 장벽을 치진 않았을 텐데, 괜한 후회가 밀려왔다. 그때 조금 더 말렸더라면 이런 일까지 일어나지 않았을까.

'아니.'

의문이 일긴 했으나 금방 해답을 찾았다. 자신이 알고 있는 그녀의 성격과 욕심이라면 어떻게 해서든 결과는 똑같았으리라. 이건은 쓴물이 올라오려는 것을 겨우 참았다.

"고생했다."

아무 말도 하지 않는 이건을 보며 한동안 입을 다물고 있던 정록이 이건의 어깨 위로 손을 얹으며 위로의 말을 건넸다. 이건은 대답 대신 옅은 웃음을 지었다.

—말씀드리는 순간, 우리 꼬마 도련님께서 두 가지 물건을 손에

쥐셨군요! 하나는 만 원, 하나는…… 오오, 마이크?

성황리에 진행 중이던 돌잔치가 절정으로 향하고 있었다. 진건과 새벽의 셋째 아들인 이준이 막 돌잡이를 끝냈는지 박수와 환호가 이어졌다. 이건은 두 가지 물건을 손에 쥔 채 놓지 않으려 하는 이준을 보고 웃고 있는 진건과 새벽의 모습을 응시하다, 오래 전의 일을 떠올렸다.

「한 번도 자제분들을 뵌 적이 없는 것 같습니다.」

그의 스승이자, 태영의 아버지인 한익수 선생과 있었던 일이었다. 남몰래 한 선생의 서실을 다니며 많지는 않지만 그래도 없지 않은 그의 제자들과 인사를 나누었던 이건은 단 한 번도 한 선생의 자제를 서실에서 본 적이 없었다.

어느 날 문득 의문이 들어 말을 걸었더니 난처한 표정으로 껄껄 웃던 한 선생이 들고 있던 붓을 내려놓으며 이건을 응시했었다.

「그러게 말이다. 걔들은 이쪽에는 영 관심이 없지 뭐니. 아니, 붓이면 오히려 질색을 해.」

「질색……이요?」

「그나마 아들 녀석은 작품에는 흥미를 가지는데, 딸내미는 내가 여기 오는 것도 싫어한단다.」

「아…….」

「사실 말이다, 이건아. 말이 나와서 하는 말인데, 난 아주 작은 소원이 하나 있단다.」

「무슨 소원이십니까?」

한숨을 푹 쉬는 한 선생이 마음에 걸려 물음을 건넸다. 그러자 어떻게 말을 할까 주저하며 구레나룻 쪽을 긁적이던 한 선생이 쑥스럽게 웃으며 말을 이었다.

「우리 딸내미 고것이 아주 기가 세요. 아주 왈가닥인 데다 고집불통이거든. 그래서 자기가 내켜 하지 않으면 그 일은 무슨 일이 있어도 하지 않지.」

「그런데요?」

「언젠가 그 녀석도 누군가에게 시집을 가지 않겠니? 그러면 분명 예쁜 아이들도 낳고 오순도순 살 텐데……. 마음 같아서는 손자들에게 운필법 정도는 가르쳐 주고 싶은데 말이다. 그런 날이 올 수 있으려나 모르겠구나.」

「…….」

「왜 그런 표정이니?」

「선생님께서는 간단한 일을 너무 걱정하시는 것 같아서요.」

「간단한 일?」

이건의 질문에 의아한 표정을 짓던 한 선생이 고개를 갸웃거리며 그를 응시했다. 고등학생이었던 이건은 그런 한 선생을 응시하며 망설임 없이 말을 이었다.

「따님 분이 서실에 오지도 않을 만큼 서예를 싫어하신다면, 서예를 좋아하는 사람을 만나게 해 줘서 서예 역시 좋아하도록 만들면 될 거 아닙니까.」

「……!」

「선생님은 가끔 너무 어렵게 생각하시는 것 같습니다.」

냉철하게 말을 한 이건은 다시 운필에 집중하기 위해 붓을 꽉 움켜쥐었다. 그런 이건의 모습을 멍하게 응시하던 한익수 선생은 풋, 실소를 터트리더니 곧 힘찬 웃음소리를 내기 시작했다.

「하하하! 그래, 이건아. 네 말이 맞구나. 내가 너무 깊게 생각했었어! 하하하하!」

큰 깨달음을 얻었다는 듯 껄껄 웃는 한 선생의 웃음소리가 듣기 좋다 생각했었다. 그 웃음소리를 들으면 자신의 근심과 걱정이 사라지는 것 같아서, 이건 역시 운필에 조금 더 집중할 수 있었으니까.

"무슨 생각을 그렇게 해요?"

이젠 아련해져 버린 그의 웃음소리를 영원히 기억하기 위해 눈을 내리감고 있던 이건은 귓속을 간질이는 태영의 음성에 눈꺼풀을 들어올렸다.

제주도의 푸른 밤을 더욱 빛나게 밝혀 줄 그의 하나뿐인 태양이 자신의 옆에 누워 이건을 응시하고 있었다. 이건은 말없이 손을 뻗어 태영의 이마를 손끝으로 쓸었다.

"태영아."

"네?"

"오늘 어땠어?"

강행군이나 다름없던 전시회 준비를 끝내고, 성공적으로 전시회를 마친 뒤 곧장 제주도로 날아왔다. 진건 내외를 축하해 주기 위해, 망설이지 않고. 금슬이 좋은 부부가 세 번째로 낳은 아이의 첫 돌을 기념하고, 새로운 사람들을 만나 즐거운 시간을 보냈다. 옥 여사의 타계로 인해 흐트러졌던 마음이 조금은 안정을 되찾은 것이다.

그러다 보니 돌연 궁금해졌다. 태영은 어떨까, 하고. 돌잔치를 끝내고 난 뒤 호텔로 돌아오자마자 온몸을 두르고 있던 옷 꺼풀을 사르륵 벗겨 냈다. 정신없이 서로를 탐하고 난 후 맞이한 휴식 시간 도중 문득 말을 던진 이건을 보며 태영이 큰 눈을 깜빡거렸다.

이건은 말없이 그녀의 대답을 기다렸다.

"일단 오윤서 씨가 너무 예뻤어요!"

아.

"윤서 씨 남편인 권 변호사님도 TV나 잡지보다는 실물이 훨씬 나은 것 같았고요! 그 얼굴을 제대로 못 싣다니, 정말 기자 자격이 없다니까."

쯧, 혀를 차며 진심으로 안타깝다는 표정을 짓는 태영은 전문 분야는 다르지만 기자의 입장에서 말을 하고 있었다. 실소가 터져 나오려는 것을 겨우 참은 이건은 '그리고?' 라 되물으며 다음 대답을 기다렸다.

"형님이랑 아주버님은 여전히 돈독해 보이셨고…… 이새랑 이현이는 거의 다 컸더라고요! 이건 씨, 이현이 이 빠진 거 보셨어요? 저보고 '작은 엄마' 라 안 부르고 '짜끈 옴마' 라고 계속 부르는 게 어찌나 귀여운지."

"그리고?"

"그리고? 음, 그리고…… 그래, 우리 주인공이었던 이준이! 이준이 고 녀석도 앞으로 크게 될 게 분명해요. 마이크랑 돈만 잡는 줄 알았더니 청진기랑 법조문까지 잡아 버리다니. 얼마나 대성하려고 그럴까!"

"그리고?"

"그리고? 또 뭐 말해야 하나? 으음…… 뭐가 있지? 뭐가…… 헉!"

이건이 바라는 대답을 주기 위해 끙끙거리며 미간을 좁히던 태영은 실오라기 하나 걸치지 않은 자신의 허리를 와락 끌어당기는 그로 인해 이건의 품으로 빨려 들어갔다.

"아……."

이건의 다리가 자신의 다리를 감싸자 태영의 눈동자가 흔들렸다. 이건은 그런 태영의 발그레해진 볼에 입을 맞추며 속삭였다.

"우리도 분발해야 한다는 생각은 들지 않나?"

"……."

태영의 동공이 지진 난 듯 요동쳤다. 이건은 짙은 눈을 그녀에게 고정시키며 물었다.

"어떻게 생각해?"

"뭐, 뭐를요?"

이건은 뻔뻔하게 말을 이었다.

"우리만 뒤처졌다는 생각이 들더라고. 형님이랑 형수님은 벌써 셋째가 있고, 정록 형님네도 이미 딸이 하나 있지. 처남네도 우리보다 늦게 결혼했지만 이미 아이가 있는데 말이지."

"으으."

"우리 은태영 양은, 어떻게 생각하는지 아주 궁금……!"

제 말 하나하나에 귀를 쫑긋거리던 태영이 얼굴을 화르륵 변화시키는 모습은 단연코 눈에 띄었다. 그녀의 얼굴이 홍당무가 될 때까지 말하기를 멈추지 않던 이건은 결정타를 날리기 위해 입술을 달싹이다 제 입술 위로 입술을 쪼옥, 가져다 대는 태영으로 인해 다음 말을 내뱉을 수가 없었다.

"뭐 해요."

놀란 이건이 아무 말도 하지 못한 채, 침대에 누워 그녀를 멍하니 바라보고 있을 때.

조금 전의 수줍음은 저 멀리 던져 버린 한 여자가 그의 위에 올라타며 태양처럼 눈을 빛냈다.

"얼른 불, 꺼요!"

끝이 있기에 새로운 시작도 있다.

비록 끝에 다다를 때까지의 과정은 힘들었을지라도.

새로운 시작을 기다리는 기대감은 과거의 역경을 딛고 커져 간다.

그러니,

다시 만날 그날까지…….

안녕, 여름.

『썸머 로드』 완결

SUMMER ROAD

썸 · 머 · 로 · 드